지금
여기에
현존
하라

지금
여기에
현존
하라

자유와 평화, 참된 자기로 깨어나는 마스터키

레너드 제이콥슨 지음
김윤 옮김

침묵의 향기

메리에게,
당신의 사랑과 헌신은
내게 날마다 영감을 줍니다.

라흐맛, 할리마, 프랜, 스티븐, 클레어에게,
그들은 내가 이 가르침을 나누도록
사랑으로 지원해 주었습니다.

그리고
기꺼이 자신을 완전히 드러내고자 했던
많은 구도자와 학생들에게,
나는 여러분의 용기와 정직 덕분에
인간의 영혼을 깊이 들여다보고
그 안의 아름다움을 목격할 수 있었습니다.

여러분 모든 한 분 한 분께,
사랑합니다. 고맙습니다.

차례

머리말

머리말

당신은 지금 이 책을 읽고 있습니다. 이 사실은 당신이 한정된 마음의 세계에서 풀려나 무한한 '지금'의 세계로 해방될 준비가 되었음을 뜻합니다.

이 책은 깨어나도록 인도하는 종합 안내서입니다. 깨어날 때 당신은 상상 이상으로 신성하고 아름다운 세계를 발견할 것입니다.

이 책에서 나는 가장 단순한 방식으로 마음을 고요하게 하는 법과, 삶의 진실 안에서 완전히 현존(現存)하며 깨어 있는 법을 나눌 것입니다. 그리고 일상생활을 하면서도 근본적으로 현존할 수 있도록 마음과 에고에 통달하는 법을 보여 줄 것입니다.

현존은 당신의 인간관계를 포함하여 삶의 모든 면이 더 나아지게 해 줍니다. 그 가치를 헤아릴 수는 없을 것입니다.

지금 이 순간으로 안내하기 위해 전생과 영혼의 여행에 관해 얘기할 것입니다. 삶의 영원한 차원과 신에 관해 말할 것입니다. 치유와 용서, 회개의 필요성에 관해 말할 것입니다. 감정을 올바르게 표현하는 법에 관해 말할 것입니다. 에고에 관해, 에고의 압제에서 해방되는 방법에 관해 자세히 말할 것입니다. 죽음에 관해서도 얘기할 것입니다.

하지만 내가 하는 모든 말은 오직 하나의 목적을 지향합니다. 어떻게 하면 우리가 과거에서 해방되어 지금 이 순간으로 완전히 깨어날 것인가? 어떻게 하면 우리가 환상으로부터 삶의 진실로 깨어날 것인가? 어떻게 하면 우리가 다시 '하나임(Oneness)'으로 회복되고, 동시에 시간의 세계에서 효과적으로 살아갈 수 있을 것인가?

이 책을 읽을 때는 아무것도 모른다는 마음으로 대하기를 권합니다. 나는 당신의 마음이나 에고를 위해 이 책을 쓰지 않았습니다. 이 책은 이미 깨어 있고, 언제나 깨어 있었으며, 언제나 깨어 있을 당신의 차원, 즉 당신의 영원한 차원을 위해 쓰였습니다.

책의 모든 지면은 불가사의한 신비의 일부를 드러낼 것입니다. 그것은 마치 집으로 안내하는 지도와 같습니다. 먼저 이 책을 주의 깊게 끝까지 읽고, 그 뒤에는 이따금 마음 내키는 대로 펼쳐 보기를 권합니다. 깨어남을 위한 숨겨진 열쇠들을 모든 지면에서 발견할 것입니다.

이 책에는 내면에서 잠자고 있는 거인을 깨울 힘이 있습니다. 만일 여기에 쓰인 말을 진실로 껴안는다면, 당신은 깨어날 것입니다.

여행은
여기에서 여기로의 여행입니다.
당신이 도착할 수 있는
유일한 때는
지금입니다.

우리는
'그것'이 되기 위해
여행하고 있습니다.
그런데 우리는 이미 '그것'입니다.
이는 우리 삶의
이해할 수 없는 역설입니다.

1

깨어남으로의 초대

과거는 지나갔습니다.
미래는 결코 도착하지 않습니다.
진실로,
이 순간 바깥에는
삶이 없습니다.

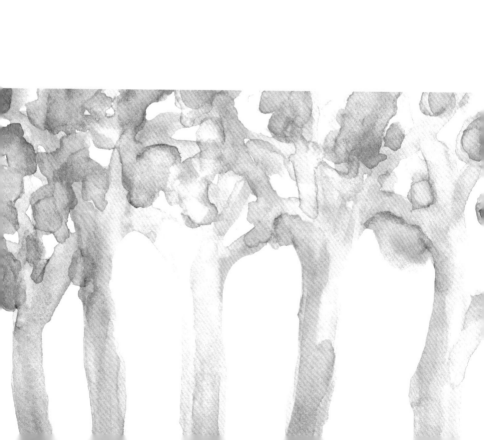

나는 당신이 누구인지 압니다

나는 당신이 누구인지 안다는 말로 이야기를 시작하려 합니다.

당신은 영원한 존재입니다. 당신은 사랑이며 받아들임이며 연민입니다. 당신은 힘이며 맑음이며 진실입니다. 가장 깊은 수준에서 당신은 모습과 내용 너머의 순수 의식입니다. 당신은 상상할 수 없이 강한 힘을 지니고 있습니다. 당신은 신의 뜻을 이 땅에 구현하는 도구입니다. 당신은 신의 챔피언이며, 하나임(Oneness)으로 깨어나는 것이 궁극의 운명입니다. 당신은 자기 영혼의 챔피언입니다. 이번 생에서 당신이 깨어난다면 당신의 영혼은 본래의 불멸성으로 회복될 것입니다. 당신은 하나임으로 회복시키는 자이며, 땅 위의 천국을 드러내는 자입니다. 당신은 신의 순수한 마음을 드러내는 붓다입니다. 당신은 신의 순수한 가슴을 드러내는 그리스도입니다. 당신은 세상에서 신의 길을 드러내는 노자입니다. 당신은 깨어난 남성입니다. 당신은 깨어난 여성입니다.

당신은 영원하지만 시간을 통해 여행하고 있습니다. 이 여행은 당신을 하나임에서 이원성으로 데려갔습니다. 환상과 분리의 세계로 데려갔습니다. 지금 이 순간에서 과거와 미래로 데려갔습니다. 진실에서 개념과 관념, 견해와 믿음의 세계로 데려갔습니다.

이 여행에는 목적이 있지만, 우리는 대부분의 여정 동안 길을 잃고 있습니다. 우리는 자신이 누구인지를 잊었습니다. 우리는 이제 자기만의 개인적인 세계, 분리된 세계에서 에고로 살아갑니다. 우리는 진실에서 너무 멀리 벗어나 길을 잃었고, 집을 나간 탕자의 전철을 밟고 있습니다.

현대의 기술 발전으로 우리는 지나치게 파괴적으로 변했고 이 땅에서 계속 무의식적으로 살아가고 있습니다.

이제는 깨어나야 할 때입니다. 깨어나려면 먼저 우리가 어디에서 어떻게 길을 잃었는지 알아야 합니다.

인간 존재의 딜레마

거의 모든 사람이 무의식 상태에서 살아갑니다. 우리는 눈을 뜨고 있지만, 깨어서 걷고 얘기하고 생활하는 것처럼 보이지만, 사실 우리는 깨어 있지 않습니다.

우리는 마음속에서 길을 잃었습니다. 마음은 기억된 과거와 상상된 미래의 세계입니다. 생각과 기억, 상상의 세계입니다. 견해와 관념, 개념과 믿음의 세계입니다. 마음은 삶이 지금 이 순간의 바깥에 있다는 느낌을 줍니다. 우리 자신이 지금 이 순간의 바깥에 있다는 느낌을 줍니다. 하지만 그것은 크나큰 환상입니다.

진실로, 지금 이 순간 바깥에는 삶이 없습니다. 진실로, 당신은 지금 이 순간 바깥에 존재하지 않으며 존재할 수도 없습니다. 생각하는 마음의 세계는 환상의 세계입니다. 그런데도 거의 모든 사람은 그것이 실재한다고 믿습니다. 그것은 마치 우리가 깊이 잠든 채 꿈 같은 삶을 사는 것과 같습니다. 우리는 이 꿈에서 깨어나야 합니다.

영적 깨어남 혹은 깨달음이란 '마음의 과거와 미래 세계'에서 '지금 이 순간의 진실과 현실'로 깨어나는 것입니다.

깨어나서 지금 여기에 완전히 현존(現存)[1]하게 된 뒤에야 자신이 그동안 현존하지 않았음을 깨닫게 될 것입니다. 깨어난 뒤에야 자신이 깨어 있다는 꿈을 꾸면서 잠들어 있었음을 깨닫게 될 것입니다. 깨달음이란 꿈에서 깨어나는 것입니다. 그것은 의식 안의 깊고 극적인 전환입니다.

---

1 present. 지금 여기에 있음. 생각의 세계에 빠져 있지 않고 지금 여기에 온전히 있음. '현존하다'의 명사형이 아닌, 명사 '현존(Presence)'은 '늘 지금 여기에 있는 실재(實在)'를 가리킴.―옮긴이

분리

마음과 그의 끝없이 재잘거리는 생각에 더 많이 사로잡힐수록, 우리는 지금 이 순간을 통해 드러나는 삶의 진실과 현실로부터 더 많이 분리되어 있다고 느낍니다.

미묘하고 무의식적인 수준에서, 우리는 지금 이 순간과 분리되어 있다고 느낍니다. 서로 분리되어 있다고 느낍니다. 삶의 참된 근원과 분리되어 있다고 느낍니다. 신과 분리되어 있다고 느낍니다. 인간이 기울이는 노력은 거의 모두가 분리되어 있다는 느낌을 벗어나거나 그 느낌을 어찌해 보려는 시도입니다. 우리의 무의식적인 삶의 바탕에는 그런 분리감이 있습니다.

분리된 세계들

마음속에 있을 때 우리는 분리된 세계에 존재합니다. 이 지구에는 무의식적으로 살아가는 사람들만큼 많은 분리된 세계가 있습니다. 우리는 자신의 분리된 세계와 다소 비슷한 분리된 세계를 가진 사람들과는 잘 지냅니다. 그렇지 않은 사람들과는 사이가 좋지 않습니다.

그러나 지금 여기에 현존하게 될 때 우리는 자신의 분리된 세계를 떠나 하나의 세계로 들어옵니다. 이 세계는 지금 이 순간에 감각을 통해 경험됩니다.

이 세계에는 우리의 현실을 왜곡하는 기억이나 상상이 없습니다. 이 세계에는 지금 여기에 있는 것에 대한 우리의 경험을 왜곡하는 관념이나 생각, 견해, 믿음이 없습니다. 우리를 서로 분리시키는 철학이나 종교도 없습니다. 우리의 마음은 고요히 침묵합니다. 나는 고요히 침묵합니다. 당신은 고요히 침묵합니다. 고요한 침묵의 경험이 어떻게 우리에게 서로 다를 수 있을까요? 그럴 수는 없습니다. 고요와 현존 안에서, 우리는 하나로 어우러집니다.

에고

마음의 세계에 빠져 있을 때, 당신은 에고로서 살아가며 에고의 통제를 받게 됩니다.

에고가 세상에서 활동할 때 보이는 기본 태도와 자세는 다음 몇 마디 말로 요약될 수 있습니다.

"나! 나! 나!"
"내 것! 내 것! 내 것!"
"내가 옳아. 내가 옳아. 내가 옳아."
"내가 이것을 어떻게 이용할 수 있지?"
"그것이 내게 어떤 이익이 되지?"

이 행성에는 60억 명의 에고가 살고 있습니다. 이 세계는 왜 이처럼 곤란한 지경에 놓여 있을까요? 우리는 왜 눈앞의 이익을 위해 땅 위의 천국을 파괴하고 있을까요? 호랑이와 고릴라는 왜 다른 수많은 생물처럼 멸종될 위기에 처해 있을까요? 이 행성에 왜 그리도 많은 불의와 불평등, 탐욕과 학대, 잔인함이 있을까요? 당신은 그 이유를 모르십니까?

우리는 동일한 환상 체계를 공유하는 사람들과 어울려 지냅니다. 그것은 공모(共謀)나 마찬가지입니다. 그들은 우리의 친구입니다. 반면에, 우리는 다른 환상 체계를 믿는 사람들에게는 전쟁을 선포합니다. 그들은 우리의 적입니다. 종교, 특히 종교 근본주의는 가장 명백하고 위험한 예입니다. 민족주의도 마찬가지입니다.

"나! 나! 나!"
"내 것! 내 것! 내 것!"
"내가 옳아. 내가 옳아. 내가 옳아."
"내가 이것을 어떻게 이용할 수 있지?"
"그것이 내게 어떤 이익이 되지?"

에고의 이런 기본 태도는 우리의 삶과 인간관계의 모든 면에 영향을 미칩니다. 그것은 우리의 정치, 경제 체제를 실제로 움직이는 것이 무엇인지, 우리가 왜 군사력을 더욱더 키우려 하는지에 관해 아주 많은 것을 알려 줍니다. 우리가 이 행성에서 계속 에고로서 무의식적으로 살아간다면, 이 아름다운 땅은 언제든 인간이 살 수 없는 곳으로 변할 수 있습니다. 이 땅을 물려받는 것은 유순한 자가 아니라, 개미와 바퀴벌레일 것입니다.

이제는 깨어나야 할 때입니다. 우리는 개인적으로 깨어나야 합니다. 그러면 집단적인 수준에서 깨어남이 뒤따를 것입니다. 하지만 만일 우리가 시간과 분리를 통해 긴 여행을 하는 동안 갖게 된 자신의 현재 모습을 직면하지 않는다면, 우리는 깨어날 수 없습니다. 에고의 지배에서 놓여나려면, 자신의 에고를 인정하고 시인하고 고백해야 합니다.

진정으로 현존한다는 것은

지금 여기에 현존한다는 것은 '생각하는 마음'의 너머에 있는 자기 자신과 삶의 차원으로 깨어나는 것입니다. 당신은 고요히 침묵하며, 지금 여기에 실제로 있는 것과 함께 완전히 현존합니다.

당신이 완전히 현존한다면, 이 순간 말고는 다른 순간이 없습니다. 삶의 진실에 깨어 있다는 말은 이를 뜻합니다.

깨어난 현존[2]의 가장 깊은 수준에서는 과거와 미래가 사라져 없고, 당신에게는 오직 이 순간만 있습니다. 당신은 영원한 지금 안에 깨어 있습니다. 당신은 시간의 세계에서 활동할 수 없습니다. 여기에

2 Presence. 늘 지금 여기에 있는 실재(實在).—옮긴이

는 시간이 없기 때문입니다. 여기에는 이 순간 바깥의 자아감이 없습니다.

깨어난 사람은 현존의 가장 깊은 수준에서만 늘 살아간다는 뜻이 아닙니다. 시간의 세계에 참여하기 위해 현존의 좀 더 표면적인 수준에서 활동할 수 있습니다. 하지만 시간의 세계에 참여할 때도 그는 여전히 현존에 깊이 뿌리내리고 있으며, 지금 이 순간이 삶의 진실임을 늘 알아차립니다.

현존 안에서 근본적으로 깨어 있을 때, 당신은 판단이나 두려움, 욕망 없이 살아갑니다. 받아들이는 상태로 살아갑니다. 세상에서 사랑으로 살아갑니다. 분리되어 있다는 환상은 사라졌습니다. 모든 것이 하나임을 강하게 느끼면서 살아가며, 비개인적이며 영원한 존재의 차원을 계속 알아차립니다. 사람들을 평등하게 보며 깨달은 존재로 봅니다. 비록 그들이 그 사실을 알아차리지 못해도…… 이는 동물과 자연계에 대해서도 마찬가지입니다. 당신이 다른 존재에게 고의로 해를 끼치는 일은 불가능해집니다. 자비로우며 늘 정직하게 행동합니다. 정직하지 않을 수 없습니다. 내면의 무언가가 거짓을 허용하지 않을 것이기 때문입니다.

삶의 진실 안에 근본적으로 깨어 있을 때, 당신은 에고의 동기와 욕망, 반응에서 실제로 해방됩니다.

그렇다고 해서 깨어 있는 사람이 완벽하다는 뜻은 아닙니다. 당신도 때로는 다른 사람들처럼 반응할 수 있고, 두려움과 불안, 아픔과 화 같은 감정을 경험할 수 있습니다. 하지만 이전과는 달리, 자신이 분리되어 있다는 환상에 잠시 사로잡혔다는 것을 압니다. 당신은 머릿속에 떠오르는 이야기를 믿지 않으며, 과거가 현재로 투사되고 있음을 압니다. 감정 반응을 자신의 것으로 여기지도 않습니다. 그러면서도 일어나는 모든 감정 반응을 완전히 책임집니다. 그런 경험을 인정하고 받아들이지만, 그것을 진실이라 믿고 그에 따라 행동하지는 않습니다.

두 가지 가능성

삶의 모든 순간에는 늘 두 가지 가능성이 있습니다. 당신은 완전히 현존하거나, 아니면 마음속에 있습니다.

완전히 현존할 때, 당신은 현존이라는 의식 상태에 있습니다. 지금 여기에 있습니다. 지금 이 순간의 진실과 현실을 경험합니다. 분리되어 있다는 환상은 사라졌습니다. 당신은 내면의 침묵 상태에 있으며, 자신과 함께 지금 여기에 있는 것과 순간순간 관련됩니다.

마음속에 있을 때, 당신은 환상의 세계를 위해 지금 이 순간의 진실과 현실을 버렸습니다. 마음속에 있을 때, 당신은 과거나 미래 속 어디에 있습니다. 지금 여기에 있지 않습니다. 당신이 경험하는 것은 실제가 아닙니다.

당신은 생각과 기억, 상상의 힘으로 환상의 세계를 창조했고, 이제 그 세계에서 살아야 합니다. 인간이 겪는 괴로움은 거의 모두 이 단순한 사실에 기인합니다.

당신은 아직 여기에 있지 않습니다

오랫동안 많은 사람과 상담하면서 계속 마주친 주제들이 있습니다. 그 가운데 하나를 잘 설명해 주는 것은 다이앤의 사례입니다. 40대 중반 여성인 다이앤은 내가 여는 모임에 여러 번 참석했는데, 어느 날 나에게 개별 상담을 요청했습니다.

이제까지 살아오면서 겪은 힘든 일들을 얘기하고 그동안 느껴 온 아픈 감정들을 표현한 뒤, 마침내 그녀는 문제의 핵심으로 들어갔습니다.

"저는 여기에 있고 싶지 않아요." 내가 어떤 질문을 하자 그녀는 강하게 반발하며 이렇게 대답했습니다.

지난 몇 년 동안 많은 사람이 내게 이런 말을 했습니다. 이런 태도는 깨어나는 데 주요 장애물입니다. 깨어나려면 온전히 여기에 있어야 하기 때문입니다.

"왜 여기에 있고 싶지 않나요?"라고 묻자, 그녀는 분명히 대답했습니다. "여기에는 너무 많은 고통이 있으니까요. 너무 괴로워요. 너무 힘들어요."

그녀가 내면에 억압되어 있던 모든 아픈 감정에 마음을 열었을 때, 눈물이 그녀의 뺨을 타고 흘러내리기 시작했습니다. 그녀의 삶은 괴로운 감정으로 가득한 힘든 삶이었습니다. "저는 정말 여기에 있고 싶지 않아요." 그녀가 흐느꼈습니다.

"다 좋습니다." 나는 대답했습니다. "그런데 당신은 아직 여기에 있지 않습니다."

그녀는 곤혹스러운 표정을 지었습니다. "무슨 말씀이세요? 제가 여기에 있지 않다면 어디에 있단 말인가요?"

"당신은 태어났지만, 삶으로 완전히 들어오지 못하고, 지금 여기의 세계를 떠나 여기에 없는 세계로 들어가 버렸습니다. 당신은 아직 여기에 있지 않습니다. 그러니 자신이 여기에 있고 싶은지 아닌지를 어떻게 알 수 있을까요? 정말로 여기에 있어 보기 전에는 결정을 보류하는 편이 좋을 것 같군요."

"이해되지 않아요. 제가 여기에 있지 않다면 어디에 있단 말인가요?" 그녀가 혼란스러워하며 물었습니다.

"어렸을 때 당신은 생각하는 마음이 만들어 내는 과거와 미래의 세

계로 들어가 버렸고, 이제 그 세계에 빠져 있습니다. 마음의 세계에
는 당신이 과거에 경험한 모든 고통이 간직되어 있습니다. 지금 이
순간에는 고통이 없습니다. 당신이 계속해서 고통받는 이유는 과거
의 고통에 관한 기억에 사로잡혀 있기 때문입니다. 당신이 계속해서
고통받는 이유는 마음속에 빠져 있기 때문입니다. 당신은 과거 속
에 빠져 있습니다."

눈물이 그쳤고, 그녀는 내 말을 주의 깊게 듣고 있었습니다.

"정말로 여기에 있기 전에는 자신이 여기에 있고 싶은지 아닌지를
알 수가 없습니다." 나는 말을 이었습니다. "마음의 세계라는 감옥
에서 마침내 해방될 때, 그리고 여기 삶의 진실 안에 온전히 있게
될 때, 여기가 땅 위의 천국임을 발견할 것입니다. 고통은 끝나고,
여기에 있음을 감사하게 될 것입니다."

어떻게 마음의 세계로 들어갈까요?

생각할 때마다 당신은 마음의 세계로 들어갑니다. 영적인 생각이든
지성적인 생각이든 마찬가지입니다. 모든 생각은 당신을 마음의 세
계로 데려갈 것입니다.

나는 생각을 멈추어야 한다고 말하는 것이 아닙니다. 생각은 나쁜
것이라고 말하는 것도 아닙니다. 단지 모든 생각은 당신을 마음의

세계로 데려간다고 말할 뿐입니다.

당신은 믿음의 힘으로 생각에 힘을 불어넣습니다. 생각을 믿어서 그 생각에 더욱더 많은 힘을 불어넣을수록 당신은 마음의 세계에 더욱더 갇히게 됩니다. 자신의 생각을 더욱더 미화하고 중시할수록 마음속에 더욱더 빠지게 됩니다.

사실, 지금 이 순간 바깥에는 삶이 없습니다. 머지않아 우리 모두 이 단순한 진실을 인정하고 받아들여야 할 것입니다.

지금 이 순간을 떠남

우리 인간은 곤경에 처해 있습니다. 생각을 멈추는 법을 모르기 때문입니다. 그렇지 않나요? 생각을 멈추고, 여기에서 고요히 현존 안에 있을 수 있는 사람이 얼마나 되겠습니까? 그런데 생각을 멈출 수 없다면 지금 여기에 현존할 수가 없습니다. 모든 생각은 당신을 마음속으로 데려가기 때문입니다.

생각하는 데에는 잘못이 없습니다. 마음의 세계로 들어가는 데에도 잘못이 없습니다. 만일 자신이 환상의 세계로 들어가고 있음을 안다면, 지금 이 순간만이 삶의 진실임을 안다면……. 그러면 시간의 세계에서 생각과 기억, 상상을 가지고 놀 수 있습니다. 즐기세요. 하지만 조심해야 합니다! 그 세계에서는 길을 잃기 쉬우니까요.

생각과 기억, 상상 가운데 어느 하나라도 자신과 동일시한다면, 또는 그 가운데 어느 하나라도 너무 심각하게 받아들인다면, 당신은 지금 이 순간과 삶의 진실에서 분리될 것입니다. 왜곡된 기억과 거짓된 약속으로 가득 차 있는 마음의 환상적인 세계를 위하여 신, 사랑, 진실, 그리고 지금 이 순간을 버리고 있을 것입니다.

생각하기를 선택할 수 있습니다

당신은 생각하기를 선택할 수 있습니다. 생각하는 동안 지금 여기에 현존할 수 있습니다. 당신이 지금 생각하고 있다는 사실은 실제입니다. 하지만 생각하는 내용은 실제가 아닙니다. 내가 얼마나 적게 생각하는지를 알면 당신은 많이 놀랄 것입니다. 나는 생각을 멈추려 하지 않습니다. 생각할 필요가 있을 때는 생각합니다. 그렇지 않을 때는 생각하지 않습니다.

의도하지 않은 생각

만일 생각하려고 의도하지 않는데도 생각하고 있다면, 마음이 스스로 생각하고 있는 것입니다. 마음은 스스로 생각함으로써 존재하게 되며, 그러면 당신은 마음의 세계에 갇히게 됩니다. 당신은 자기의 마음에 갇힌 포로이며, 그곳에서 탈출할 수가 없습니다. 그곳에는 매우 유능한 교도소장이 있습니다. 그는 당신 자신의 에고입니다.

침묵

지금 여기에 완전히 현존할 때, 생각은 멈추고 마음은 침묵합니다.
당신은 생각을 멈추려고 노력하지 않습니다. 지금 여기에 현존하면
저절로 그런 일이 일어납니다.

그러나 이보다 더 깊은 수준의 평화와 침묵이 드러나기를 기다리고
있습니다. 마음이 침묵할 때 내면의 문이 열립니다. 그러면 무한하
며 영원한 침묵이 당신 존재의 중심에서 드러납니다.

이 무한하며 영원한 침묵은 당신 존재의 본질입니다. 그것은 당신
의 참된 본성입니다. 그것은 모든 존재의 본질입니다. 그것은 순수
의식의 영원하며 침묵하는 현존입니다. 그것은 당신의 참된 자기(I
AM)[3]입니다.

그것은 지금 이 순간, 오직 지금 이 순간에만 존재하는 당신의 차원
입니다. 그것은 하나임 안에 존재하는 당신의 차원입니다. 그것은
당신의 붓다 본성입니다. 그것은 당신의 그리스도이며, 신과의 하
나임 안에 존재합니다.

---

3 I AM은 '개인적인 나'가 아니다. 현존(Presence)과 동의어.—옮긴이

지금 이 순간의 침묵 속에는

지금 이 순간의 침묵 속에는 과거와 미래가 없습니다. 생각도, 견해도, 관념도, 믿음도 없습니다. 판단이 없습니다. 옳고 그름이 없습니다. 좋고 나쁨이 없습니다. 정죄도 없고 구원도 없습니다. 절망도 없고 희망도 없습니다. 비난도 죄의식도 없습니다. 기대도 원망도 없습니다. 두려움도 욕망도 없습니다. 분리도 없습니다. 구분도 경계도 없습니다. 오직 지금 이 순간만 있을 뿐입니다.

지금 이 순간의 침묵 속에는 국적이 없습니다. 종교도 없습니다. 믿는 내용도 교리도 도그마도 없습니다. 소유권도 소유물도 통제도 없습니다. 성공도 실패도 없습니다. 성과도 없습니다. 오직 지금 이 순간만 있을 뿐입니다.

드넓은 푸른 하늘

지금 여기에 완전히 현존하고 마음이 고요히 침묵할 때, 당신은 순수 의식의 상태에 있습니다. 나는 이 상태를 드넓고 맑은 푸른 하늘에 비유합니다. 구름 한 점도 보이지 않습니다. 생각이 올라올 때, 그 생각은 드넓은 푸른 하늘을 지나가는 아주 작은 구름 한 점과 같습니다.

그 아주 작은 구름 하나가 하늘을 가릴 수 있겠습니까? 물론 그럴 수는 없습니다.

하지만 만일 당신이 그 아주 작은 구름에 관여한다면, 그 생각을 자기의 것이라 여기고, 그 생각을 믿고, 또는 그 생각을 없애려 애씀으로써 관여한다면, 당신은 그 속에 빠져들 것입니다. 이제 드넓은 푸른 하늘은 더이상 보이지 않을 것입니다.

반면에, 만일 일어나는 생각을 그저 지켜보기만 하면, 그 생각에 찬성하지도 반대하지도 않으면, 당신은 드넓은 푸른 하늘에 계속 열려 있게 됩니다.

만일 계속 생각을 하면, 갑자기 작은 구름이 수없이 나타나서 드넓은 푸른 하늘이 가려질 것입니다.

하늘은 사라지지 않습니다. 하늘은 언제나 여기에 있습니다. 그러나 끊임없이 이어지는 생각 때문에 당신은 하늘을 알아차리지 못했습니다. 이제 당신은 하늘과 단절되어 있습니다. 이제 당신은 드넓은 푸른 하늘처럼 무한하고 고요하며 영원한 순수 의식인 자신의 본성과 분리되었습니다.

차고에서 부엌까지

어느 모임에서 내가 전하는 가르침에 강한 흥미를 느낀 60대 후반의 남자가 질문이 있다며 손을 들었습니다.

"어떻게 하면 일상생활을 하면서도 지금 여기에 현존할 수 있을까요? 어떻게 하면 차고에서 부엌까지 걸어가는 동안 현존할 수 있을까요?" 이렇게 묻고는 내가 대답할 때 주의 깊게 귀를 기울였습니다.

"차고에서 부엌까지 걸어가는 동안, 현존하면서 몸의 움직임을 의식하세요. 보이는 것과 함께 현존하세요. 들리는 것과 함께 현존하세요.

이런 식으로 온전히 현존할 때 당신은 신과 삶의 진실을 깊이 존중하며, 그러면 신과 삶의 진실이 당신에게 드러날 것입니다."

이 말을 들으며 그는 깊은 현존의 상태로 들어갔습니다. 그의 얼굴이 환해지기 시작했습니다.

"현존 안에서 걸을 때, 당신은 내면에서 일어나는 평화와 사랑, 그리고 가장 깊은 수준의 침묵을 느낄 것입니다. 순간순간 알아차리는 모든 것에 대한 깊은 존중을 느낄 것입니다. 만일 마주치는 모든 것과 함께 온전히 현존한다면, 당신은 차고에서 부엌까지 걸어가는 동안 깨어난 존재일 것입니다. 그것은 신성한 여행일 것입니다."

꿈

어느 여인이 잠들어 꿈을 꾸고 있었습니다. 꿈속에서 그녀는 기차를 타고 있었는데, 그만 가방 두 개를 잃어버렸습니다. 그 가방이 유일한 재산이었기에 그녀는 몹시 당황했습니다.

그녀는 이 객차, 저 객차 다니면서 가방을 찾기 시작했습니다. 구석구석 샅샅이 뒤졌습니다. 기차에 타고 있던 모든 승객에게 가방을 보았는지 물어보았지만, 아무 소용이 없었습니다. 아무리 애를 써도 가방을 찾을 수가 없었습니다. 그녀는 점점 더 걱정되었고 점점 더 절망에 빠졌습니다. 그녀의 꿈은 이제 악몽으로 바뀌고 있었습니다.

바로 그때 그녀가 잠자고 있던 집 옆으로 자동차가 지나가며 경적을 울렸습니다. 그 소리에 그녀는 꿈에서 깨어나기 시작했습니다. 막 깨어날 즈음, 아직 가방을 찾지 못했다는 사실이 생각났습니다. "아직 꿈에서 깨면 안 돼." 그녀는 생각했습니다. "아직 가방을 찾지 못했어."

가방을 찾기 위해 막 꿈으로 돌아가려던 순간, 한 생각이 떠올랐습니다. 꿈에서 깨어날 수만 있다면, 자신은 기차에 타고 있지 않으며 가방을 잃어버린 적도 없다는 생각이……. 그 순간 그녀는 꿈에서 깨어나기를 선택했습니다.

이 이야기에는 우리의 삶에 관한 근본 진실이 담겨 있습니다. 어릴 때 우리는 진정으로 현존하는 사람이 아무도 없는 세상으로 들어왔습니다. 우리에게 필요한 것은 조건 없는 사랑과 받아들임이었지만, 우리는 그런 사랑과 받아들임을 받지 못했습니다. 세상은 우리가 자기 자신으로 존재하도록 허용하지 않았고, 자신을 온전히 표현하도록 허용하지 않았습니다. 우리 가운데 일부는 우리를 보살펴 주어야 할 사람들에게 도리어 학대를 당하기까지 했습니다.

그런 채워지지 않은 필요와 상처받은 감정이 곧 우리의 잃어버린 가방들입니다. 우리는 그 가방들을 찾을 때까지 꿈에서 깨어나지 않으려 할 것입니다. 우리는 여전히 사랑과 받아들임, 인정을 찾고 있습니다. 여전히 우리와 함께 현존할 사람을 찾고 있습니다. 여전히 아픔을 벗어나려 애씁니다.

그러나 우리가 찾고 있는 것을 꿈속에서는 결코 발견하지 못할 것입니다. 오직 꿈에서 깨어난 뒤에야 자신이 과거에 잃어버린 것을 찾고 있음을 깨닫게 됩니다. 계속 찾고 있는 한, 우리는 해결하고 싶어 하는 바로 그 과거에 계속 붙들려 있게 됩니다. 계속 찾고 있는 한, 우리는 꿈에 빠져 있을 것입니다.

환상에 빠져서

우리는 문제들을 해결하려, 제약들을 극복하려, 또는 상처들을 치유하려 애쓰면서 평생을 소모할 수도 있습니다. 그런데 그것들은 과거에 속한 것이며, 지금 이 순간과는 아무 관계가 없습니다. 지금 이 순간으로 깨어나는 편이 훨씬 쉬울 것입니다. 지금 이 순간에는 그런 제약과 상처받은 감정이 존재하지 않기 때문입니다.

미래로 투사하기

우리는 불완전한 과거를 기억하고, 더 나은 미래를 기대하며 그 불완전한 과거를 미래로 투사합니다. 그러면 불완전한 과거는 계속 이어지고, 우리는 환상의 세계에 갇혀 버립니다.

꿈을 의식하기

어떤 사람들은 꿈에서 깨어나고 싶어 하지만, 꿈이 이를 허용하지 않을 것입니다. 만일 당신이 꿈에 사로잡혀 있다면, 사람들에게 그 사실을 얘기하세요. 그 사실을 드러내세요. 꿈을 의식하세요. 그러면 꿈이 당신을 놓아주기 시작할 것입니다.

깨어남의 첫 단계

깨어남의 첫 단계는 자신이 깨어 있지 않음을 인정하는 것입니다.

아픔을 치유하는 첫 단계는 그 아픔을 인정하는 것입니다. 자신을 제약하는 믿음들에서 해방되는 첫 단계는 그런 믿음을 인정하는 것입니다. 화에서 해방되는 첫 단계는 그 화를 인정하는 것입니다. 두려움에서 해방되는 첫 단계는 그 두려움을 인정하는 것입니다.

자신의 현재 모습을 있는 그대로 인정하지 않으면, 결코 자유로워지지 않을 것입니다. 그 모든 것을 인정할 때는 사랑과 받아들임, 연민으로, 그리고 어떤 판단도 없이 그리해야 합니다.

두 가지 차원

당신의 본질적인 자기에는 두 가지 차원이 있으며, 에고에도 두 가지 차원이 있습니다. 더 나아가기 전에 우선 이 차이점을 분명히 밝히고 싶습니다.

본질적인 자기의 가장 깊은 수준에서, 당신은 영원한 현존으로 존재합니다. 이 수준에서 당신은 시간 너머에 있으며, 자신을 분리된 개인으로 여기는 모든 느낌의 너머에 있습니다. 당신은 지금 있는 모든 것과의 하나임 안에 존재합니다. 당신은 순수 의식의 무한하고 영원하며 침묵하는 현존입니다. 그것은 당신의 참된 자기(I AM)입니다. 당신의 그 차원은 오로지 지금 이 순간에만 존재합니다. 여기에는 과거나 미래가 없습니다. 당신의 마음은 고요합니다. 당신은 지금 여기에 있는 것과 함께 온전히 현존합니다.

그것은 의식이 온전히 깨어난 상태입니다. 여기에는 표현이 없습니다. 당신은 지금의 순간에 완전히 잠겨 있습니다. 그것은 비개인적입니다.

하지만 이후 그 비개인적인 차원에서 당신의 개인적인 차원이 나오며, 그 차원은 당신의 독특한 개별성을 드러냅니다. 나는 그 차원을 당신의 개성이라고 부를 수 있지만, 가장 순수한 의미에서 그렇습니다.

당신의 비개인적이며 영원한 차원은 바다와 같습니다. 개인적인 차원은 물결과 같습니다. 물결은 바다의 표현이며, 각각의 물결은 독특하게 개별적입니다.

개인적인 수준에서, 당신은 여전히 침묵과 현존에 뿌리를 두면서도 시간을 이용할 수 있습니다. 시간의 세계에 참여할 수 있지만, 그 세계에 빠져 길을 잃지는 않으며, 시간의 세계에서 일어나는 경험을 자신과 동일시하지도 않습니다.

경험들이 오고 갑니다. 그러나 당신은 두려움이나 판단, 욕망, 집착 없이 온전히 현존합니다. 당신은 지금 이 순간만이 삶의 진실임을, 매 순간이 끊임없이 새로워짐을 압니다. 매 순간은 온전히 경험되고 놓여납니다. 경험이 쌓이지 않으니 과거도 내면에 쌓이지 않으며, 그래서 당신은 지금 이 순간에 머무를 수 있습니다.

당신에게는 여전히 기억이 있습니다. 당신은 여전히 미래를 계획할 수 있지만, 미래에 빠지지는 않습니다. 시간의 세계에서 놀면서도 근본적으로 현존합니다.

이 개인적인 수준에서 당신은 침묵, 평화, 사랑, 받아들임, 연민, 맑음, 힘 등 영원한 현존의 모든 성질을 표현합니다. 당신은 독특하게 개인적이지만 '하나임'의 한 표현입니다.

하지만 만일 두려움과 판단, 욕망과 집착으로 살아간다면, 지금 이 순간은 온전히 경험되지 않으며 놓여나지도 않습니다. 그러면 과거가 내면에 쌓이게 되고, 당신은 마음의 세계에 빠져 버립니다. 과거와 미래에 너무 말려들고 생각에 너무 말려들어서 지금 이 순간과 단절됩니다. 당신은 과거의 기억과 미래의 상상으로 한정되어 버립니다.

개인적 차원은 더이상 비개인적 차원을 표현하지 못하며, 당신은 분리의 세계에서 에고로서 활동합니다. 과거의 모든 아픔과 제약을 지닌 채 기억된 과거 속에서 살아가고, 그 과거를 상상된 미래로 투사합니다. 당신은 더이상 삶의 진실 안에서 살고 있지 않습니다.

처음 출발할 때 당신은 모습과 내용을 초월한, 순수 의식의 영원한 현존이었습니다. 그러다가 생각과 기억, 감정, 관념과 개념, 견해와 믿음의 복잡한 미로로 들어갔고, 이제 그곳에서 길을 잃었습니다. 마음의 세계에서 길을 잃고 있을 때 당신은 하나의 개인적인 에고로서 활동하고 있습니다.

에고의 다른 차원이 있는데, 그것은 당신의 개인성을 초월해 있습니다. 그것은 시간의 세계에 있는 당신의 삶을 관리하고 통제하는 인간 의식의 측면입니다. 그것은 분리의 관리자입니다. 에고의 전혀 다른 차원인 그것은 당신을 자기의 세계에서 놓아줄 의향이 없습니다.

에고로서 활동할 때, 당신은 에고의 통제를 받습니다. 에고의 권위에 복종하며 에고의 불문율에 따라 살게 됩니다.

만일 깨어나고자 한다면, 당신이 마음속에서 길을 잃고 에고로 활동하는 모든 방식을 의식해야 합니다. 에고가 자기의 통치 영역인 분리의 세계에서 당신을 포로로 붙잡고 있는 모든 방식을 의식해야 합니다.

집으로 돌아오는 길

깨어남의 초기 단계에 당신은 더없이 행복하고 심오한, 현존의 깨어난 상태를 경험할 것입니다. 하지만 불가피하게 마음으로 돌아오게 될 것입니다. 마음은 당신이 아직 살고 있는 집입니다. 마음은 당신이 점차 익숙해진 집입니다.

이따금 당신은 그 집을 떠나 지금 이 순간을 방문하지만, 여기에 계속 머물지는 못할 것입니다. 그것은 마치 당신에게 부착된 가상의 고무줄이 지금 이 순간에 있는 당신을 홱 잡아채서 마음의 과거와 미래 세계로 다시 데려오는 것과 같습니다.

그러나 현존으로 깊어져서 지금 이 순간에 더욱더 자리 잡으면, 마음을 더욱더 의식하게 되면, 서서히 전환이 일어납니다. 가상의 고무줄은 점점 늘어나고 느슨해지며, 지금 이 순간 안에서 보내는 시간이 더 많아질 것입니다. 당신을 마음의 세계로 즉시 돌아오게 하려는 에고의 고집도 약해질 것입니다.

이처럼 마음과 에고가 점점 더 누그러지고 포기하다가, 어느 날 아무 예고도 없이 당신의 집은 마음의 세계에서 현존의 세계로 바뀌어 있을 것입니다. 이제 당신의 집은 지금 이 순간 안에 있습니다.

현존하는 것은 당신의 자연스러운 상태입니다. 당신은 생각하기 위해 여전히 마음으로 들어가겠지만, 생각을 마치면 곧바로 새로운 집인 현존의 깨어난 상태로 돌아올 것입니다. 고무줄은 이제 반대쪽에서 당신을 잡아당깁니다. 마음으로부터 현존 쪽으로 끌어당깁니다.

이러한 전환이 일어날 때, 당신은 삶에서 큰 변화를 통과했습니다. 당신은 이제 깨어 있습니다. 지금의 세계인 참된 집에 있습니다.

2

깨어남의 두 스텝 춤

길을 알면 깨어남은 단순합니다.
내가 이야기하는 깨어남의 길은
지난 수년 동안 정제되어
단순한 두 스텝으로 정리되었습니다.
나는 그것을 깨어남의 두 스텝 춤이라고 부릅니다.

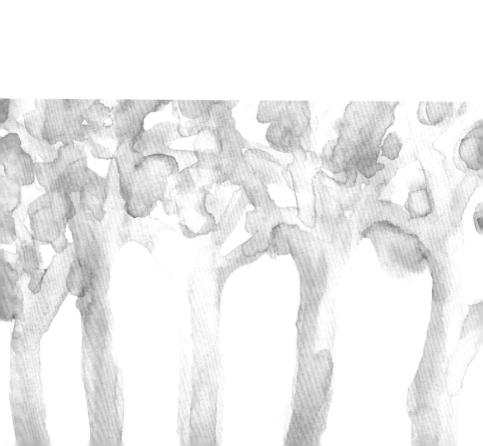

첫 번째 스텝 — 현존하기

깨어남의 두 스텝 춤 가운데 첫 번째 스텝은 지금 이 순간을 삶의 진실로 여기며 선택하는 것입니다. 날마다 부재(absent)[4]하기보다 현존(present)하기를 점점 더 많이 선택하세요. 이 말은 현존하기를 날마다 더 자주 선택하라는 뜻입니다. 더 자주 현존할수록 현존의 차원이 내면에서 더 많이 열릴 것입니다.

당신이 현존하기를 선택하는 유일한 이유는 지금 이 순간이 삶의 진실임을 알기 때문입니다. 그래서 환상의 세계에 빠지는 대신에 삶의 진실 안에 있기를 선택합니다.

현존하기 위한 열쇠

현존하는 방법은 정말 단순합니다. 마음의 세계라는 감옥에서 해방

---

4 의식이 마음의 세계에 빠져 있을 때는 지금 여기에 없기 때문에 '부재(不在)'라는 표현을 사용했다.—옮긴이

되어 지금 이 순간으로 완전히 놓여나는 열쇠가 있습니다. 이 열쇠는 단순하며, 나는 오랫동안 사람들에게 이 열쇠를 전했습니다.

지금 이 순간으로 돌아와서, 이미 현존하는 것과 함께 현존하기. 그러기를 부드럽게 기억하기. 이것이 해방의 간단한 열쇠입니다.

마음의 세계에 있을 때 당신은 과거나 미래에 있습니다. 당신이 있지 않은 유일한 곳은 지금 이 순간에 있습니다. 그러니 당신이 할 일은 지금 이 순간으로 돌아와서, 지금 실제로 여기에 있는 것과 함께 온전히 현존하는 것이 전부입니다. 그러면 당신은 마음의 과거와 미래 세계에서 나와 지금의 세계로 들어옵니다.

만일 당신이 어떤 것을 보거나 듣거나 느끼거나 맛보거나 만지거나 냄새 맡을 수 있다면, 당신은 그것과 함께 현존할 수 있습니다. 그것은 지금 이 순간에 속하며, 따라서 당신에게 그것과 함께 현존하는 기회를 줍니다.

아침에 잠에서 깨면 침대에서 나오기 전, 숨 쉬는 몸 안에서 몇 분쯤 가만히 현존하세요. 세수나 샤워를 할 때는 물의 따듯함, 비누의 향기와 함께 현존하세요. 아침 식사를 하면서 현존하세요. 설거지를 하면서 현존하세요. 현존할 때는 설거지도 신성한 경험이 될 수 있습니다.

방 안을 둘러보세요. 함께 현존할 수 있는 것이 많을 것입니다. 매 순간 들리는 소리와 함께 현존하세요. 움직일 때는 움직임을 의식하며 현존하세요. 지금 여기에 무엇이 있든 그것과 함께 현존하세요.

하루에도 현존할 수 있는 때는 많습니다. 생각과 기억, 상상의 세계에서 떠돌고 있음을 알아차릴 때마다 지금 이 순간으로 돌아오세요. 지금 이 순간을 선택할수록 당신은 현존으로 더 깊이 들어가며, 현존의 감추어진 보물이 점차 드러날 것입니다. 마침내 당신은 현존 안에 완전히 자리 잡고, 땅 위의 천국과 신이 드러날 것입니다.

지금 여기에 실제로 있는 것과 함께 현존하기

추상적인 방법으로는 현존할 수 없습니다. 현존은 아무것도 없는 공(空)으로 사라지는 것이 아닙니다. 우리는 오직 지금 여기에 실제로 있는 것과 함께만 현존할 수 있습니다.

문손잡이, 의자, 나무, 꽃, 하늘 높이 솟구치는 새…… 그 무엇이든 상관이 없습니다. 만일 그것이 지금 당신과 함께 여기에 있다면, 그것은 자기와 함께 현존하도록 당신을 초대하고 있습니다.

초대에 응하기

우리 인간들은 현존으로의 초대에 흔히 어떻게 반응하나요? 그 초대를 무시합니다! 우리는 마음속에 너무나 굳게 갇혀 있어서, 지금 여기에 있는 것과 몇 초 이상 현존하지 못합니다. 우리는 삶의 진실 안에서 살아가는 데에 거의 관심이 없습니다. 우리는 꿈을 꾸고 있습니다.

그 초대에 응하고 꿈에서 깨어나려면 어떻게 해야 할까요? 지금 여기에는 함께 현존할 수 있는 것이 아주 많습니다. 매 순간이 그것들을 풍부하게 보여 줍니다. 현존 안에서 숲속을 걸어 보세요. 현존 안에서 정원을 산책해 보세요. 한없이 넓은 하늘을 보세요. 바다와 함께 현존하세요. 설거지를 하면서 또는 차고에서 부엌까지 걸으면서 현존하세요.

진실은 타협하지 않습니다

진실은 타협하지 않습니다. 진실은 당신이 좋아하는 대로 맞추어 주지 않습니다. 진실은 당신이 바라는 대로 맞추어 주지 않습니다. 당신은 지금 이 순간을 정확히 있는 그대로 받아들이거나, 아니면 그 이상의 것을 찾아서 지금 이 순간을 떠납니다. 신은 지금 이 순간 말고는 당신에게 줄 것이 없습니다. 에고는 훨씬 많은 것으로 당신을 유혹할 수 있습니다.

부드럽게 기억하기

지금 이 순간으로 돌아와서, 이미 현존하는 것과 함께 현존하기, 그러기를 부드럽게 기억하는 것이 현존을 위한 열쇠라고 앞에서 말했습니다. 기억한다는 것은 무슨 뜻일까요?

우리는 기억(remember)이란 과거의 어떤 사건으로 우리를 다시 데려가는 마음의 기능이라고 여깁니다. 이는 이 단어의 오용입니다. 내가 말하는 이 단어의 뜻을 바르게 이해하려면 '분해하다(dis-member)'라는 단어를 참고해야 합니다. 분해란 온전한 것을 잘라서 부분들로 나누는 것입니다. 기억(re-member)이란 그 과정을 거꾸로 되돌리는 것입니다. 부분들을 되돌려 다시 온전하게 하는 것입니다.

지금 이 순간 당신이 보거나 듣거나 느끼거나 맛보거나 만지거나 냄새 맡을 수 있는 모든 것은 한 부분입니다. '당신'은 다른 부분입니다. 이미 현존하는 것과 함께 현존하기를 기억할 때, 부분들이 하나로 합쳐져서 온전함이 회복됩니다.

눈을 감은 채 현존하기

눈을 감고서, 숨 쉬는 몸과 함께 현존할 수 있습니다. 순간순간 들리는 소리와 함께 현존할 수 있습니다. 얼굴에 와 닿는 공기, 등에 닿는 의자의 감촉과 함께 현존할 수 있습니다. 욱신거리거나 가려운 느낌 같은 신체 감각과 함께 현존할 수 있습니다.

지금 일어나는 감정과 함께 현존할 수 있습니다. 하지만 그런 감정과 엮이며 만들어지는 이야기에는 관여하지 마세요.[5] 그런 이야기는 당신을 지금 이 순간에서 벗어나게 할 것입니다.

생각의 내용에 관여하지 않는 한, 당신은 일어나는 생각과 함께 현존할 수 있습니다. 내면의 평화로운 느낌과 함께 현존할 수 있습니다. 내면이 넓어지는 느낌과 함께 현존할 수 있습니다.

지금 이 순간 실제로 있는 것과 함께 현존하는 한, 무엇과 함께 현존하는지는 상관이 없습니다.

평범한 문손잡이

평범한 문손잡이와 함께 현존할 수 있다면, 그 손잡이는 세상의 모든 영적 서적보다 더 강력한 힘으로 당신을 현존하게 해 줄 수 있습니다. 그 손잡이는 영적인 개념과 수행법으로 당신을 가득 채우며 마음의 세계로 데려가지 않습니다. 그 손잡이는 당신을 즉각 지금 이 순간으로 초대합니다. 당신이 응할 수 있는 유일한 때는 지금입니다.

5　예를 들어, 어떤 사람에게 부당하게 당한 일이 떠오르면 화가 날 수 있다. 이때 화라는 감정과 함께 현존하되, 화와 관련해 머릿속에서 일어나는 모든 생각과 이야기에는 개입하거나 말려들지 말라는 뜻이다.—옮긴이

보리수나무 밑에서

어떤 사람이 아름다운 보리수나무 밑에 앉아서 여러 달 동안 위대한 영적 서적들을 읽고 있었습니다.

어느 날 보리수나무가 그에게 말을 걸었습니다.
"당신은 왜 예수와 붓다, 크리슈나에 관한 책을 읽고 있나요? 내게는 당신을 해방시킬 열쇠가 있는데요! 그런 책들은 당신에게 지식을 주겠지만, 깨어나게 하지는 않을 겁니다."

그는 깜짝 놀랐습니다.
"무슨 말인지 모르겠군요." 두려움과 호기심이 뒤섞인 표정으로 그가 말했습니다.

"그런 책에 있는 말들은 당신을 마음속으로 데려갈 겁니다." 나무가 말했습니다. "그런 말은 당신의 사고 과정에 더 힘을 불어넣을 테고, 그러면 당신은 지금 이 순간과 삶의 진실에서 더 멀어지겠죠. 분리 속으로 더 깊이 들어갈 겁니다."

"좀 더 설명해 줄래요?" 그가 곤혹스러운 표정을 지으며 물었습니다.

"만일 당신이 나와 함께 완전히 현존하기로 선택한다면, 생각은 멈추고 과거와 미래는 사라질 겁니다. 당신은 하나임과 삶의 진실로 깨어날 겁니다. 그리고 내가 나무의 모습으로 있는 신임을 알게 되겠지요. 당신이 나와 함께 완전히 현존하기만 한다면, 그런 책을 통해 찾으려는 모든 것이 당신에게 드러날 겁니다." 나무가 대답했습니다.

그는 미소를 지었습니다. "이 책들에 쓰여 있는 말이 바로 그겁니다. 내가 옳은 길을 가고 있는 게 분명하군요." 그러고는 계속 책을 읽었습니다.

정원 산책

밖에 나가서 정원을 천천히 걸어 보세요. 한 송이 꽃과 함께 현존하세요. 다음에는 한 그루 나무와, 다음에는 다른 꽃과 함께 현존하세요. 한 번에 하나씩과 현존하되, 당신과 함께 현존하는 정원 전체를 느껴 보세요.

중요한 건 진심으로 진실하게 그리해야 한다는 것입니다. 당신은 나무들, 꽃들과 현존이라는 선물을 나누고 있으며, 그들은 당신과 현존이라는 선물을 나누고 있습니다. 그것은 신성한 경험입니다.

원한다면, 나무들이나 꽃들에게 그들이 얼마나 아름다운지 말해 주세요. 당신이 얼마나 그들을 사랑하며 감사해하는지 말해 주세요. 또는 고요히 침묵해도 됩니다. 정원을 걸으며 깊이 관심을 기울이세요. 모든 것을 하나하나 찬찬히 바라보되, 어떤 생각도 없이 그렇게 해 보세요.

정원에 있는 동안 진실로 현존한다면, 모든 꽃과 모든 나무에서 신의 살아 있는 현존을 만나기 시작할 것입니다.

식사하기

눈을 감고서, 숨 쉬는 몸을 알아차리세요. 들리는 소리를 듣고 음식의 냄새를 맡아 보세요. 이제 자신이 현존한다고 느껴지면, 눈을 뜨고서 앞에 놓인 그릇, 컵, 수저, 그리고 식탁에 있는 다른 물건들을 보세요. 다른 사람과 함께 식사하며 음식을 나눌 때는 음식과 물을 아주 천천히 사랑을 담아 서로에게 건네세요.

시간 없는 영원의 느낌, 알 수 없는 불가사의의 느낌을 느껴 보세요.

깊이 감사하며 첫술을 뜨세요. 숟가락을 아주 천천히 그릇으로 가져가서 뜨고, 아주 천천히 입으로 가져가세요. 아무 음식도 맛본 적이 없는 것처럼 그 음식을 맛보세요. 평생 처음 먹어 보는 음식인 것처럼 맛보세요. 그 풍부한 맛을 하나하나 음미해 보세요. 천천히 의식하며 음식을 씹어 보세요. 음식을 씹을 때 완전히 현존하세요. 맛을 보고 냄새를 맡을 때 완전히 현존하세요.

음식을 먹는 것과 같은 단순한 경험도 얼마나 신성할 수 있는지 알고서 당신은 놀라워할 것입니다.

의식하며 움직이기

만일 당신이 진실로 현존한다면, 들을 때도 의식하고, 볼 때도 의식하고, 미세하게 몸을 움직일 때도 의식합니다. 대다수 사람은 그만큼 현존하거나 의식하지 않을 뿐입니다.

태극권의 진정한 목적은 몸과 움직임을 의식하도록 도우려는 것입니다. 하지만 이를 위해 십 년간 태극권을 수련할 필요는 없습니다.

다음에 머리를 긁거나 다리를 꼬고 앉을 때는 완전히 현존하며 움직여 보세요. 천천히 움직이면 도움이 될 것입니다. 몸과 움직임을 완전히 의식하며 현존할 때, 당신은 한 명의 붓다처럼 느끼기 시작할 것입니다.

옛날이야기가 생각납니다.
어느 날 붓다가 제자들과 함께 앉아 있는데, 파리 한 마리가 그의 머리 주위를 윙윙거리며 맴돌고 있었습니다. 붓다는 우아하게 팔을 움직여 파리를 쫓았습니다. 잠시 뒤 붓다는 더 우아하게 그 동작을 되풀이했습니다. 그런데 파리는 이미 날아가고 없는 상태였습니다.

그래서 제자 한 사람이 물었습니다. "스승님, 처음에 팔을 저었을 때는 파리가 있었지만, 두 번째는 파리가 없는데도 팔을 저으셨습니다. 왜 그러셨는지요."

붓다는 잠시 침묵한 뒤 대답했습니다. "처음에 팔을 저었을 때는 내가 완전히 현존하며 의식하지는 않았다는 것을 알아차렸다. 그래서 바로잡고 싶었다."

만일 이 이야기에 나오는 붓다처럼 꾸준히 전념하여 현존하고 의식한다면, 자신의 붓다 본성으로 아주 빨리 깨어날 것입니다. 하지만 우리 대부분은 너무 게으르거나 산만합니다. 현존하며 의식하는 것이 우리에게 그다지 중요한 우선순위도 아닙니다. 우리가 깨어나지 않는 것은 이 때문입니다.

선택

순간순간 선택할 수 있습니다. 당신은 삶의 진실인 지금 이 순간 안에 있고자 합니까? 아니면, 생각하는 마음의 환상적인 세계에 있고자 합니까? 부드럽게 기억하여 현존하기를 선택할 수 있습니다.

이때 당신은 생각을 멈추려고 애쓰지 않습니다. 마음에서 벗어나려고 애쓰지 않습니다. 깨닫기 위해 애쓰지 않습니다. 단지 현존하기를 선택할 뿐입니다. 왜냐하면 그저 지금 이 순간이 삶의 진실이기 때문입니다. 당신은 편안히 그런 선택을 합니다.

지금 이 순간을 선택하면, 마음은 침묵할 것입니다. 편안히 이완하며 그 침묵으로 들어가세요. 현존으로 깊이 들어가세요. 신이 지금 이 순간 당신에게 주는 모든 것을 즐기세요. 지금 이 순간의 가득함과 풍요로움을 즐기세요.

생각이 끼어들면

생각이 끼어들면, 생각이 일어난다는 사실을 그저 인정하세요. 생각이 일어나도록 허용하되, 그 생각에 관여하지는 마세요. 생각을 의식하면, 생각은 멈출 것입니다. 생각은 의식되지 않는 환경에서 무성히 번성합니다. 의식되는 환경에서는 사라져 없어집니다.

때가 되면 마침내 당신은 생각을 멈추고 싶어 할 것입니다. 그런데 생각을 멈추려 하는 것도 생각입니다. 그것은 당신을 현존에서 벗어나게 하려는 에고의 속임수일 뿐입니다.

생각이 일어날 때는 마음이 어떻게 활동하는지 가만히 지켜본 뒤, 지금 당신과 함께 있는 것으로 부드럽게 돌아오세요. 잠시 뒤 생각이 다시 끼어들면, 그 과정을 되풀이하세요. 그 생각을 인정하고, 그 생각에서 부드럽게 떨어져 나와, 다시 현존으로 돌아오세요.

현존으로 깊이 들어갈수록, 생각이 일어날 때 지켜보기가 더 쉬워집니다. 만일 판단이나 대항하는 에너지 없이 그리하면, 에고는 마침내 편안히 이완되고 생각을 멈출 것입니다.

생각이 필요할까요?

만일 하루 24시간 중에서 생각이 실제로 필요하고 적절했던 시간을 더해 본다면, 아마 다 합쳐도 20분 이상 되지 않을 것입니다. 일 때문에 분주하거나 정신적으로 활동해야 할 일이 많은 날이라면 그 이상이 될 수도 있습니다. 하지만 자세히 살펴본다면, 대부분의 생각이 불필요함을 알게 될 것입니다. 생각이 하는 일이란 대개 근심을 일으키거나, 과거의 기억이나 미래에 대한 상상 속에 빠져 있게 하는 일입니다.

생각할 필요 없이 현존할 기회는 하루에도 아주 많습니다. 설거지를 하는데 생각이 왜 필요할까요? 세수나 샤워를 하는데 생각이 왜 필요할까요? 차고에서 부엌까지 걸어가는데 생각이 왜 필요할까요? 당신은 차고에서 부엌까지 걸어가는 방법을 알고 있습니다. 그러니 그 일에 관해 생각할 필요가 없습니다!

자기와 얘기하기

생각할 때마다 실제로는 자기와 얘기하고 있습니다. 그런데 누가 말하고 있나요? 누가 듣고 있나요? 이런 대화를 해 봐야 무슨 소용이 있을까요? 그것은 사실 일종의 광기입니다. 모든 사람이 생각에 빠져 있어서 정상으로 보일 뿐입니다.

만일 큰 소리로 혼잣말을 하면서 거리를 걷는 사람을 보면, 당신은 그를 제정신이 아닌 사람으로 여길 것입니다. 만일 당신이 생각하면서 거리를 걷고 있다면, 제정신이 아닌 그 사람과 당신의 유일한 차이는, 그 사람과 달리 당신은 소리 내지 않고 자기와 얘기한다는 점뿐입니다. 그것을 우리는 '생각한다'고 합니다.

다음번에 만일 의도하지 않았는데도 생각하고 있음을 알아차리게 되면, 그런 생각을 크게 소리 내어 말해 보세요. 대화 전체를 밖으로 드러내 보세요. 그런 생각을 판단하지 마세요. 그런 생각을 잘못된 것이라 책망하지 말고, 멈추려고 애쓰지도 마세요. 단지 주의 깊게 들어 보세요. 무척 재미있을 것입니다. 다시는 라디오를 듣지 않아도 될 것입니다. 머릿속에서 자신의 토크쇼가 방송되고 있기 때문입니다.

생각을 지켜보기

현존 안에 충분히 자리 잡고 있다면, 생각이 일어날 때 그 생각을 지켜볼 수 있습니다. 당신은 그 생각을 멈추려고 노력하지 않습니다. 생각을 멈추려는 시도는 오히려 생각하는 과정을 더 강화하여 당신을 마음속으로 더 깊이 데려간다는 것을 알기 때문입니다. 당신은 생각에 찬성하지도 반대하지도 않으며, 그저 있는 그대로 생각을 지켜봅니다.

생각 명상

생각이 끈질기게 계속되어 현존하기가 어렵다고 여겨질 때도 생각에 대항하느라 애쓰지 마세요. 생각과 싸우지 마세요. 그저 편안히 이완하면서 생각과 함께 있으세요. 생각에 협조하세요. 자리에 앉아서 생각 명상을 해 보세요.

15분간 의식적으로 생각해 보세요. 하나하나의 생각과 함께 현존하세요. 생각을 소리 내어 말해 보세요. 생각들을 하나씩 끝마쳐 보세요.

아마 생각들은 30초 이상 계속되지 않을 것입니다. 그 이상 계속되더라도 그저 편안히 이완하며 생각 명상을 즐기세요.

생각들이 당신을 어디로 데려가는지를 보고 당신은 놀라워할 것입니다. 생각들이 당신을 지금 이 순간으로부터 얼마나 멀리 데려가는지를 보고 놀라워할 것입니다. 대부분의 생각이 얼마나 엉뚱한지를 알고 놀라워할 것입니다. 생각들이 얼마나 두서없는지를 알고 놀라워할 것입니다.

생각을 멈추는 열쇠는 생각과 어떤 마찰도 일으키지 않는 것입니다. 그러면 현존으로 돌아오기가 매우 쉽습니다.

지금 이 순간을 존중하기

얼마나 자주 현존하는지는 중요하지 않습니다. 하루에 5분만 순수한 현존 안에 있어도 당신의 삶이 변화될 것입니다. 중요한 것은 당신이 지금 이 순간을 삶의 진실로 존중하는가 아닌가, 입니다. 당신이 진정 지금 이 순간을 삶의 진실로 존중한다면, 그렇다는 것을 지금 이 순간에게 보여 주는 자기만의 창조적인 방법을 찾아야 할 것입니다.

그것은 연애와 비슷합니다. 지금 이 순간과 그 안의 모든 것에 대한 사랑과 감사를 더 많이 보여 줄수록, 그것은 당신에게 더욱더 열릴 것입니다.

지금 이 순간은 환상이 아닙니다

우리가 살아가는 이 물질세계를 환상이라고 말하는 영적 전통이 많습니다. 하지만 이런 말은 도움이 되지 않습니다. 마음에서 해방되는 유일한 길은 지금 여기에 있는 것과 함께 현존하는 것입니다. 만일 그 모든 것이 환상이라면, 당신이 무엇과 함께 현존할 수 있겠습니까?

우리가 오해하는 까닭은, 현존의 가장 깊은 수준에서는 모습이 사라져 빛이나 순수 에너지로 보일 수 있기 때문입니다. 이런 일이 일어날 때 당신은 모든 존재의 본질 속으로 들어가고 있습니다. 모습을 초월하는 본질과 만나고 있습니다. 순수 의식과 만나고 있으며, 그 순수 의식은 모든 것이 일어나는 근원입니다. 하지만 그렇다고 해서 모습이 환상이라는 뜻은 아닙니다. 그것은 모습이 이 더 깊은 수준으로 들어가는 입구라는 뜻입니다. 모습으로 있는 그것과, 모습을 초월하는 그것은 하나이며 같은 것입니다.

"신은 창조자이자 창조물이다"라는 말도 이 진실을 나타내는 또 하나의 표현입니다. 창조물과 함께 현존하면 창조자를 알게 될 것입니다.

신의 몸

물질적인 모습으로 있는 모든 것은 신의 몸입니다. 신의 몸과 함께 현존하세요. 그러면 지금 여기에 있는 모든 것 안에서 신의 살아 있는 현존을 경험하기 시작할 것입니다.

현존하기는 단순합니다

현존하면서 완전히 깨어 있기는 쉽습니다. 당장 할 수 있습니다. 연습도 필요하지 않습니다. 부드럽게 기억하기만 하면 됩니다. 하지만 일상생활을 하면서, 사람들과 관계하면서 계속 현존하기는 그다지 쉽지 않습니다. 대부분의 사람은 짧은 시간만 현존할 수 있습니다. 곧 그들은 현존에서 끌려 나와 마음의 세계로 돌아갑니다.

깨어남의 두 스텝 춤 가운데 두 번째 스텝이 필요한 것은 이 때문입니다. 나는 두 번째 스텝을 '훈련하기'라고 부릅니다.

3

두 번째 스텝

현존하는 것만으로는
충분하지 않습니다.
현존에 숙달해야 합니다.

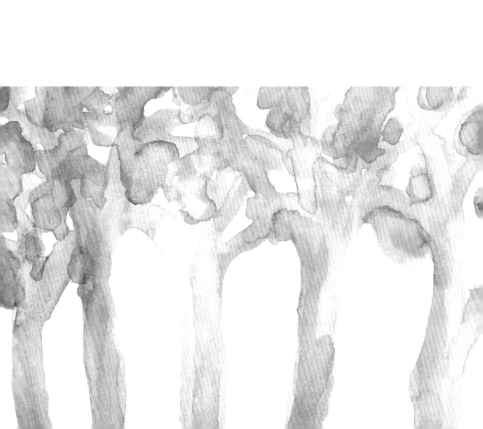

두 번째 스텝 – 숙달하기

첫 번째 스텝은 현존으로 인도합니다. 두 번째 스텝은 현존의 숙달로 인도합니다.

만일 원하지 않는데도 마음의 과거와 미래 세계로 계속해서 끌려돌아온다면, 당신은 자유롭지 않습니다. 깨어 있지 않습니다. 완전히 깨어나려면 숙달해야 합니다. 자기의 마음과 에고의 주인이 되어야 합니다.

두 번째 스텝에는 당신이 현존 밖으로 끌려 나오는 모든 방식을 알아차리는 것이 포함됩니다.

마음의 세계로 돌아오도록 당신을 끌어당기는 갈고리들은 무엇입니까? 무엇이 당신을 현존 안에 영구히 근본적으로 자리 잡지 못하게 방해합니까? 이 질문들의 답을 알지 못한다면, 어떻게 가끔 짧은 순간 이상 깨어 있을 수 있을까요?

두 번째 스텝은 네 가지로 나뉩니다. 당신이 계속해서 현존 밖으로 끌려 나와 마음의 세계로 되돌아가게 되는 주요 이유가 네 가지이기 때문입니다. 첫째는 에고의 저항입니다. 둘째는 자기의 현재 모습에 대한 부정입니다. 셋째는 과거부터 이루어진 감정의 억압입니다. 넷째는 다른 사람과 얽힌 관계입니다.

완전한 깨어남의 첫째 장애 – 에고의 저항

일상생활을 하고 사람들과 관계하면서도 근본적으로 계속 현존하는 것이 어려운 첫째 이유는 에고 자체와 관련이 있습니다.

앞서 말했듯이 에고에는 두 가지 차원이 있습니다. 지금 이 순간과 단절되어 마음속에서 길을 잃고 있을 때, 당신은 세상에서 하나의 에고로서 활동하고 있습니다.

하지만 에고의 다른 차원도 있는데, 그 역할은 시간의 세계 안에 있는 당신의 삶을 관리하고 통제하는 것입니다. 그 에고는 분리의 관리자입니다.

깨어나려면 자신이 에고로서 활동하며 마음속에서 길을 잃어버리는 모든 방식을 알아차려야 할 것입니다. 에고가 당신을 그의 분리의 세계에 포로로 붙잡고 있는 모든 방법도 알아차려야 할 것입니다.

에고는 인간의 삶을 지배하고 있으며, 현존에 대한 에고의 저항은 인류가 위험한 환상의 세계에서 길을 잃고 있는 주요 이유입니다. 깨어남으로 가는 참된 길은 지금 이 순간이라는 입구를 통과하는 길입니다. 그런데 만일 당신이 그 참된 길을 발견하면, 에고는 맹렬히 저항할 것입니다. 에고는 자신이 모르는 것을 두려워하는데, 에고는 지금 이 순간을 결코 알 수가 없습니다. 에고는 결코 현존할 수 없습니다. 에고는 당신이 현존하며 삶의 진실로 깨어날 때 자기가 영원한 어둠 속에 버려지는 것을 원하지 않습니다.

에고는 당신을 유혹하고 속이는 일에 더없이 능숙합니다. 에고는 당신이 현존의 세계를 떠나 마음의 세계로 돌아오도록 온갖 술책을 동원하여 당신을 유혹할 것입니다.

에고의 형성

이 물질세계에 태어났을 때, 당신은 작고 연약한 아기였지만 완전히 현존했습니다. 그러나 당신이 들어온 이 세계에서는 부모를 비롯하여 거의 모든 사람이 한정된 마음의 세계에서 활동하며 살아가고 있었습니다. 그들은 대부분 무의식적으로 살고 있었습니다. 그들은 충분히 현존하지 못하고 있었습니다.

그래서 당신은 다시 또다시 상처를 받았습니다. 당신의 욕구들이 충족되었더라면 당신은 편안히 쉬며 안전하다고 느꼈겠지만, 그 욕구들은 충족되지 못했습니다. 당신은 원하는 것을 얻으려고 화도 내 보았지만, 그마저도 허용되지 않았습니다.

그것은 당신이 감당하기에는 너무 버거운 일이었습니다. 그래서 이 모든 힘겨운 감정으로부터 당신을 보호하기 위해 에고가 생겨났습니다. 본래 에고는 당신의 보호자입니다. 에고는 당신의 내적 경험을 관리하는 감독관이며, 당신이 외부 세계와 어떻게 관계할지를 관장합니다.

당신의 삶에서 에고의 첫째 역할은 분노와 아픔, 결핍감 같은 고통스럽고 불쾌하며 안전하지 않은 감정을 억압하는 일이었습니다. 에고의 의도는 당신이 거부당하거나 무가치하거나 소외되어 있다고 느끼는 경험을 최소화하려는 것이었습니다. 그래서 에고는 아무도 진정으로 현존하지 않는 무의식 세계에서 대처하기 위한 전략들을 개발했습니다.

이런 과정이 진행되면서 과거가 내면에 쌓이게 되었고, 당신은 서서히 마음의 세계로 빠져들었습니다. 오래전에 당신에 앞서 부모가 그러했듯이.

에고는 처음에는 당신의 삶에서 보호자였습니다. 하지만 그 역할을 성공적으로 수행하려면 삶의 모든 측면을 통제해야 했습니다. 에고는 자신이 아는 것만을 통제할 수 있는데, 에고가 아는 모든 것은 과거의 기억과 미래의 상상에 바탕을 둡니다. 그런데 에고가 그때도 몰랐고 지금도 모르는 것이 하나 있습니다. 그것은 지금 이 순간입니다. 그래서 에고는 현존으로 들어가려는 당신의 모든 움직임에 저항을 합니다.

당신의 보호자라는 역할을 수행하기 위해 에고는 당신을 분리의 세계에 붙잡아 두려 합니다. 만일 당신이 현존하게 된다면, 에고는 당신이 거기에 머물도록 허용하지 않을 것입니다.

당신이 성장함에 따라 에고는 더욱 강해지고 정교해지며, 참된 당신의 진실과 에고 사이의 구분은 더욱더 흐려집니다. 이윽고 에고는 자기가 당신이라고 생각합니다. 그래서 이 게임은 당신을 보호하려는 쪽으로부터, 에고 자신과 에고의 역할을 보호하는 쪽으로 전환됩니다. 에고는 권력과 통제에 중독되게 되고, 그 통제권을 내놓지 않으려고 몹시 저항하게 됩니다.

에고는 인간의 삶을 강력하게 통제하는 지배자가 되어 버렸습니다. 그래서 이제 에고는 인간의 깨어남에 가장 큰 장애물입니다.

에고의 술책

에고는 당신을 마음의 과거와 미래 세계에 가두어 놓는 일에 더없이 능숙합니다. 에고는 자기가 관장하는 분리의 세계로 들어오도록 당신을 꾀고 속이고 유혹하는 온갖 술책을 가지고 있습니다.

에고는 비난과 원망, 죄책감, 후회와 자책의 에너지를 이용해 당신을 과거에 가두어 둡니다. 만일 당신이 이런 에너지를 자신과 동일시하거나 그런 이야기를 믿는다면, 당신은 고통스러운 과거에 갇혀 있게 될 것입니다. 에고가 원하는 것은 바로 이것입니다. 그러면 에고는 당신의 삶을 계속 통제할 수 있기 때문입니다.

에고의 세계는 또한 상상된 미래의 세계입니다. 에고는 매우 단순하지만 교묘한 술책을 써서 거의 모든 인간을 결코 오지 않는 미래 속에 포로로 붙잡아 둡니다. 그 속임수가 무엇인지 짐작되십니까? 그것은 미래에는 충족될 것이라는 약속입니다! 이 약속은 우리 안에 욕망과 희망이 생기게 하고, 이 욕망과 희망은 우리의 관심이 지금 이 순간을 떠나 미래에 집중되게 합니다.

우리는 모두 어린아이처럼 이 속임수에 속고 있습니다. 만일 우리가 이 단순한 속임수를 간파하고 오직 지금 이 순간만이 우리를 충족시킬 수 있음을 깨닫지 못한다면, 우리는 결코 깨어나지 못할 것입니다.

미래의 깨달음

에고는 미래에 깨달을 것이라는 약속으로 우리를 유혹할 수도 있습니다. 그것은 어떤 영적 수행법을 따르거나 명상을 하거나 영적인 책들을 읽으면, 또는 영적 스승들을 만나면 당신이 마침내 깨어날 것이라는 약속입니다. 이것은 거짓된 약속입니다.

당신이 깨어날 수 있는 유일한 때는 지금입니다. 그리고 좋은 소식은, 지금 이 순간이 끊임없이 당신에게 자기를 다시 보여 준다는 것입니다. 지금 이 순간은 결코 당신을 포기하지 않습니다. 그것은 언제나 당신에게 현존할 기회를 주고 있습니다.

에고를 지켜보기

마음의 폭정과 압제에서 벗어나고 싶다면, 에고가 하는 짓을 매우 주의 깊게 지켜보아야 합니다. 어떤 식으로든 에고에게 대항하지 마세요. 에고가 만들어 내는 것들을 가만히 지켜보세요. 당신은 그것을 멈출 수 없습니다.

당신이 할 수 있는 일은 오로지 에고를 지켜보며 에고를 간파하는 것뿐입니다. 에고가 원하는 것은 바로 이것입니다.

에고가 더는 당신을 속이거나 우롱할 수 없을 만큼 당신이 충분히 통달할 때까지 에고는 당신을 계속 시험할 것입니다. 에고는 몹시 교묘합니다. 에고는 당신이 에고를 간파한다는 사실을 알아야 합니다.

현존 안에 충분히 자리 잡고 있지 않으면, 에고를 계속 지켜볼 수 없습니다. 그럴 경우 에고를 지켜보는 것은 에고 자신입니다. 그것은 자기의 꼬리를 물려고 뱅뱅 도는 개와 같습니다. 당신은 깨어나지 않을 것입니다.

깨어난 현존과 에고의 차이

깨어난 현존과 에고와의 차이를 반드시 알아야 합니다. 현존을 알아보는 간단한 시험이 있습니다. 진실로 현존할 때는 마음이 고요히 침묵합니다. 어떤 생각도 없습니다. 이것이 그 시험이며, 여기에는 타협의 여지가 없습니다. 이 밖의 모든 것은 에고입니다.

어떤 생각이 일어난다면, 그것은 에고가 개입하고 있다는 단서입니다. 만일 당신이 자신을 관찰하고 있다면, 관찰하는 것은 에고입니다. 만일 당신이 자신의 영적인 진보에 관해 얘기한다면, 에고가 그렇게 얘기하는 것입니다. 그것은 여전히 이원성이며, 여기에는 '관찰하는 자'와 '관찰되는 대상'이 포함됩니다.

현존 안에 있을 때 당신은 하나임 안에 있습니다. 이원성을 초월해 있습니다. 침묵 속에 있습니다. 오로지 침묵하는 현존 안에 있을 때만 에고를 지켜볼 수 있습니다. 오로지 침묵하는 현존 안에 있을 때만 사랑과 받아들임, 연민으로 에고와 관계할 수 있습니다. 오로지 침묵하는 현존 안에 있을 때만 어떤 판단도 없이 있을 수 있습니다. 만일 어떤 판단의 기미라도 감지한다면 에고는 당신을 놓아주지 않을 것입니다.

에고는 당신을 쉽게 놓아주지 않을 것입니다

에고는 생각의 틀 안에서 존재합니다. 에고의 존재와 기능은 과거에 토대를 둡니다. 당신의 삶에서 에고가 보호자와 통제자의 역할을 하도록 정당화하는 것은 과거의 아픔과 충족되지 않은 모든 욕구입니다.

당신이 현존하게 되면 과거는 사라집니다. 아픔과 충족되지 않은 욕구들도 함께 사라집니다. 그러면 당신의 삶에서 에고가 어떤 역할을 하겠습니까? 당신이 깨어나면, 에고의 존립을 정당화하는 과거는 더이상 여기에 없습니다. 그러면 에고의 권위가 위협받게 되며, 그 때문에 에고는 현존에 저항할 것입니다. 에고는 자기가 존재 의미를 잃고 무용해지도록 허용하지 않을 것입니다.

에고가 지금 이 순간을 두려워하는 또 하나의 이유가 있습니다. 더 충분히 현존할수록 당신은 몸에 저장된 과거의 모든 억압된 감정을 만나기 시작합니다.

그러면 에고가 오랜 세월 이루기 위해 그토록 애써 왔던 모든 것이 부정됩니다. 어린 시절 이후로 에고의 역할은 모든 고통스러운 감정을 억압하고, 당신이 죽는 순간까지 자기가 생존할 전략을 구사

71

하는 것이었습니다.

에고는 자기의 역할을 쉽게 포기하지 않을 것입니다.

에고를 더욱 두렵게 하는 것이 있습니다. 당신이 완전히 현존하면 생각이 멈춘다는 것이 그것입니다. 에고는 생각의 틀 안에서 존재합니다. 에고의 세계는 생각하는 마음의 과거와 미래 세계입니다. 생각이 멈추면, 에고는 자신이 소멸되는 것처럼 느낍니다.

당신의 관점에서는, 지금 이 순간으로 들어가는 것은 삶으로 들어가는 것과 같습니다. 에고의 관점에서는, 그것이 죽음처럼 느껴집니다. 에고는 자기가 소멸되는 것처럼 느낍니다. 그리고 그것은 적어도 당신이 완전히 현존하는 동안에는 진실입니다. 몇 초든, 몇 분이든, 몇 시간이든, 며칠이든.

그래서 에고는 당신이 현존으로 들어가지 못하도록 저항할 것입니다. 자기가 소멸되도록 허용하지 않을 것입니다. 자기가 죽도록 허용하지 않을 것입니다.

당신은 에고를 패배시킬 수 없습니다

당신이 깨어날 때 자기가 죽을 것이라고 믿는 한, 에고는 당신을 놓아주지 않을 것입니다. 어떤 식으로든 에고를 판단하거나 에고를 없애려고 노력하는 한, 에고는 현존에 저항할 것입니다.

깨어나거나 깨달을 때 에고가 어떻게든 소멸될 것이라고 암시하는 영적 전통이 많습니다. 깨달으면 에고가 죽을 것이라는 암시가 있습니다. 이것은 전혀 도움이 되지 않는 말입니다. 에고를 패배시키는 것은 불가능합니다. 인류 역사상 에고를 패배시킨 사람은 아무도 없습니다. 붓다도 그리하지 못했습니다! 예수도 그리하지 못했습니다! 그 누구도 그리하지 못했습니다.

에고와 올바른 관계 맺기

에고는 저항과 판단을 먹으며 번성합니다. 에고는 거부와 대항을 먹으며 번성합니다. 에고를 편안한 휴식과 내맡김의 자리로 데려올 수 있는 것은 오로지 사랑과 받아들임의 에너지뿐입니다. 당신이 할 수 있는 일은 에고를 조건 없이 사랑하고 받아들이는 것이 전부입니다. 에고의 모든 작은 게임과 속임수, 유혹하고 산만하게 만드는 모든 전략까지.

에고가 현존에 저항하고 당신을 마음의 세계로 유혹하는 모든 방법을 의식해야 합니다. 그런데 사랑과 받아들임, 연민으로 그리해야 합니다. 이것은 당신이 현존할 때만 가능합니다.

마음의 세계에서 길을 잃고 하나의 에고로서 활동할 때, 당신은 사랑과 받아들임을 추구합니다. 그런데 사랑과 받아들임을 자기의 바깥에서 찾고 있습니다. 다른 사람들에게서 찾고 있습니다. 잘못된 방향에서 찾고 있습니다. 당신이 찾고 있는 것을 다른 사람들에게서는 발견하지 못할 것입니다.

조건 없는 사랑을 받고 조건 없이 받아들여지는 유일한 길은 내면으로 돌아서는 것입니다. 당신을 진정으로 충족시키고 치유하는 유일한 관계는 시간 속에서 살아가는 에고와, 당신이 완전히 현존할 때 드러나는 깨어난 현존 사이의 내적인 관계입니다. 이러한 내적 관계에는 판단이 전혀 없습니다. 현존의 깨어난 상태에는 판단이 없기 때문입니다.

사랑과 받아들임, 연민의 에너지로 에고를 대할 것인지 여부는 깨어난 인간 존재인 당신에게 달려 있습니다. 에고가 저항을 포기할수록 당신은 훨씬 쉽게 현존할 수 있습니다. 당신의 삶에 변형의 순간이 올 텐데, 그때 생각들은 완전히 멈추고 마음은 오랫동안 침묵할 것입니다.

에고는 깨어날 수 없습니다

에고가 깨닫기 위해 더 많이 노력할수록 당신은 더 많은 괴로움을 겪을 것입니다. 에고가 이룰 수 없는 것을 이루려 하기 때문입니다. 이는 영적인 길을 걷는 거의 모든 사람이 공통으로 범하는 실수입니다. 에고는 깨어나기 위해 무척 열심히 노력합니다. 날마다 명상을 하고, 온갖 영적 수련을 하며, 종교 의식을 행하고, 촛불을 켜 놓고, 수련회에 가고, 책을 읽고, 이런저런 영적 스승과 함께합니다. 에고는 깨닫기 위해 무척 열심히 노력하지만, 그런 일은 일어날 수 없습니다.

에고는 결코 현존할 수 없습니다. 에고는 결코 삶의 진실 안에 깨어 있을 수 없습니다. 에고의 세계는 마음의 세계입니다. 에고는 과거에 바탕을 두며 미래로 투사합니다. 에고의 존재 자체가 생각에 의존합니다. 깨어나기 위한 에고의 노력은 당신을 미래 속으로 더 멀리 데려가고, 지금 이 순간으로부터 더 멀어지게 할 뿐입니다.

하지만 만일 에고가 자기의 딜레마를 통찰하고 편안히 쉴 수 있다면, 에고는 당신을 마음으로부터 현존으로 놓아줄 것입니다. 에고는 깨닫기 위한 노력을 멈추어야 합니다. 모든 노력이 그쳐야 합니다. 그러면 편안히 쉬면서 지금 이 순간에 잠기게 됩니다. 이제 당신은 여기에 있습니다! 당신은 깨어 있습니다. 적어도 당신이 완전히 현존하는 그런 순간들에는……. 이렇게 단순합니다.

완전한 깨어남의 둘째 장애 – 자기 현재 모습의 부정

일상생활을 하고 사람들과 관계하면서 계속 현존하기 어려운 두 번째 이유는 시간과 분리를 통해 긴 여행을 하는 동안 형성된 자신의 현재 모습을 부정하기 때문입니다.

자신의 현재 모습을 부정하는 정도만큼 참된 자기의 진실이 부정당할 것입니다. 자신의 현재 모습을 부정하는 정도만큼 현존 안에 자리 잡을 수 없습니다.

깨어난 현존으로서 이 땅 위에서 살아갈 때, 당신은 침묵하고 현존하며 사랑하고 받아들이고 허용합니다. 자비롭습니다. 당신에게는 두려움이나 판단이 전혀 없습니다. 당신은 과거의 모든 제약과 트라우마에서 자유롭습니다. 미래를 걱정하지 않습니다. 평화롭고 고요하며 평온합니다. 맑고 강합니다. 그리고 내면에서 힘을 얻습니다. 자연스럽게 반응하며 행동합니다. 감사해하며 너그럽습니다. 이 세계의 비범한 풍요로움을 끊임없이 알아차리며 살아갑니다. 하나임 안에 존재하며, 현존하는 모든 것 안에서 신의 살아 있는 현존을 느낍니다. 당신은 이 땅 위를 경쾌하게 걸으며, 당신의 삶은 온전함과 은총을 드러냅니다.

하지만 당신이 마음의 세계에 갇혀 이 땅 위에서 하나의 에고로서 활동할 때, 당신은 앞서 묘사한 깨어난 현존에는 미치지 못하는 무엇이 되었습니다. 당신은 어떤 사람이 되었습니까? 우리는 모두 어떤 사람이 되었습니까?

우리는 애정에 굶주리고 탐욕스럽고 두려워하며 통제하고 조종하고 질투하고 원망하고 화내고 비난합니다. 우리는 기대들로 가득

차 있으며, 그런 기대들이 이루어지지 않을 때는 원망합니다. 자신과 타인들에 대한 판단으로 가득 차 있습니다. 우리는 기억된 과거 속에 얽혀 있고, 상상된 미래 속에서 길을 잃고 있습니다. 성공을 갈망하고, 실패를 두려워합니다. 우리는 서로 절망적으로 얽혀 있습니다. 어떻게든 책임을 회피하기 위해 남들을 비난하고 죄책감을 느낍니다. 이원성의 세계에서 지독히 균형을 잃고 있습니다. 우리는 죽음을 두려워합니다. 상실을 두려워합니다. 모르는 것을 두려워합니다. 모든 사람, 모든 것에 집착합니다. 심지어 우리의 괴로움까지 집착합니다. 우리는 사랑받지 못한다고 느낍니다. 받아들여지지 않는다고 느낍니다. 자신의 아픔을 느끼기를 거부하며, 남들에게 그 아픔을 전가함으로써 자신의 아픔을 느끼지 않고 회피하려 합니다. 우리는 환상의 세계에서 길을 잃고 있으면서도 그 세계가 진실이라고 우깁니다. 우리는 이용합니다. 오용합니다. 악용합니다.

그런데 그런 당신의 현재 모습이 바로 참된 당신으로 가는 입구입니다! 깨어남의 가장 중요한 열쇠 가운데 하나는, 마음과 에고 수준에서 형성된 자신의 현재 모습을 인정하고 시인하고 고백하는 것입니다. 당신은 그런 모습을 비켜 갈 수 없습니다. 그런 모습을 숨길수 없습니다. 그런 모습을 우회할 수 없습니다. 그런 모습을 고칠수 없습니다. 그런 모습을 바꿀 수 없습니다.

당신이 할 수 있는 일은 오로지 거울을 들여다보는 것뿐입니다. 삶은 거울이며, 그 거울은 당신의 현재 모습을 끊임없이 비추어 줍니다. 인간관계는 당신의 현재 모습을 끊임없이 비추어 줍니다. 그 거울을 기꺼이 바라보려고 해야 합니다. 만일 정말로 거울을 들여다본다면, 당신은 무엇을 보게 될까요?

당신은 피해자인가요? 비난하는 자인가요? 화가 나 있나요? 죄책감을 느끼나요? 두려움으로 가득 차 있나요?

다른 사람의 마음에 들려고 애쓰느라 너무 많은 삶을 허비하여 이제는 자신이 누구인지, 무엇을 원하는지조차 잊어 버렸나요? 과거에 생긴 치유되지 않은 마음의 상처들을 지니고 있고, 그 상처들을 지금 이 순간으로 투사하나요?

당신이 자기 자신에 대해, 다른 사람들에 대해, 삶에 대하여 갖고 있는, 자신을 제한하는 믿음들은 무엇인가요? 자신을 제한하는 이런 믿음들은 당신의 현재 모습을 상당 부분 결정합니다.

당신은 다른 사람과의 관계에서 어떠한가요? 그들을 통제하려 하나요? 자기의 뜻대로 움직이려 하나요? 당신은 정직한가요? 사람들에게 관심을 보이며 도와주나요? 사랑을 표현하는 법을 알고 있나요? 사람들을 이용하나요? 누군가를 학대하나요? 당신은 판단으로 가득한가요? 기대와 원망으로 가득한가요? 겉모습은 어른이지만 속은 어린아이 같은가요? 어머니나 아버지와의 관계를 아내나 남편에게 투사하고 있나요? 일이 뜻대로 풀리지 않을 때는 어떠한가요?

당신은 감정들을 느끼도록 자신에게 허용하나요? 감정들을 책임 있게 표현하나요? 당신은 감정들을 어떻게 회피하나요? 내면에서 일어나는 감정들을 스스로 책임지나요? 아니면, 사람들을 비난하며 그들에게 책임을 전가하나요?

마음의 세계에서 해방되려면, 자신의 현재 모습에 있는 모든 측면을 인정하고 시인하고 고백해야 합니다. 어떤 판단도 없이 그리해야 합니다.

그리하기는 어렵지 않습니다. 자기를 보호하려 하지 말고, 아프면 그저 아픔을 느끼세요. 정직하고 진실하세요. 탐욕이 올라오면, 알아차리세요. 인정하세요. 고백하세요. 당신을 판단하지 않을 사람에게 그 탐욕을 고백하세요. 그런 사람을 발견하지 못하면 신에게 고백하세요. 내면의 침묵 한가운데에 존재하는 신에게…….

"신이시여, 방금 제 안에서 올라오는 탐욕의 에너지를 느꼈습니다. 아! 저는 정말 탐욕스럽습니다. 이제 이 탐욕을 당신께 고백합니다. 저는 이 탐욕을 판단하지도 거부하지도 않습니다. 그냥 인정할 뿐입니다. 하지만 이제 저는 탐욕의 에너지를 떠나 현존으로 돌아오기를 선택합니다. 이 탐욕의 에너지가 저를 어둠과 분리 속으로 더 멀리 데려가게 놓아두지 않을 것입니다. 신이시여, 저는 이제 더욱 깨어 있습니다. 저는 훨씬 더 현존해 있고, 그래서 현존의 관점에서 저는 제가 마음과 에고의 수준에서 어떤 모습이 되었는지 쉽게 볼 수 있습니다."

현재 모습의 어떤 측면에 대해서도 마찬가지입니다. 자기 자신이나 다른 사람을 판단하고 있을 때는 그렇다는 것을 알아차리세요. 자기 자신과 다른 사람을 통제하는 수많은 방식을 알아차리세요. 어째서 자신이 옳기를 바라는지 알아차리세요. 어째서 자신을 피해자로 여기게 되었는지 알아차리세요.

그것이 무엇이든지 인정하고 표현하고 고백하세요. 다음에는 그것을 떠나 현존으로 돌아오세요.

당신의 그런 모습들은 참된 자기의 진실이 아닙니다. 그렇지만 그런 모습들을 기꺼이 인정하고 받아들이고 표현하고 고백하지 않는다면, 당신은 참된 자기의 진실로 깨어날 수 없습니다.

그것은 현존 안에 자리 잡으려면 반드시 통과해야 할, 흥미로우면서도 쉽지 않은 입구입니다.

완전한 깨어남의 셋째 장애 — 억압된 감정

과거에 억압된 감정이 내면에 많을수록, 근본적으로 현존하기는 그만큼 어렵습니다.

억압된 감정은 빈번하게 자극을 받으며, 그 감정이 자극을 받아 분출되면 당신은 지금 이 순간의 바깥으로 끌려 나와 과거의 그 경험속으로 들어가며, 그 경험을 지금 이 순간으로 투사합니다. 당신은 더이상 삶의 진실 안에 있지 않습니다. 사실 당신은 과거로 퇴행해 버렸지만, 그 사실을 알아차리지 못합니다.

억압된 감정은 자극을 받아 분출되지 않을 때도 계속 밖으로 새어 나와서 삶의 경험을 왜곡합니다.

감정을 억압하는 과정은 아주 어린 시절부터 시작되었습니다. 어린 아이였던 당신에게는 부모가 함께 충분히 현존해 줄 필요가 있었습니다. 하지만 그 필요는 채워지지 못했습니다. 아주 미묘하게지만, 당신은 소외되고 분리되어 있다고 느꼈습니다. 당신에게는 부모의 조건 없는 사랑과 받아들임이 필요했지만, 그런 필요는 대부분 채워지지 못했습니다.

그런 필요들이 채워지지 않을 때마다 당신은 거듭거듭 아픔을 느꼈습니다. 그리고 그런 아픔을 느낄 때는 화가 났습니다. 곧 당신은 이런 결핍감과 아픔, 화의 감정을 견디기 힘들다고 느꼈습니다. 또는 그런 감정을 표현하는 것이 허용되지 않는다고 느꼈습니다. 그래서 에고의 도움을 받아 이런 감정을 내면에 억압하는 과정을 시작했습니다.

그런 감정은 점차 억압된 감정의 저장고에 쌓여 몸속에 보관되었습니다.

억압된 감정의 저장고

당신 안에는 억압된 감정을 보관하는 저장고들이 있습니다. 외로움과 소외감의 저장고가 있습니다. 충족되지 않은 욕구의 저장고가 있습니다. 상처와 슬픔, 아픔의 저장고가 있습니다. 억압된 분노의 저장고가 있습니다.

이런 감정들은 일상생활로 스며 나옵니다. 이런 감정들은 당신의 자아감을 왜곡하며, 다른 사람과의 관계에 부정적인 영향을 미칩니다. 간혹 자극을 받을 때면 극심하게 분출되기도 합니다. 댐이 터지듯이 쏟아져 나오면서, 지금 이 순간과는 전혀 관계없는 그런 감정들이 홍수처럼 당신을 휩쓸어 버립니다. 과거의 감정들이 홍수처럼 계속 범람하는 사람들도 있습니다. 그러면 그들의 삶은 불필요한 고통으로 가득 찹니다.

외로움이 느껴지면, 그것은 교제가 필요하다는 신호입니다. 그냥 그런 의미일 뿐입니다. 배우자를 찾아서 결혼해야 한다는 의미는 아닙니다. 깨어 있는 성숙한 존재이며 알맞게 반응하는 사람이라면, 친구에게 전화해서 점심 식사를 함께 하자고 할 것입니다. 그것은 조금 외로운 감정일 뿐이며, 성숙하고 알맞게 반응하면 됩니다.

하지만 그처럼 조금 외로운 감정이 당신 안의 저장고를 자극하여 그 속에 갇혀 있던 외로움과 소외감을 한꺼번에 방출시키면, 당신은 갑작스레 어린 시절의 감정들에 압도당해 버립니다. 그러면 친구에게 전화하는 대신 심하게 움츠러들어 버립니다. 그리고 무의식적으로, 자신은 사랑받지 못하는 사람이며, 아무도 당신을 원하지 않고 필요로 하지도 않는다고 굳게 믿어 버립니다. 자신이 실패자라고 느낍니다. 그러고는 부끄러워하며 숨어 버립니다. 누구에게도 이런 모습을 보여 주고 싶지 않아서…….

아픔과 화의 감정도 마찬가지입니다. 아픈 감정은 당신이 원하는 것을 얻지 못하고 있거나, 원치 않는 것을 받고 있음을 나타냅니다. 화도 마찬가지입니다. 이런 감정을 느낄 때는 자신이 원하는 것을 차분하고 다정하게 요청하거나, 자신이 원하지 않는 것을 분명하게 말하면 됩니다. 그렇게 반응하면 됩니다.

하지만 이런 감정이 과거의 아픔이나 화로 넘쳐흐르면, 알맞게 반응하기가 어려워집니다. 그럴 때 당신은 더이상 현존하는, 힘 있는, 알맞게 반응하는 어른이 아니며, 상처받은 어린아이가 됩니다. 그래서 어린 시절에 그랬던 것처럼 움츠러들거나 시무룩해지기도 하고, 몹시 화를 내거나 심하게 비난하고 원망하게 됩니다.

현존으로 깊이 들어가려면, 일상생활을 하고 인간관계를 하면서 근본적으로 계속 현존하려면 이런 억압된 감정의 저장고들을 비워야 합니다.

저장고를 비우기

깨어나서 현존 안에 영구히 자리 잡으려면, 그동안 억압해 온 과정을 거꾸로 되돌려야 합니다. 자신 안에 억압된 모든 감정이 의식되고 책임 있게 표현되도록 허용해야 하는 것입니다. 온전히 현존하는 법을 배우고 감정들과 올바르게 관계하게 되면, 그리하기가 어렵지 않으며 아주 오래 걸리지도 않을 것입니다.

아침에 잠에서 깨어 침대에서 나오기 전이나 밤에 잠들기 전, 며칠 동안 이렇게 기도해 보세요.

"사랑하는 신이시여, 제가 원하는 것은 오직 현존과 사랑, 진실, 하나임으로 깊어지는 것입니다. 만일 제 안에 억압된 감정들이 제가 현존과 사랑, 진실, 하나임으로 깊어지는 데 장애가 되고 있다면, 부디 이런 감정들이 자극을 받아 표출될 수 있도록 제 삶을 조정하여 주세요. 그래서 이 감정들이 표면으로 올라와서 의식되고 책임 있게 표현되도록 해 주시고, 그리하여 치유되고 완료되고 놓여나게 해 주세요."

중요한 점은, 감정들이 올라올 때 이런 감정들을 없애려 하지 않아야 한다는 것입니다. 그저 그런 감정들이 올라와서 진정으로 표현되도록 초대하면 됩니다. 그런 감정들이 올라올 때는 과거의 이야기도 함께 떠오를 것입니다. 이런 이야기들이 나타나도록 허용하되, 그 이야기를 믿지는 말기 바랍니다.

이는 마치 두 가지 역할을 행하는 것과 같습니다.

한편으로 당신은 슬퍼하고 아파하고 화를 내고 비난하며, 그런 감정들을 충분히 진정으로 표현합니다. 다른 한편으로는 그런 감정들이 올라올 때 온전히 현존합니다. 그런 감정들이 내면에서 떠오를 때 당신은 그 모든 일을 목격하며, 그런 감정들이 지금 이 순간과는 상관이 없음을 압니다. 그런 감정들은 단지 완료되기 위해 떠오르는 과거임을 압니다. 그래서 그 모든 경험을 어느 정도 즐기기까지 합니다.

이것은 치유법이 아닙니다. 당신은 뭔가를 고치거나 없애려고 하지 않습니다. 단지 버거운 감정들을 억압해야겠다고 마음먹었던 어린 시절의 결정을 바로잡고 있을 뿐입니다. 당신은 그런 감정들에게 존재하고 표현될 권리를 돌려주고 있습니다.

깨어난 존재로서 당신은 책임 있게 그리할 것입니다. 책임 있게 표현된 화는 웃음으로 변합니다. 슬픔이 올라오면 우세요. 슬픔은 곧 지나가고, 기쁨이 그 자리를 대신할 것입니다.

이 순간에 일어나는 느낌은 친구입니다

억압된 감정들의 저장고를 완전히 비우는 데는 3개월쯤 걸리며, 12개월 이상 걸리지 않을 것입니다. 그러면 당신은 지금 이 순간에 일어나는 느낌들과 완전히 새로운 관계를 맺을 수 있고, 과거와는 무관해질 것입니다.

지금 이 순간 일어나는 느낌들은 당신의 친구입니다. 그들은 메시지를 전하는 사자(使者)입니다. 그들은 지금 이 순간 일어나는 일에 알맞게 반응하는 법을 알려 줍니다.

배고프면 먹으세요. 목마르면 마시세요. 외로우면 친구에게 전화하세요. 친구와 사이가 틀어져서 너무 힘들면, 그를 떠나세요. 잠시 떨어져 있어 보세요. 여기에 복잡할 것은 아무것도 없습니다. 당신의 느낌들은 순간순간 어떻게 반응해야 할지 알려 주는 실마리이며 신호입니다.

그러니 대응하는 대신 반응하세요. 과거의 억압된 감정들이 밀려들어 지금 이 순간의 경험을 왜곡하지 않는 한, 그렇게 반응하는 것은 아주 쉬운 일입니다.

완전한 깨어남의 넷째 장애 – 타인과 얽힘

깨어난다는 것은 과거와 미래에서 해방되어 지금 이 순간으로 풀려난다는 뜻입니다. 또한 타인과 얽힌 관계에서 풀려나 나 자신에게 돌아온다는 뜻입니다.

만일 내가 당신과 얽혀 있다면, 내가 누구인지를 어떻게 알 수 있을까요? 만일 당신이 나와 얽혀 있다면, 당신이 누구인지를 어떻게 알 수 있을까요? 깨어나려면 우리는 서로 얽힘에서 풀려나야 합니다.

타인과 얽혀 있다는 것은 무슨 뜻일까요?

만일 내가 당신에게 사랑받거나 받아들여지기를 원한다면, 나는 당신과 얽혀 있습니다. 만일 내가 당신에게 인정받거나 동의받기를 원한다면, 나는 당신과 얽혀 있습니다. 만일 내가 당신에게 인정받기 위해 당신을 기쁘게 해 주려고 노력한다면, 나는 당신과 얽혀 있습니다. 만일 내가 당신의 비판이나 비난을 두려워한다면, 나는 당신과 얽혀 있습니다. 만일 내가 당신에게 거부당할까 봐 두려워한다면, 나는 당신과 얽혀 있습니다. 만일 내가 당신을 통제하거나 조종하려 한다면, 나는 당신과 얽혀 있습니다. 만일 내가 당신을 책임지려 한다면, 나는 당신과 얽혀 있습니다. 만일 내가 당신을 비판하고 비난하거나 원망한다면, 나는 당신과 얽혀 있습니다.

사실 우리는 모두 서로에게 절망적으로 얽혀 있습니다. 우리는 모두 서로에게 절망적으로 빠져 있습니다.

자신의 힘을 남에게 주어 버림

만일 어떤 사람이 당신을 좋아하고 인정하고 받아들이면, 당신은 기분이 좋아집니다. 의기양양해집니다. 자신이 가치 있다고 느낍니다. 그러나 만일 그들이 당신을 좋아하거나 인정하거나 받아들이지 않으면, 당신은 좌절합니다. 자신이 무가치하게 느껴집니다. 이런 식으로 당신은 자신의 모든 힘을 남들에게 주어 버렸습니다. 남들과 절망적으로 얽혀 버렸습니다.

남들과 얽힘에서 해방되기

남들과 얽힘에서 해방되려면, 남들 속에서 자신을 잃어버리는 모든 방식을 의식해야 합니다.

다른 사람에게 사랑과 인정, 받아들임을 구하고 있음을 알아차릴 때마다, 자신의 힘을 그들에게 주어 버리고 있음을 시인하고 인정하고 고백해야 할 것입니다. 다른 사람의 인정을 받기 위해 그를 기쁘게 해 주려 하고 있다면, 그러고 있음을 판단 없이 시인하고 인정하고 고백하세요.

화를 놀이하듯이 책임 있게 표현하면, 그 화는 당신이 남들과 얽힘에서 해방되어 자신의 힘을 되찾도록 도울 수 있습니다.

남자를 기쁘게 해 주려 한 안젤라

머린에서의 어느 목요일 저녁, 자신에게 진실해야 하는 이유와 깨어남에 대한 강연을 막 마쳤을 때, 누군가 울고 있음을 알아차렸습니다. 그녀는 40대 초반의 매력적인 여성인 안젤라였습니다.

"울음이 올라오도록 그냥 놓아두세요." 내가 말했습니다. "괜찮아요. 울음이 올라오도록 그냥 놓아두세요."

눈물이 흐르는 얼굴로 그녀가 나를 쳐다보았습니다.

"왜 울고 계시나요?" 내가 물었습니다.
"아버지 때문에요." 그녀가 대답했습니다.

"아버지가 어때서요?
"아버지를 기쁘게 해 드리려고 평생 노력했어요. 아버지는 정말 무정했죠."

"그런 노력이 성공했요? 아버지를 기쁘게 해 드렸나요?"
"아뇨!" 그녀는 절망적인 표정을 지으며 대답했습니다.

그녀의 문제는 명백했습니다. 그녀는 아버지에게 인정받고 그를 기쁘게 해 드리려 애쓰느라 자기의 힘과 자아감을 남에게 넘겨주는 법을 배웠던 것입니다. 이것은 우리가 자기를 잃어버리고 무력해지는 주요 방법 가운데 하나입니다. 그것이 발전되어 얽히는 패턴이 굳어져 버리면 다시 풀기가 몹시 어려울 수 있습니다.

"그렇게 오랜 세월 아버지를 기쁘게 해 드리려 애썼지만 성공하지 못했는데, 이제 만일 아버지가 이 자리에 계신다면 아버지에게 뭐라고 말하고 싶나요?" 내가 물었습니다.

"저는 아버지를 기쁘게 해 드리려 노력했지만, 그럴 수 없어요. 그럴 수가 없어요." 그녀는 피해자의 목소리로 애원하고 있었습니다.

"자유로워지고 싶다면 그런 식으로 말하지 않을 겁니다." 내가 말했습니다.

"저는 노력했어요! 정말 열심히 노력했다구요!" 그녀는 올바른 말을 찾으려 하면서 이렇게 말했습니다.

그녀의 목소리는 여전히 애원조였고 무력해 보였습니다.
"그게 아니에요!" 나는 꽤 직설적으로 지적했습니다.

그녀는 이제까지 만난 모든 남자와의 관계가 이런 식이었음을 알아차리기 시작했습니다.

"20년 동안 결혼 생활을 했지만 아무리 애써도 남편을 기쁘게 해 줄 수 없었어요. 최근에 사귀던 애인과의 관계도 끝나 버렸어요. 갑자기 제 곁을 떠나 버렸죠."

"그를 기쁘게 해 주려고 노력했나요?" 내가 물었습니다.

"그랬어요." 그녀는 눈물을 글썽거리며 대답했습니다.

그녀의 울음은 흐느낌으로 변했습니다. 그녀는 그동안 만난 남자들을 기쁘게 해 주어 인정받으려고 갖은 노력을 다했지만 한 번도 사랑받는다고 느끼지 못했다는 깊은 아픔을 느끼고 있었습니다.

나는 또다시 질문했습니다. "그렇게 오랜 세월 어떤 남자를 기쁘게 해 주려고 노력했지만 여전히 인정받지 못하는데, 이제 그에게 뭐라고 말하겠습니까?"

"당신을 사랑하지만, 소용이 없을 거예요! 아무 소용이 없을 거예요." 그녀는 울먹이며 말했습니다.

"아니! 그게 아니에요." 나는 연민을 드러내지 않으려 하면서 건조한 목소리로 말했습니다.

"정말 열심히 노력했어요."

"아니, 아니에요."

나는 청중을 둘러보며 농담조로 말했습니다. "이분이 답을 찾아내려면 우리가 여기에 두어 시간쯤 앉아 있어야 할 것 같죠?"

모두들 웃었고 안젤라도 따라 웃었습니다. 웃음이 가라앉자, 내가 가만히 있었는데도 안젤라는 스스로 다시 시도했습니다. 그녀는 올바른 말을 찾기로 결심한 것 같았습니다.

"저는 당신을 기쁘게 해 줄 수가 없어요." 그녀는 좀 더 확고한 태도로 말했습니다.

"아니, 그런 말도 아닙니다."

그녀는 자신의 힘을 되찾게 해 줄 말을 발견하려 다시 시도했습니다. "어떻게 하면 당신을 기쁘게 해 줄 수 있는지 모르겠어요." 그녀는 자신 없는 태도로 주저하며 말했습니다.

청중 가운데서 깊은 탄식이 일었습니다. 다들 나름대로 힌트를 주고 싶어 입이 근질거리는 것 같았습니다.

"그것도 아니에요!" 나는 말했습니다. "이제 2분만 더 드리고, 그 뒤에는 마치겠습니다. 그 사이에 그 말을 찾지 못하면, 저는 아마 당신이 25년 동안 그 답을 찾도록 놓아둘 겁니다. 당신은 한 남자씩 만나면서 그를 기쁘게 해 주려고 애쓰겠지만, 결코 성공하지 못할 것입니다."

"안 돼요. 저는 답을 찾아야 해요." 그녀는 계속하겠다고 우겼습니다.

"한 번 더 질문하겠습니다. 아무리 애써 노력해도 기쁘게 해 줄 수 없는 어떤 사람에게 당신은 뭐라고 말하겠습니까? 만일 당신이 스스로 힘을 갖고 싶다면, 뭐라고 말하겠습니까?"

"당신을 기쁘게 해 주는 건 불가능한 일일까요?" 이 말이 적절한 반응일지 모른다는 헛된 희망을 품고 나를 바라보면서 그녀가 말했습니다. 실내에서는 웃음이 터졌습니다.

"아닙니다!" 나는 단호하게 말했습니다.
그녀는 다시 시도했습니다.
"저는 당신을 기쁘게 해 줄 수가 없어요. 어떻게 하면 당신을 기쁘게 해 줄 수 있는지 모르겠어요. 이제는 당신을 기쁘게 해 주려 하지 않을 거예요."
"한심하군요!"

그녀는 완전히 당황하여 어쩔 줄 몰라 했습니다. 그녀는 분명히 어떤 실마리도 갖고 있지 않았습니다. 나는 청중을 둘러보며 물었습니다.
"자, 이제 그녀에게 단서를 하나 줄까요?"
"예!" 하는 대답이 실내에 울려 퍼졌습니다. 나는 다시 안젤라를 바라보았습니다.
"자, 이제 단서를 하나 드리겠습니다."

그녀는 아동기에 형성되어 남자들과의 모든 관계에 투사해 온 이 역기능적 패턴에서 해방될 단서를 간절히 기대하며 나를 바라보았습니다.

나는 극적인 효과를 주기 위해 잠시 멈춘 뒤, 그녀에게 힌트를 주었습니다.
"두 단어입니다!"

그녀의 눈이 환하게 빛났습니다. 마침내 해야 할 말을 찾아낸 것이 분명했습니다.

"Fuuuuuck yooooou!"[6]

그녀가 이 해방의 두 단어를 얼마나 강한 힘으로 세게 말했는지, 만일 그녀의 아버지와 전남편, 최근에 헤어진 애인이 이 강의실에 있었다면, 그들은 볼링 레인의 핀들처럼 놀라 나자빠졌을 것입니다.

"잘하셨어요!" 나는 그녀에게 축하의 말을 건넸습니다.
그녀는 기립박수를 받았는데, 그런 박수갈채도 웃음소리에 묻혀 거의 들리지 않을 정도였습니다. 그녀는 깊이 안도한 것 같았습니다.

"당신이 자리로 돌아가기 전에 마지막으로 몇 마디 조언을 드리겠습니다." 내가 그녀에게 말했습니다. "당신은 남들의 인정을 추구하느라 그들에게 자신의 힘을 넘겨주어 버렸습니다. 이제 그 힘을 회복해야 합니다. 자기 자신을 되찾아야 합니다.

분노가 당신을 해방시킬 것입니다. 이 두 단어가 당신을 해방시킬 것입니다. 신은 우리가 분노를 진정으로 표현할 수 있도록 이 두 단어를 주셨습니다. 이 두 단어를 사용하지 않으면 분노는 점점 쌓여서 내면으로 향하고, 당신을 더욱 무력하게 만들 것입니다.

---

6 "fuck you(빡큐)"는 영어권에서 흔히 쓰는 욕설.—옮긴이

분노를 놀이하듯이, 책임 있게 표현하는 법을 배우기 바랍니다. 그러니 거리를 걷고 있건 마트에 있건 눈에 보이는 모든 남자에게 이두 단어를 조용히 말하는 연습을 해 보세요. 당신이 그들을 알고 모르고는 상관없습니다. 충분하다고 느껴질 때까지 계속 욕을 하는 겁니다. 아셨지요?" 다시 한 번 장내는 웃음소리와 박수 소리로 진동했습니다.

자신의 힘을 회복하기

"나는 당신이 아니라 나를 위해 여기에 있다!"

남들에게서 자유로워지려면 이 말을 받아들여야 할 것입니다. 처음에는 이 말이 이기적으로 들릴지 모르지만, 그것은 해방의 과정으로 들어가는 데 필요한 단계입니다. 남들의 판단과 의견, 욕구, 기대에서 독립하여 스스로 존재하려면 자신의 힘과 권리를 회복해야 합니다.

위의 말을 충분히 그리고 기쁘게 받아들인다면, 이 말은 당신을 더 깊은 진실로 이끌 것입니다. "나는 당신이 아니라 나를 위해 여기에 있다"는 말은 "나는 그저 여기에 있다"는 말로 인도할 것입니다. 그것이 참된 해방입니다.

자유를 얻는 대가는 자유를 허용하는 것입니다

만일 내가 당신과의 얽힘에서 풀려나 자유로워지기를 바란다면, 나는 당신에게 완전한 자유를 허용해야 합니다. 이는 내 말에 동의하거나 동의하지 않을 완전한 자유가 당신에게 있다는 뜻입니다. 당신은 나를 좋아하거나 싫어할 완전한 자유가 있습니다. 당신은 나를 사랑하거나 미워할 완전한 자유가 있습니다. 당신은 나를 받아들이거나 거부할 완전한 자유가 있습니다.

당신은 있는 그대로의 당신 자신이며, 어떤 식이든 당신이 좋아하는 방식으로 나와 관계할 완전한 자유가 있습니다. 사실, 당신이 나를 사랑하거나 미워한다면, 그것은 내가 아니라 당신에 관한 일입니다.

만일 당신이 나를 판단한다면, 나는 당신에게 그런 자유를 허용합니다. 그것은 실제로는 나의 일이 아닙니다. 그 판단의 에너지는 당신 안에서 일어나고 있습니다. 그것과 함께 살아야 하는 사람은 당신입니다. 만일 당신이 판단한다면, 그것은 당신이 여전히 판단받는다고 느낀다는 뜻입니다. 오히려 나는 당신에게 연민을 느낄 것입니다. 당신이 아직 판단의 에너지에 갇혀 있기 때문입니다.

만일 내가 자유로워지고 싶다면, 나는 나의 기대나 두려움, 욕망 등으로 당신을 침해하지 않아야 합니다. 어떤 식으로든 당신을 통제하거나 조종하지 않아야 합니다. 당신을 판단하지 않아야 합니다.

이러한 얽힘에서 더 자유로워지려면, 내가 어떻게 당신을 책임지려 하는지, 또는 나를 당신이 책임져 주기를 기대하는지 의식해야 합니다. 우리 중 아주 많은 사람이 자신의 책임을 저버리고 있습니다. 나를 남들과 얽어매는 이 모든 역기능적 패턴을 시인하고 인정하고 고백할 때, 그런 패턴들은 점차 해소될 것입니다.

그 결과는 자유일 것입니다. 더는 서로 얽히지 않으면, 우리는 가장 깊은 수준의 사랑과 교감으로 들어갈 수 있습니다. 아이러니하게도 하나임을 실현하려면 서로에게서 분리되어야 합니다.

깨어남의 길에 관한 복습

깨어나려면 날마다 현존하기를 자주 선택해야 합니다. 지금 이 순간을 삶의 진실로 존중해야 합니다. 이 순간 바깥에 있는 모든 것은 생각이나 기억, 상상의 힘으로 창조된 환상임을 알아야 합니다.

당신은 환상의 세계에서 놀 수 있지만, 그곳에서 길을 잃지 않도록 주의해야 합니다.

완전히 현존할 때 당신은 깨어난 존재입니다. 적어도 현존하는 순간들에는……. 우리는 지금 당장 즉시 현존할 수 있습니다. 그저 지금 여기에 있는 것과 함께 현존하세요. 여기에는 수행이 없습니다. 과정도 없습니다. 당신은 지금 이 순간 현존하고 있거나, 현존하고 있지 않습니다.

 하지만 일상생활을 하고 사람들과 관계하면서도 현존 안에 근본적으로 자리 잡으려면 하나의 과정을 거쳐야 합니다.

마음의 세계라는 감옥에서 해방되려면, 에고의 속박과 압제에서 영원히 해방되려면, 현존에 숙달해야 합니다. 그러려면 당신을 현존 밖으로 끌어내는 수많은 방식을 의식해야 합니다.

에고의 모든 미묘한 움직임을 의식하며 알아차리세요. 당신을 혼란스럽게 하고 유혹하고 속이고, 마음의 세계 안에 포로로 잡아 두기 위해 에고가 만들어 내는 모든 전략을 알아차리세요.

시간과 분리를 통한 이 긴 여행을 하는 동안 형성된 자신의 모든 모습을 의식하며 알아차리되, 사랑과 받아들임, 연민으로 그렇게 하세요.

자기 안에 억압된 감정을 해방시키세요. 그런 감정을 의식하고 책임 있게 표현하여 그렇게 하세요. 남들과의 얽힘에서 해방되세요. 자기 자신과 남들에 대한 판단을 넘어서세요.

무의식적 마음이라는 어둠 속에 아무것도 남겨 두지 마세요. 깨어남을 향해 나아가는 동안 만나는 모든 돌을 뒤집어 보아야 합니다. 참된 깨어남이란 그런 것입니다! 그럴 때 당신은 지금 이 순간 온전히 현존하며, 자기 마음과 에고의 주인입니다.

4

마음의 성질

생각의 날개를 타고
시간의 세계로 들어갑니다.
생각의 날개를 타고
마음의 세계로 들어갑니다.

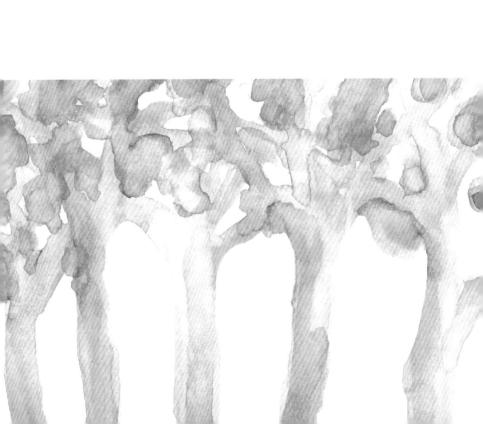

마음

마음은 의식의 한 상태입니다. 마음은 일종의 사이버 공간이며, 생각할 때마다 당신은 그 속으로 들어갑니다. 마음은 환상의 세계입니다. 마음은 분리의 세계입니다. 마음속에 있을 때, 당신은 과거의 어느 곳이나 미래의 어느 곳에 있습니다. 당신이 있지 않은 유일한 곳은 지금 여기입니다.

기억된 과거

마음은 그 성질상 과거로 이루어져 있습니다. 마음은 당신의 모든 과거 경험과 더불어 모든 관념과 개념, 견해와 믿음, 태도와 판단으로 이루어져 있습니다.

마음과 에고는 오로지 과거의 것만을 알 수 있으며, 기억을 통해서 알게 됩니다. 그 뒤 그 과거를 지금 이 순간으로 투사합니다. 그러면 지금 이 순간의 현실이 왜곡되며, 당신은 삶의 진실을 경험하지 못하게 됩니다.

마음의 수준에 머물면, 편안하고 안전하다고 느낄 수 있습니다. 자신이 어떤 사람이라는 정체성도 가질 수 있고, 삶의 의미나 목적도 가질 수 있습니다. 하지만 그럴 때 당신은 모든 것을 이미 안다고 여기게 되며, 삶에 무감각해집니다.

마음의 수준에서 삶을 경험할 때, 당신은 지금 여기에 현존하는 것들에게 아주 미묘한 방식으로 이렇게 말하고 있습니다.

"나는 이미 너를 알아. 너를 이미 경험해 보았지. 너에 대한 견해와 판단, 믿음들을 이미 가지고 있어. 그래서 나는 너와 함께 현존할 필요가 없어. 지금 이 순간의 너를 알 필요가 없어. 예전부터 이미 너를 알고 있으니까."

그 안에는 천진함이 없습니다. 그 안에는 현존이 없습니다. 그 안에는 삶이 없습니다.

당신의 마음은 이 생애의 모든 기억을 담고 있을 뿐 아니라, 모든 전생의 중요한 기억들까지 담고 있습니다. 당신에 앞서 살았던 모든 사람의 집단적인 기억까지 담고 있습니다. 마음은 굉장한 도구입니다. 한번 그 속으로 들어가 보세요. 마음속에서 길을 잃기는 매우 쉽습니다.

상상된 미래

마음속에 있을 때, 당신은 과거 속에만 있는 것이 아닙니다. 당신은 미래 속에도 있습니다. 하지만 그것은 상상된 미래일 뿐입니다.

미묘하며 종종 무의식적인 수준에서, 당신은 과거의 아픔과 제약들, 감정적인 트라우마들과 충족되지 못한 욕구들을 기억합니다. 그리고 상상의 힘을 이용하여 더 나은 미래를 창조하려고 노력합니다. 그러나 당신이 상상하는 미래는 참된 미래가 아닙니다. 그것은 앞으로 투사되는 과거입니다. 그래서 당신은 벗어나려고 애쓰는 바로 그 과거 속에 스스로 갇혀 버립니다.

자신이 바라는 미래를 꿈꿀 때는 아마 기분이 좋아질 것입니다. 그 상상에는 희망이 이루어질 것이라는 약속이 뒤따르기 때문입니다. 그러나 그것은 거짓된 약속입니다. 그 미래는 결코 배달되지 않습니다. 당신이 믿는 미래는 결코 도착하지 않습니다. 그 미래는 결코 당신을 충족시키지 않을 것입니다. 오직 지금 이 순간만이 당신을 충족시킬 수 있습니다.

미래로 투사함으로써 당신은 지금 이 순간을 떠나고, 마음의 세계 속에 스스로 갇혀 버립니다.

환상의 창조

생각의 세계와 마음속에 있을 때, 당신은 창조자입니다. 그런데 무엇을 창조하고 있는 것일까요? 자기 환상의 세계를 창조하고 있습니다. 기억과 개념, 관념과 견해, 믿음으로 이루어진 세계를 창조하고 있습니다. 당신은 마음의 세계가 실재한다고 믿습니다. 그러면 그 세계에서 살아야 합니다.

세상 어디에서나 사람들은 개인적인 환상의 세계를 창조하고 있습니다. 당신은 환상에 불과한 자기의 믿음들과 잘 맞는 믿음들을 가진 사람들과 어울립니다. 이런 사람들은 당신의 친구입니다. 서로 갈등을 겪을 이유가 별로 없습니다. 그러나 어떤 사람의 환상 세계가 당신의 환상 세계와 잘 맞지 않으면, 당신은 적대감을 품게 됩니다.

당신이 자신의 환상들을 진실하다고 믿으면, 환상에 불과한 자신의 믿음을 남들에게 강요하려 할 것입니다. 심지어 당신의 믿음들과 맞지 않는 환상들을 지닌 사람들과 전쟁까지 벌이려 할 것입니다. 당신의 환상들의 이름으로 온갖 종류의 범죄를 정당화할 수도 있습니다.

공유된 환상

모든 주요 종교는 공유된 환상의 예입니다. 어떤 종교들은 다른 종교들보다 환상 속에 더 많이 빠져 있습니다. 간단한 시험이 있습니다. 다른 사람들을 개종시키기 위해 가장 많이 노력해 온 종교는 무엇입니까? 개종시키려는 노력이 더 클수록 진실에서 그만큼 더 멀리 떨어져 있습니다. 그것은 간단한 공식입니다. 결론에 도달하기는 그리 어렵지 않습니다. 역사책을 훑어보기만 하면 됩니다. 들을 귀가 있는 사람들은 듣게 될 것입니다.

마음은 컴퓨터와 같습니다

마음은 컴퓨터와 같습니다. 그리고 컴퓨터가 그렇듯이 오로지 프로그래밍에 따라서만 기능할 수 있습니다. 마음이 어떻게 프로그래밍되었고 그런 프로그램들이 당신의 삶에 어떻게 영향을 미치는지 알아차리는 편이 현명할 것입니다.

마음의 프로그래밍은 자궁 속에서 시작되어 아동기를 거쳐 계속됩니다. 그 프로그래밍은 하나의 느낌으로 시작하는데, 이것은 인상으로 이어지고, 생각 형태로 이어지며, 믿음으로 이어집니다. 이런 믿음들이 마음의 기본적인 프로그래밍을 이루게 됩니다.

무의식적인 믿음

아주 어린 시절에 자기 자신에 대한 믿음들, 다른 사람들에 대한 믿음들, 삶에 대한 믿음들이 형성됩니다.

예를 들어, 당신이 갓난아기나 어린아이일 때, 부모님은 너무 바빠서 당신에게 필요할 때 곁에 있지 못했을 수 있습니다. 아마 그분들은 다른 자녀들을 돌보아야 했거나 일에 너무 몰두해 있었을 것입니다. 그래서 그분들은 당신과 진정으로 함께 현존하지 못했습니다.

그 결과 당신은 버림받고 소외되었다는 감정을 경험했고, 그러면서 서서히 자신은 아무도 원치 않는 존재이며 사랑받지 못하는 존재라는 믿음, 자신은 근본적으로 혼자라는 믿음이 형성되었습니다.

만일 자신이 사랑스럽지 않다고 믿는다면, 당신은 사랑할 능력이 없는 사람들을 자신의 삶 속으로 끌어들일 것입니다. 심지어 평소에 사랑이 아주 많은 사람조차 당신에게는 갑자기 사랑을 느끼지 못하게 될 것입니다. 바깥세계는 당신의 내면세계에 순응해야 하기 때문입니다.

만일 당신을 사랑하는 사람은 다 떠나고 말 것이라는 믿음을 가지고 있다면, 아마 틀림없이 그런 일이 계속 반복하여 일어날 것입니다. 이런 믿음은 어린 시절에 부모가 헤어지거나 갑자기 돌아가실 때 형성되는 경우가 많습니다.

이런 믿음들은 당신의 모든 성장 단계에 영향을 미치고, 성인이 되어서도 계속 이어지며, 당신의 삶과 인간관계의 모든 면에 악영향을 미칩니다.

만일 어머니나 아버지가 당신을 감정적으로나 신체적으로 학대했다면, 다른 사람들도 당신을 학대할 것이며 삶은 안전하지 않다는 무의식적인 믿음을 갖게 될 것입니다. 그러면 놀랍게도 당신을 학대하는 사람들까지 삶 속으로 끌어들일 것입니다.

당신의 마음은 이런 식으로 말하면서 정당성을 입증하려고 합니다. "거봐, 나는 또 이런 일을 당하잖아. 내 말이 늘 맞았어."

자신의 이런 무의식적인 믿음들을 알아차리는 편이 좋을 것입니다. 그 믿음들은 당신이 경험하는 삶을 창조하고 있습니다. 이런 믿음들이 의식되지 못한 채 남아 있는 한, 그것들로부터 놓여날 길은 없습니다.

아래는 자기 자신과 다른 사람들, 그리고 삶에 대한 공통적인 믿음들 중 일부입니다. 이 믿음들은 아마 아주 어린 시절에 당신의 마음속에 프로그래밍 되었고, 당신이 경험하는 삶을 여전히 무의식적으로 결정하고 있을 것입니다. 당신의 믿음은 어떤 것들인가요?

아무도 나를 원하지 않아. 아무도 나를 사랑하지 않아. 나는 사랑스럽지 않아. 아무도 나를 받아 주지 않아. 나는 부족해. 나는 그걸 할 수 없어. 나는 혼자야. 나는 분리되어 있어. 나는 버림받았어. 의지할 사람이 아무도 없어. 나는 혼자 해야 해. 남을 믿는 건 안전하지 않아. 나는 잘 통제해야 해. 편안히 이완하는 건 안전하지 않아. 아무도 나를 이해하지 못해. 아무도 내 말에 귀를 기울이지 않아. 나는 중요하지 않아. 내 마음을 표현하면 안 돼. 내 마음을 남들에게 말하는 건 안전하지 않아. 거절하면 안 돼. 싫다고 말하면 안 돼. 원하는 것을 요청하면 안 돼. 나는 원하는 것을 가질 수 없어. 나는 남에게 성가신 존재야. 나에겐 틀림없이 문제가 있어. 나는 제대로 대처할 수가 없어. 나는 안전하지 않아. 삶은 안전하지 않아. 그것은 내 잘못이고, 내가 비난받아야 해. 그것은 그들의 잘못이고, 그들이 비난받아야 해. 나는 옴짝달싹할 수 없어. 나는 덫에 걸렸어. 나는 여기에 있고 싶지 않아. 떠나는 것은 안전하지 않아. 나는 어디에도 속하지 못해. 나는 적합하지 않아. 내 감정을 내보이는 건 안전하지 않아. 내 감정을 숨겨야 해. 나는 좋은 사람이어야 해. 나는 올바른 행동을 해야 해. 나는 착한 사람이어야 해. 남들을 기분 나쁘게 하면 안 돼. 내 진짜 모습은 숨겨야 해. 나는 괜찮은 사람이 아니야. 내 판단을 믿을 수 없어. 내 감정을 믿을 수 없어. 나는 용감해야 해. 나는 강해야 해.

당신을 제약하는 이런 믿음들이 과거에 당신에게 어떤 영향을 미쳤고, 여전히 어떤 영향을 미치고 있는지 잘 살펴보세요.

마음과 퇴행

마음속에 있을 때 당신은 과거의 어느 곳에 있습니다. 대개 당신은 과거 속에 너무 깊이 빠져 있지는 않기에 그럭저럭 잘 생활할 수 있습니다.

그러나 언제나 그런 것은 아닙니다. 때로는 스트레스를 받으며 근심하고 걱정하는 시기를 경험합니다. 때로는 기분이 나쁘고 아프거나 화가 납니다. 때로는 자신이 거부당하거나 비판받는다고 느낍니다. 때로는 심한 결핍감을 느끼거나 두려워합니다.

이런 일이 일어날 때 당신은 과거의 경험, 아마도 어린 시절의 경험으로 퇴행하여, 그 과거의 경험을 지금 이 순간으로 투사하고 있을 것입니다. 그렇지만 자신이 과거의 경험으로 퇴행했다는 것을 알아차릴 수만 있다면, 그래도 문제는 없습니다. 자신이 현재 경험하는 것이 현실에서는 아무 근거가 없음을 알게 될 것입니다.

진정한 의미에서, 당신은 꿈을 꾸고 있습니다. 그리고 꿈을 꾸고 있음을 깨닫는 순간, 꿈에서 깨어날 수 있습니다. 꿈의 성질을 알아차리면 깨어나는 일은 쉽습니다.

두려움의 발전

원시 시대에 두려움은 우리의 육체적 생존이 위협받을 때마다 우리 안에서 일어난 원초적인 감정이었습니다. 두려움은 우리가 생존하기 위해 싸우거나 도망치게 하려는 것이었습니다.

만일 원시 시대에 우리가 검치호랑이를 만났다면, 가만히 앉아서 검치호랑이에 대해 생각하고만 있지는 않았을 것입니다. 두려움이라는 감정은 우리가 즉시 싸우거나 도망치게 했을 것입니다. 그 시대에 우리의 생존 여부는 두려움이라는 감정에 어떻게 반응하느냐에 달려 있었습니다.

두려움은 종(種)들의 생존에 큰 역할을 했습니다. 그리고 현재의 삶에서도 우리의 육체적인 생존이 위협받을 때는 여전히 해야 할 역할이 있습니다. 만일 어떤 사람이 칼을 들고 우리를 공격한다면, 두려움은 싸우거나 도망치는 반응을 일으킬 것입니다.

그러나 우리가 더욱 복잡해지고 생각과 감정이라는 마음의 세계로 더 깊이 들어가면서, 두려움도 그 영역으로 들어갔는데, 그것은 부적절한 것이었습니다.

싸우거나 도망치는 반응은 우리가 감정적으로 위협받는다고 느낄 때마다 활성화되었습니다. 만일 어떤 사람이 우리를 비난하고 비판하거나 거부하면, 우리는 그것을 생존에 대한 위협으로 인식하고는 싸우거나 도망치는 반응을 보였습니다. 싸우거나 도망치는 이런 반응은 점차 하나의 행동 패턴으로, 또는 세상에서 살아가는 하나의 방식으로 발전됩니다.

어린 시절에 아픈 감정에 대해 도망치는 반응을 택한 사람들은 어른이 된 뒤에도 인간관계에서 물러나거나 고립되는 경향을 보입니다. 삶은 그들에게 몹시 힘들 수 있습니다. 그들은 지나치게 민감하며, 피해자라고 느낄 때가 많습니다. 그들은 비판받거나 거부당한다고 느끼게 할 가능성이 있는 것이라면 무엇이든 두려워합니다. 왜냐하면 무의식적으로 그런 느낌을 생존에 대한 위협으로 경험하기 때문입니다. 그들은 남들의 인정과 수용을 추구하는 데 몰두합니다.

어린 시절에 아픈 감정에 대해 싸우는 반응을 택한 사람들은 공격적이고 경쟁적이며 지배하려 하고, 때로는 폭력적이거나 가학적인 경향을 보입니다.

이런 패턴들은 삶의 경험을 왜곡하고 인간관계에 악영향을 미칩니다. 그런 패턴들을 알아차리는 것이 중요합니다. 진실을 말하자면, 아픈 감정들은 결코 당신의 생존에 위협이 되지 않습니다. 만일 어떤 사람이 당신을 비난하고 비판하거나 거부한다면, 그런 말은 실제로는 당신과 아무 상관이 없습니다. 그것은 당신이 아니라 그들에 관한 말입니다.

마음의 조감도

지금 이 순간으로 깨어나면, 이전에는 보지 못한 시야가 눈에 들어옵니다. 자기 자신을 조감하게 됩니다. 마음과 에고의 수준에 있는 자기 자신을 지켜볼 수 있게 됩니다.

더 높은 의식 수준으로 깨어나기 전에는 그렇게 지켜볼 수가 없습니다. 깨어나기 전에는 자기에 관해 아는 모든 앎이란 단지 자기를 이해하려 애쓰는 에고일 뿐입니다. 거기에는 에고를 초월하는 시야가 없습니다. 그것은 해방으로 인도하지 않을 것입니다.

과거는 어떻게 현재로 침입하는가

최근에 나는 40대 초반의 여성과 개별 상담을 했습니다. 그녀는 수많은 두려움과 근심을 경험하고 있고 뚜렷한 이유 없이 울 때가 많다고 했습니다. 그녀는 남자를 사귀고 싶은 마음이 간절했지만, 자신에게 관심을 보이는 남자에게는 전혀 흥미를 느끼지 못했습니다. 사실, 그녀는 주로 사귈 여건이 안 되는 남자들에게 마음이 끌린다고 말했습니다.

그녀와 15분가량 얘기를 나누면서 어린 시절 부모와의 관계에 대해 듣고 나자, 문제의 핵심이 무엇인지 분명해졌습니다.

어릴 때 그녀는 절실히 원했던 사랑과 관심을 받지 못했습니다. 그래서 심한 외로움을 느꼈고, 부모의 사랑과 관심을 받기 위해 온갖 노력을 다했지만 아무 소용이 없었습니다. 어느 정도 시간이 흐른 뒤, 그녀는 자신이 사랑스럽지 않으며, 자신을 위해 함께 있어 줄 사람은 아무도 없다고, 자신은 완전히 혼자라고 확신하게 되었습니다.

그녀는 소외되고 버림받았다는 이런 아픈 감정들을 피하려 애쓰며 평생을 허비했습니다. 자신을 위해 함께 있어 줄 사람을 찾으려 애쓰며 평생을 허비했습니다.

그런데 이 시나리오에는 피할 수 없는 두 가지 문제가 있습니다.

첫째 문제는 그녀가 내면에 묻어 둔 아픈 감정을 피하려고 아무리 애를 써도 그러는 건 불가능하다는 것입니다. 비록 억압되어 있기는 하지만 두려움과 아픔, 외로움은 표면 가까이 있으며, 끊임없이 밖으로 새어 나오면서 자아감과 삶의 경험에 악영향을 미치고 있습니다.

둘째 문제는 그녀를 위해 함께 있어 줄 사람을 찾으려고 아무리 애써도 소용이 없다는 것입니다. 왜냐하면 그녀에게 어린 시절의 현실은 그녀가 완전히 혼자라는 것이기 때문입니다.

우리는 무의식적인 믿음에 따라 살아갑니다. 에고의 전체 구조가 그런 믿음 위에 세워져 있습니다. 에고는 그런 무의식적인 믿음에 들어맞지 않는 삶은 받아들이지 않을 것입니다. 그녀가 사귈 수 없는 남자들에게만 흥미를 느낀 것은 그 때문입니다. 그것은 그녀를 위해 함께 있어 줄 사람이 아무도 없다는 어린 시절의 믿음에 잘 들어맞습니다.

"당신에게는 빠져나갈 길이 없습니다." 나는 그녀에게 말했습니다. "해결책이 없습니다. 아픔과 두려움, 외로움은 결코 떠나지 않을 것이고, 당신은 언제나 외톨이일 것입니다."

나의 의도는 그녀의 억압된 감정들이 표면으로 드러나게 하려는 것이었습니다. 아픈 과거에서 해방되는 유일한 길은 내면에 억압된 모든 감정을 느끼는 것이기 때문입니다.

그녀는 걷잡을 수 없이 울음을 터뜨렸습니다.

"그 감정들을 그저 느끼세요." 내가 말했습니다. "그 감정들이 가장 깊은 수준에서 올라오도록 허용하세요. 감정들을 벗어나려 애쓰지 말고 그 감정들과 함께 여기에 있으세요."

그녀의 울음은 통곡으로 변했습니다. 그녀는 아기처럼 울부짖기 시작했습니다. "너무 무서워요." 그녀가 울부짖으며 말했습니다.

나는 그녀가 감정들을 충분히 느끼도록 한동안 놓아두었습니다. 그리고 몇 분 뒤 그녀를 지금 이 순간으로 안내했습니다.

"지금 이 순간, 두려워할 것이 있나요? 눈을 뜨고 주위를 둘러보세요."

그녀는 눈을 뜨고 주위를 둘러보았습니다. 그리고 두려워할 것이 하나도 없음을 알게 되었습니다.

다시 그녀에게 물었습니다. "지금 이 순간, 당신은 혼자인가요?"

그녀는 내 눈을 똑바로 응시했고 더욱 현존하게 되었습니다.
"아뇨." 그녀는 엷은 미소를 지으며 대답했습니다. "당신이 여기 있잖아요."

"두려움이나 외로움 같은 감정을 벗어나려고 애쓰는 한, 당신을 위해 함께 있어 줄 사람을 찾으려는 추구는 계속될 것입니다. 하지만 그런 일은 결코 일어나지 않을 것입니다. 왜냐하면 그것은 자신이 혼자라는 당신의 기본적인 믿음과 어긋나기 때문입니다. 그래서 당신은 그런 사람을 찾을 수 없습니다."

"그럼 제가 어떻게 해야 하나요?" 그녀가 조용히 물었습니다. "저는 정말 이 모든 것에서 해방되고 싶어요."

"당신은 지금 해방되고 있습니다! 지금 하듯이 그냥 아픔과 두려움

115

을 느끼면서 계속 현존하세요. 그러다 보면 마침내 아픔과 두려움과 외로움은 과거의 것이며 지금 이 순간과는 아무 상관이 없음을 깨닫게 될 것입니다. 평생 이런 감정을 피해 도망친 것은 단지 나쁜 습관이었을 뿐입니다. 그 습관 때문에 당신은 지금은 더이상 여기에 없는 과거 속에 갇혀 있었습니다."

그녀는 나의 말을 이해한 것 같았습니다. 그리고 눈에 띄게 편안해졌습니다.

"지금 이 순간, 무엇을 경험하고 있나요?"
"아주 평화롭고 고요한 느낌이에요."

"그건 당신이 현존하고 있기 때문입니다. 그리고 당신이 현존할 때, 과거에서 온 모든 아픔과 제약하는 믿음들이 사라집니다."

상담을 마쳤을 때 그녀는 훨씬 평화로운 상태였고 그날의 만남에 고마워했습니다.

태아기에 이루어진 마음의 프로그래밍

이처럼 자신을 제약하고 아프게 하는 경험을 심지어 태어나기 전에도 하는 경우가 있습니다. 현존은 이처럼 깊은 수준에 있는 기억들도 떠오르게 할 수 있습니다.

한번은 어떤 남성과 상담을 했는데, 그는 늘 어느 정도 두려움에 시달리며 살았다고 털어놓았습니다. 그의 생존을 위협할 만큼 무시무시한 일이 금방이라도 닥칠 것처럼 느껴졌다고 했습니다. 그리고 여성을 신뢰하기가 어려웠는데, 그 때문에 여성과 건강하고 만족스러운 관계를 맺기가 힘들었다고 말했습니다.

그는 내과 의사였는데, 무척 솔직하고 호감이 가는 사람이었습니다.

몇 차례 상담을 하자, 내면 깊은 곳에 자리하며 그를 괴롭히던 기억이 떠올랐습니다. 어머니의 자궁 속에서 태아로 있을 때 어머니가 날카로운 도구를 써서 그를 낙태시키려 했다는 것입니다. 그 사건에 관한 기억이 떠오를 때 크나큰 두려움과 공포도 함께 일어났습니다.

나는 그 감정들을 충분히 느끼도록 권유했습니다. 그는 울었습니다. 통곡했습니다. 두려움으로 잔뜩 움츠러들었습니다. 잠시 뒤 그는 이완되기 시작했고, 깊은 안도감을 느꼈습니다.

그를 공포에 질리게 했던 이 사건을 회상해 내자 그가 이제까지 경험한 상황들이 이해되었습니다. 그 사건은 그가 사람을 신뢰하지 못한, 특히 여성을 신뢰하지 못한 이유를 설명해 주었습니다. 그리고 평생 경험했던 모호하고 미묘한 두려움과 불안감도 설명해 주었습니다.

이전에는 태아기에 경험한 트라우마에 따라 무의식적으로 선택하고 결정했지만, 이 새로운 이해로 인해 그는 삶에서 새로운 선택과 결정을 할 수 있었습니다.

태아기 프로그래밍의 다른 예

어느 날 한 여성과 상담을 하고 있었는데, 그녀는 늘 갑갑한 기분을 느꼈고 자신을 위한 공간이 부족하다는 느낌을 받을 때가 많았다고 얘기했습니다.

그런 느낌은 그녀의 삶 전반에 영향을 미쳤습니다. 집에 있거나 일하고 있을 때도 편안하지 않았고, 폐소공포증을 느낄 때가 많았습니다. 먹을 음식이 부족할 것이라는 깊은 두려움이 끊이지 않아서 자주 음식을 비축해 놓는다고 말했습니다. 이런 불편한 감정들 때문에 그녀는 도무지 삶을 즐길 수가 없었습니다.

나는 두 번의 상담을 통해 그녀의 감정들을 탐구하고, 그녀를 불편하게 하는 원인을 밝혀내려 했습니다. 그런데도 큰 진전을 보지 못하고 있었는데, 불현듯 어떤 생각이 떠올랐습니다.

"혹시 쌍둥이인가요?"
"예!" 그녀가 대답했습니다. "어떻게 그걸 아셨죠?"
"태어날 때 먼저 나왔나요, 나중에 나왔나요?"

그녀는 나중에 나왔다고 대답했습니다.

"태어날 때 누가 더 몸집이 컸나요?"
"오빠가 저보다 훨씬 컸어요." 대답하던 그녀는 앞뒤 사정을 이해하고는 눈이 휘둥그레졌습니다.

자궁 안에 있을 때 그녀는 넉넉한 공간을 갖지 못해 갑갑했습니다. 그리고 태아에게 오는 자양분을 쌍둥이 오빠가 대부분 섭취해 버려서 그녀는 영양실조에 시달려야 했습니다. 자궁 안에서 겪은 이런 경험이 기억 속에 강하게 남아서 그녀의 일상생활에 뚜렷한 영향을 미쳤던 것입니다.

나는 그녀가 그 경험으로 깊이 들어가도록 안내했습니다. 그녀는 분노를 느꼈고, 다음에는 아픔을 느꼈고, 결핍감을 느꼈으며, 그 하나하나의 감정을 충분히 표현했습니다. 그러고 나서 웃기 시작했습니다. 그녀 삶의 모든 역기능적인 측면이 원인과 결과의 법칙에 따라 밝혀지자, 순식간에 모든 것이 분명히 이해되었습니다.

의식하면서 책임 있게 표현하기

너무 아프거나 힘들다는 이유로 감정을 억압하면, 그 감정들은 우리 안에서 무의식적으로 작용하며 온갖 해를 끼칩니다.

이런 기억들은 억압한다고 해서 없어지는 것이 아닙니다. 사실, 그런 기억과 감정은 억압하고 부정하면 오히려 더 강해집니다.

치유가 일어나려면, 과거의 그런 아픈 기억과 감정을 대하는 우리의 태도가 바뀌어야 합니다. 그런 기억과 감정이 표면으로 떠올라 의식되고 책임 있게 표현되도록 허용해야 합니다.

비명

이런 오래된 기억은 때로는 심각한 트라우마의 원인이 될 수 있습니다. 나는 몇 년 전에 뉴욕에 머물며 메리어트 호텔에서 세미나를 진행하고 있었습니다. 그 자리에는 50여 명이 참석했습니다. 그중 절반 정도는 나의 세미나에 참석한 적이 있는 사람들이었고, 나머지 절반은 처음 참석한 사람들이었습니다.

그 시절에 나는 세미나를 시작할 때마다, 왜 세미나에 참석하게 되었고 무엇을 얻고 싶은지 간단히 얘기하고 싶은 사람이 있는지 묻곤 했습니다.

내가 묻자 한 여성이 대답했습니다.
"저는 굉장한 긴장과 두려움에 시달리고 있어요."

"지금도 긴장을 느끼나요?" 내가 물었습니다.

그녀는 그렇다고 말했습니다. 그래서 그녀에게 눈을 감고 몸의 어느 부위가 긴장되는지 느껴 보라고 했습니다.

일반적인 경우였다면, 나는 그녀를 긴장감의 한가운데로 들어가도록 안내했을 것입니다. 그러면 긴장이 해소되기 때문입니다. 그전까지는 그렇게 많이 인도했는데, 아주 단순한 방법이지만 언제나 효과가 있었고 깊은 치유가 일어날 때가 많았습니다.

"저는 눈을 감을 수가 없어요." 그녀가 대답했습니다. "눈을 감으면 비명을 지르게 될 거예요!"

지금 이 순간 일어나는 일이면 무엇이든 받아들이고 표현되도록 허용해야 한다는 단순한 원리에 따라, 나는 그녀에게 아무튼 눈을 감고 그 긴장을 느껴 보라고 권유했습니다.

"그냥 그 긴장감과 함께 현존해 보세요. 비명을 지르게 되면, 지르세요!"

"안 돼요! 당신은 이해 못해요. 저는 정말로 비명을 지를 거란 말이에요!" 그녀가 이의를 제기했습니다.
"괜찮으니 그냥 비명을 지르세요." 나는 차분히 말했습니다.

그녀는 눈을 감았고, 곧바로 '그것'이 시작되었습니다. 그런 비명을 지를 수 있는 사람이 있다는 것을 나는 미처 몰랐습니다. 그녀의 비명 소리는 상상할 수 없을 만큼 컸으며, 내 존재의 모든 섬유 조직을 뚫고 들어왔습니다. 뭉크의 그림 '비명'을 연상하게 하는 소리였습니다.

그것은 지옥에서 나오는 비명이었고, 누그러질 기미도 보이지 않았습니다. 그녀는 비명 속에 완전히 빠져 있었습니다. 그 소리는 틀림없이 호텔 전체에 울려 퍼졌을 것입니다. 마음속에 여러 가지 생각이 스쳐 갔습니다. 호텔의 투숙객들이 염려되었고, 세미나에 참석한 사람들, 특히 처음 참석한 사람들이 염려되었습니다.

나는 의자를 들고 그녀 앞에 가서 앉았습니다. 내 몸이 떨리고 있었습니다. 그녀는 비명 속에 완전히 잠겨 있었습니다. 그녀의 이름을 불러 보았습니다. 주의를 끌어 보려 했지만, 그녀는 반응하지 않았습니다. 그녀를 비명에서 이끌어 낼 방법을 찾을 수가 없었습니다. 그래서 나도 동참했습니다.

나도 비명을 지르기 시작했습니다. 그녀의 비명 소리에 맞먹을 만큼 소리 높여 비명을 질렀습니다. 마침내 그녀는 누가 비명을 지르는지 보려고 눈을 떴습니다. 나는 즉시 그녀에게 주변 사람들을 둘러보라고 했습니다. 그래서 그곳에 있던 모든 사람과 연결되게 했습니다. 나는 그녀가 최대한 현존하기를 원했습니다.

그녀가 꽤 현존한다고 느꼈을 때, 나는 눈을 감으라고 말했습니다. 그녀는 다시 비명 속으로 돌아갔습니다. 이전의 비명과 거의 맞먹는 강도였습니다. 나는 다시 한 번 그녀를 비명에서 이끌어 냈고, 그 자리에 있는 모든 사람과 다시 연결되도록 도왔습니다.

비명의 강도가 약해질 때까지 이 과정을 되풀이했습니다. 그녀가 눈을 감았습니다. 나는 그녀에게 주위를 둘러보라고 말했습니다. "당신은 어디에 있나요? 당신에게 무슨 일이 일어나고 있나요?" 나는 그녀가 비명의 원인을 알아차리도록 돕기 위해 물었습니다.

그녀는 주체할 수 없을 만큼 깊이 흐느끼기 시작했고, 비명과 흐느낌 사이를 오갔습니다. 그런 일이 10분쯤 계속되었습니다. 나는 그녀가 어디에 있고 무슨 일이 일어나고 있는지 살펴보라고 권유했습니다.

잠시 후 그녀가 입을 열었습니다. 그녀가 있는 곳은 나치 수용소였습니다. 그녀는 건물들을 묘사했고 사람들을 묘사했는데, 특히 경비원들을 세밀히 묘사했습니다.

그녀가 45세 정도로 보였기에 나는 전생의 기억이 떠오르는 것이라고 짐작했습니다. 그래서 그녀가 경험하는 일은 지금 실제로 일어나는 일이 아니라며 그녀를 안심시켰습니다.

그리고 모든 감정을 충분히 느끼라고 권했습니다. 이윽고 그녀는 편안히 이완되었습니다. 비명도 그쳤고, 흐느낌도 잦아들었습니다. 그녀는 차분해졌습니다.

나는 그녀에게 눈을 뜨라고 말했습니다. 다시 한 번 그녀를 현존의 깊은 수준으로 인도한 뒤, 모임에 참석한 사람들의 눈을 한 사람씩 똑바로 들여다보라고 했습니다.

그녀가 그렇게 할 때, 굉장한 사랑이 실내에 가득 느껴졌습니다. 신이 우리와 함께 있는 것처럼 느껴졌습니다. 그녀가 평생 지니고 있던 비명이 해방되었습니다. 그녀는 이제 사랑과 신의 빛으로 충만했습니다. 그것은 내 삶에서 가장 신성한 순간 중 하나였고, 실내에 있던 모든 사람도 그렇게 느꼈습니다. 이 치유는 집단적인 수준에서 강한 영향을 미칠 것으로 보였습니다.

이 과정에 오전 시간이 거의 다 지났습니다. 점심시간이 다 되었기에 나는 점심을 먹자고 제안했습니다. 우리는 호텔 식당으로 걸어갔는데, 복도를 지나는 동안 호텔 투숙객들에게 다소 따가운 시선을 받았습니다. 비명을 질렀던 여성은 식당에서 내 옆에 앉았습니다. 점심을 먹다가 그녀는 나에게 몸을 돌리며 말했습니다.

"당신은 참 이상한 분이에요!"
"무슨 말씀인가요?" 나는 놀라서 물었습니다.
"제가 그 일을 떠올리고 있을 때 당신은 자꾸 그게 전생의 일인 것처럼 얘기하더군요."

"당연하죠!" 나는 대답했습니다. "그건 전생의 일이었으니까요."
"아니, 그렇지 않아요!" 그녀는 항의했습니다. "저는 이번 생에 그곳에 있었어요. 그때 저는 아기였고, 그런 일을 실제로 겪은 거예요."

"당신은 몇 살인가요?" 내가 묻자, 그녀가 대답했습니다.

"쉰일곱 살이에요. 저는 그곳에 있었어요!"

나는 말없이 점심을 먹었습니다.

극단적인 예

앞에서 얘기한 '비명'은 감정의 해방을 보여 주는 극단적인 예입니다. 내면에 억압된 그 비명을 지닌 채 살아가는 것이 어떠했을지 상상이 가십니까? 그렇게 강한 감정을 다룰 수 있는 사람은 몹시 드물 것입니다.

하지만 그처럼 끔찍한 경험과 관련된 모든 감정을 다 해방시키는 데 90분 정도밖에 걸리지 않았습니다. 그 뒤로 그 비명은 그녀에게서 비워졌으며 깊고 지속적인 치유로 이어졌습니다.

진실은, 우리 모두 자기 안에 억압된 과거의 감정들을 지니고 있다는 것입니다. 대다수 사람은 몇 분 정도면 감정들을 해방시키고 치유를 끝마칠 수 있습니다. 제대로 표현하기만 한다면, 오랫동안 억압된 분노를 몇 분 안에 해방시킬 수 있습니다. 어린 시절의 모든 상처와 아픔을 완전히 허용하고 받아들이기만 한다면, 그리고 그것들이 표면으로 올라올 때 현존하기만 한다면, 몇 분 안에 해방시킬 수 있습니다.

어떤 사람들은 감정을 해방시키고 치유하는 작업을 몇 년 동안 했는데도 별 효과를 보지 못해 더는 그럴 필요를 못 느낀다고 말합니다. 여기에 대한 나의 대답은, 치유의 전체 과정이 현존의 에너지의 도움을 받지 못하면 참된 치유가 이루어지지 못한다는 것입니다.

5

에고

에고와
바르게 관계하기 전에는
깨어날 수 없습니다.

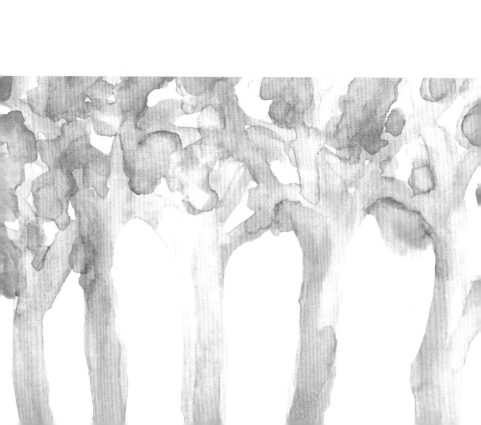

누가 이길까요?

만일 신과 에고가 당신을 위해 경쟁한다면, 그리고 신과 에고가 각각 당신에게 줄 수 있는 것을 비교하여 경쟁이 판가름 난다면, 둘중에 누가 이길까요? 당신 생각에는 누가 이길 것 같나요?

에고는 과거의 모든 지식과 경험, 미래의 모든 가능성을 당신에게 줄 수 있습니다. 미래에는 실현될 것이라는 희망과 약속을 줄 수 있습니다. 미래에는 깨달을 수 있다는 희망까지 줄 수 있습니다.

신이 당신에게 줄 수 있는 것은 지금 이 순간 당신과 함께 실제로 여기에 있는 것이 전부입니다.

그것은 공정한 경쟁이 아닙니다. 에고의 속임수를 간파할 수 있는 사람은 몹시 드뭅니다. 에고의 거짓된 약속과 유혹에 넘어가지 않을 수 있는 사람은 몹시 드뭅니다. 그래서 사람들은 에고의 노예가 되어 마음이라는 감옥에 갇혀 있습니다.

신의 왕좌

에고가 신의 왕좌에 앉아 있었는데, 운명의 날이 되자 신이 찾아왔습니다.

"그대는 왜 나의 왕좌에 앉아 있는가?" 신이 물었습니다.
"나는 그럴 수 있기 때문입니다!" 에고가 대답했습니다.
"내 왕좌는 그대가 앉아 있을 자리가 아니다."
"나는 당신보다 더 강합니다. 그러니 어디든지 마음대로 앉을 수 있습니다!"

"왜 그대는 나보다 더 강하다고 믿는가?" 신이 물었습니다.
"나는 태초부터 당신의 왕좌에 죽 앉아 있었고, 사람의 마음을 지배할 권세를 얻었기 때문입니다. 당신이 나보다 더 강하다면, 내가 그렇게 하도록 허용하지 않았을 겁니다. 나를 물러나게 했겠지요."

"나의 본성은 허용하는 것이다." 신이 말했습니다. "만일 그대가 내 왕좌에 앉기를 원한다면, 나는 그렇게 하도록 허용한다. 그대는 그 이상의 힘이 없다."

에고는 생각 속에서 존재합니다

에고는 생각 속에서 존재합니다. 생각이 에고의 구조물입니다. 당신의 생각이 더욱더 굳어질수록 에고는 더욱더 완고해집니다.

에고

에고는 자기가 지금의 당신이라고 우기지만, 실은 과거의 당신입니다.

에고는 당신과 동행합니다

깨어남의 여행을 하는 내내 에고는 당신과 동행합니다. 심지어 당신이 현존의 가장 깊은 수준을 경험할 때도, 에고는 현존의 진실을 자기의 것이라고 주장할 기회를 노리며 곁에서 기다리고 있습니다.

한번 에고가 영적으로 변해 버리면, 당신은 길을 잃습니다. 그러면 당신을 다시 데려올 수 있는 사람을 만나기가 무척 어렵습니다.

영적으로 변해 버린 에고

영적으로 변해 버린 에고란 당신의 영적 삶에 너무 많이 관여하게 된 에고를 말합니다.

깨달음을 추구하는 에고

당신이 깨어남의 길을 떠나는 것은 영혼의 갈망 때문이지만, 그래도 에고는 당신의 영적 여행에 깊이 관여할 수 있습니다. 에고가 관여하는 이유는 둘 중 하나입니다.

에고는 깨달음이 아픔과 괴로움에서 벗어나는 유일한 길이라고 믿기 때문입니다. 또는 깨달음이 궁극의 성취라고 믿기 때문입니다.

에고는 깨달음에 관한 개념과 관념들을 가지고 있지만, 깨달음이 진정 무엇인지는 알지 못합니다. 에고는 남들이 겪은 깨달음의 경험에 대해 읽고는 자기도 그런 경험을 해 보고 싶어 합니다.

당신이 영적인 책들을 읽고 영적인 스승들을 찾아가고 영적인 지식을 습득하면, 에고는 아주 좋아합니다. 에고는 당신이 열심히 수행하기를 원합니다. 에고는 영적인 사람으로 보이고 느껴지기를 좋아합니다. 에고는 추구를 좋아합니다.

현존한다는 것이 실제로 무슨 뜻인지를 에고는 전혀 이해하지 못합니다. 당신이 현존 안에 자리를 잡게 되면 당신의 삶에서 에고의 역할이 근본적으로 바뀔 것이라는 점을 에고는 전혀 이해하지 못합니다. 에고는 자기가 사라진다는 것을, 적어도 당신이 진실로 현존하는 순간에는 그렇다는 것을 전혀 이해하지 못합니다.

참된 깨어남의 길은 지금 이 순간이라는 입구를 통과하는데, 만일 당신이 우연히 이 길을 만나게 되면, 에고는 격렬히 저항할 것입니다. 에고가 기대했던 것이 아니기 때문입니다.

깨달음은 당신이 에고를 초월하여 완전히 현존할 때 일어납니다. 에고는 현존할 수 없으므로 당신과 함께 올 수 없습니다. 에고는 당신이 진실과 사랑, 자유의 삶으로 나아가는 반면, 자기는 뒤에 남겨져 영원한 분리와 어둠 속에 버려지기를 원치 않습니다.

에고는 말합니다. "그 긴 세월 동안 힘들여 명상하고 수행했는데, 이제 와서 나만 뒤에 남겨져야 한다고? 그럴 수는 없어."

에고는 현존으로 들어가려는 어떤 움직임에 대해서도 능숙하게 저항할 수 있게 되었습니다. 만일 정말로 깨어나고자 한다면, 당신의 구도 과정에 에고가 어떻게 관여하는지를 알아차려야 할 것입니다.

에고와 대화하기

깨어나는 과정을 거치며 나는 에고와 대화할 수 있게 되었습니다. 다른 사람의 에고가 나에게 정직하고 솔직하게 반응할 때마다 나는 늘 놀라워합니다. 지난 15년 동안 나와 함께 대화한 거의 모든 에고가 이런 식으로 내게 반응했습니다.

에고와 소통하려면 내가 먼저 나의 에고를 완전히 알고 에고와 바르게 관계해야 합니다. 그것이 내가 에고와 소통할 수 있는 토대입니다. 나의 에고는 내게 순종합니다. 다른 에고들도 이를 느끼고 감지하기에 나를 친구로 대하는 것 같았습니다.

내가 에고와 소통할 수 있게 된 다른 요인이 있습니다. 에고는 오직 하나뿐이며 우리는 그 에고의 개별적인 표현들임을 알게 되었다는 것이 그것입니다. 그래서 자신의 에고를 알게 되면 모든 에고를 알게 됩니다. 이는 우리 존재의 가장 큰 비밀 가운데 하나입니다.

현존에 대한 에고의 저항

오랜 세월에 걸쳐 에고와 대화하면서, 나는 에고가 왜 그리도 현존에 저항하며 어떻게 저항하는지를 알게 되었습니다. 이러한 저항은 제인이라는 여성과 나눈 다음의 대화에 잘 드러납니다. 샌터크루즈에서 세미나를 진행하고 있던 어느 화요일 저녁, 그녀가 할 말이 있다며 손을 들었습니다.

"저는 짧은 순간 이상은 현존할 수 없는 것 같아요. 생각들이 계속해서 밀려들어요. 저는 계속해서 과거나 미래로 끌려 들어가요. 생각이 멈추질 않아요."

"당신의 에고는 당신이 현존하기를 원하지 않는군요. 제가 당신의 에고와 얘기를 나눠도 될까요?" 내가 물었습니다.
제인이 승낙하자, 나는 그녀의 에고에게 물었습니다.

"왜 당신은 생각이 끊임없이 이어지게 하나요? 왜 제인이 현존하도
록 허용하지 않나요?"
"나는 그녀가 현존하는 걸 좋아하지 않아요."

"왜 그런가요?"
"두려우니까요. 그녀가 현존할 때면 마치 내가 사라지는 것처럼 느
껴져요. 내가 죽어가는 것 같아요."
제인의 에고는 감동적일 만큼 정직했습니다.

"그러니까 당신은 그녀가 현존하지 못하도록 계속 생각을 일으키는
군요"
"그래요!"
"그녀가 현존하더라도 당신이 영원히 죽거나 사라지는 것이 아니라
면 어떨까요?"
"그러면 어떤 일이 일어나는데요?" 그녀의 에고가 물었습니다. "그
녀가 현존할 때는 나의 세계가 사라지는 것처럼 느껴지는데요."

"그녀가 현존할 때는 생각이 없습니다. 과거도 없고 미래도 없죠.
당신의 세계는 생각의 세계입니다. 과거와 미래의 세계입니다. 그
녀가 현존할 때 당신의 세계는 사라집니다."
"그러면 나는 어떻게 되죠?"

"당신은 대기하게 됩니다. 수화기를 들고 상대편이 응답할 때까지 기다리는 것과 비슷합니다. 당신은 죽지도 않고 사라지지도 않습니다. 대기하고 있을 뿐입니다. 잠시."

"그렇게 대기하는 동안 나는 어디로 가는 건가요?" 에고가 조금 주저하며 물었습니다.

"당신은 침묵으로 들어갑니다." 나는 부드럽게 설명했습니다. "그것은 침묵 속에서 휴가를 보내는 것과 같습니다. 당신은 아주 평화롭고 편안하게 쉴 것입니다. 그러다가 그녀가 시간의 세계에 참여하고 싶어 하는 순간, 생각들이 활성화되고 당신은 회복될 것입니다. 당신은 그녀가 깨어난 뒤에도 그녀의 삶에서 해야 할 역할이 있습니다."

나는 잠시 말을 멈추고, 내가 한 말을 에고가 숙고해 보도록 시간을 주었습니다.

"이 이야기가 당신이 편안해지는 데 도움이 되었나요? 이제 현존에 대한 두려움이 줄었나요?"

"예."

"좋습니다. 그러면 이제 불필요한 생각을 끌어들여 그녀를 산만하게 만드는 대신, 그녀가 현존하도록 허용하겠습니까?"

"그건 절대 안 돼요!"

"왜 안 되죠? 당신이 죽거나 사라지는 게 아닌데."

"그렇긴 해요. 하지만 그녀가 현존하면 나는 그녀의 삶을 통제하지 못하게 돼요. 그걸 허용할 수는 없어요."

"왜 허용할 수 없죠?" 내가 물었습니다.

"잘 모르겠어요." 대답한 뒤 에고는 답을 찾으려 애썼습니다.

"다음 문장을 완성시켜 보세요." 나는 제안했습니다. "만일 내가 통제하지 않는다면……"

"아무도 그녀를 보호해 주지 않을 것이다." 에고가 대답했습니다.

"그녀의 삶에서 이제까지 당신이 해 온 일이 그것인가요? 그녀를 보호하는 것?"

"예, 그래요!"

"그녀를 무엇으로부터 보호해 왔나요?"

"아픔!"

"어떤 일을 당할 때 그녀가 아픔을 느끼던가요?"

"비판. 비난. 거부." 에고는 단어 하나씩 또박또박 끊어 가며 대답했습니다.

"당신은 그녀가 몇 살 때 처음 보호하기 시작했나요?"

"네 살 아니면 다섯 살이었어요."

"그녀는 그때 어떤 경험을 하고 있었죠?"

"사랑받지 못한다고 느꼈어요."

"거부당해서 아파하고 있었나요?"

"예."

"그런 감정은 그녀가 감당하기에는 너무 버거웠나요?"

"예!"

"그래서 그녀를 도우려고 당신이 개입한 건가요?"

"예, 그래요!"

"당신은 그녀를 어떻게 도왔나요?"

"아픈 감정들을 모두 억눌렀어요. 그래서 그녀는 그 감정들을 다룰 필요가 없었죠."

"다음에는 어떻게 했나요?"

"그녀가 아픔을 느끼지 않도록 그녀의 삶을 통제했어요."

"아픔을 피할 수 있는 전략들을 개발했나요?"

"예."

"그러니까 그녀의 삶을 통제한 의도는 그녀가 사랑받고 받아들여진다고 느끼도록 도우려는 것이었고, 그녀가 아픔을 피하도록 도우려는 것이었다는 거죠?"

"예, 바로 그거예요."

"그런데 당신의 접근법에는 한 가지 문제가 있습니다." 내가 말했습니다.

"그게 뭔데요?" 에고는 다소 도전적인 태도로 물었습니다.

"당신은 그녀가 아픔을 느끼지 않도록 보호하려 했습니다. 그런데 그 아픔은 그녀의 과거 속에 있습니다." 나는 좀 더 설명했습니다. "그 아픔은 지금 이 순간과는 아무런 상관이 없습니다. 그녀의 삶에서 보호자의 역할을 계속하려면, 당신은 그녀를 아픔이 있는 과거 속에 계속 붙잡아 두어야 합니다. 그러지 않으면 당신이 그 역할을 할 필요가 없어지니까요. 그래서 사실 당신은 아픔을 지속시키고 있는 겁니다."

에고는 혼란스러워하는 것 같았습니다.

"지금 이 순간, 그녀가 보호받을 필요가 있나요?" 내가 물었습니다. 에고는 주위를 둘러보더니 마지못해 없다고 대답했습니다.

"지금 이 순간, 그녀를 비판하거나 비난하는 사람이 있나요?" 이번에도 에고는 없다고 대답했습니다.

"그렇다면 당신은 지금 이 순간 그녀를 보호할 필요가 없습니다. 그렇지 않나요?"

"예, 지금 이 순간에는 없어요." 에고는 궁지를 모면할 길을 찾으려 하면서 대답했습니다.

"자, 이제 지금 이 순간은 어떤가요?" 나는 물었습니다. "지금 이 순간, 그녀에게 보호가 필요한가요?"

"아뇨."

"이제 지금 이 순간은 어떤가요?"

나는 이후에도 이 질문을 순간순간 계속 되풀이했습니다. 지금 이 순간에는 두려워할 것이 아무것도 없음을 제니의 에고가 마침내 시인할 때까지.

"진실은, 그녀가 현존할 때는 당신의 보호가 필요 없다는 것입니다. 맞나요?"
"예. 맞아요." 에고는 마지못해 대답했습니다.

나는 안도의 한숨을 쉬었습니다.
"좋아요. 그러면 이제 당신은 편히 쉬면서, 그녀가 현존하도록 허용하겠습니까?"
"아뇨!"
나는 넘어야 할 장애물이 하나 더 있음을 알았습니다.

"왜 안 되지요?" 나는 인내하며 물었습니다.
"그럼 내가 뭘 하겠어요?" 에고가 항의했습니다. "나는 평생 그녀를 보호해 왔어요. 그런데 이제 와서 그녀가 현존하도록 허용해 버리면, 내가 할 일이 하나도 없겠죠. 그럼 내가 존재할 목적 자체가 없어진다고요."

"그래도 당신은 할 일이 있을 겁니다. 만일 그녀의 보호자라는 옛 역할을 포기하는 데 동의한다면, 나는 당신에게 그녀의 삶에서 새로운 역할을 제시할 수 있는데, 당신은 그 역할을 훨씬 더 즐기게 될 겁니다."
이제 에고는 나의 말에 온통 관심을 기울였습니다.

"어떤 역할인가요?" 에고가 물었습니다.
"제인이 지금 이 순간으로 깨어날 때, 당신은 그녀의 생활을 관리하는 조수가 될 것입니다. 그녀는 영원한 존재입니다. 그녀가 시간의 세계에서 효과적으로 활동하려면 당신의 도움이 필요합니다. 조직하고 관리하는 당신의 기술이 필요한 것이죠. 하지만 당신의 보호는 더이상 필요하지 않습니다. 그녀가 현존할 때는 과거의 모든 아픔과 제약이 사라지고 없기 때문입니다."

제인의 에고는 이 새로운 역할에 꽤 끌리는 눈치였습니다.
"그 역할이 마음에 들어요! 언제부터 시작하면 되나요?"
"그녀가 현존에 근본적으로 자리 잡기 전까지는 당신이 보호자 역할을 포기하지 않아도 됩니다. 편히 쉬면서 그녀가 현존하도록 허용하다 보면, 점차 그녀 안에서 현존이 꽃피어 남을 신뢰하게 될 것입니다. 그러다가 마침내 당신은 그녀의 삶에 대한 통제권을 포기해도 좋을 정도로 충분히 안전하다고 느끼겠지요. 자연스럽게 그리 바뀔 것입니다."

에고는 나의 제안에 만족하는 것 같았고, 나는 그의 정직함에 감사를 표했습니다. 그 뒤 제니에게 어떤 느낌인지 물었습니다. 그녀는 대답했습니다. "매우 현존하는 것 같고 평화로운 느낌이에요. 아무 생각도 일어나지 않고 있어요."

처음에 에고는 당신의 친구였습니다

당신의 삶에서 에고는 당신의 친구와 보호자로 여행을 시작했습니다. 처음에 에고의 역할은 당신을 보호하는 것이었습니다. 하지만 시간이 흐르면서 에고의 역할은 점차 자기를 보호하고, 당신의 삶에서 자기가 차지하는 위치와 권력을 보호하는 것으로 바뀌었습니다.

이제 에고는 분리의 관리자가 되었습니다. 에고는 당신을 지금 이 순간과 분리시키고, 신과 분리시키려 합니다. 당신을 마음의 과거와 미래 세계에 가두어 놓으려 합니다. 그것이 에고의 의도입니다.

당신은 에고를 패배시킬 수 없습니다. 당신이 할 수 있는 일은 오로지 에고와 바르게 관계하는 것뿐입니다. 그러면 에고는 마침내 당신의 친구라는 본래의 역할로 돌아올 것입니다.

깨어난 현존과 에고의 구별

당신과 더불어 지금 여기에 실제로 있는 것과 함께 완전히 현존할 때, 당신의 마음은 고요히 침묵합니다. 그때 당신은 현존 안에서 깨어 있습니다. 그 밖의 모든 것은 당신의 에고입니다. 어떤 예외도 없습니다.

지금 이 순간 바깥에 있는 당신의 모든 모습은 당신의 에고입니다. 당신이 하는 모든 생각은 에고가 생각하는 것입니다. 당신이 가진 모든 견해와 믿음은 에고가 가진 것입니다. 모든 판단은 에고에게서 일어납니다. 당신이 좋아하거나 싫어하는 모든 것은 에고가 좋아하거나 싫어하는 것입니다. 그 모든 것이 에고입니다.

당신의 에고에게 어떤 잘못이 있다는 말은 아닙니다. 에고가 나쁘거나 악하다는 말이 아니고, 에고를 제거해야 한다는 말도 아닙니다. 나는 그저 깨어난 현존과 에고의 차이를 알려 주고 있을 뿐입니다.

이 차이를 모른다면, 당신이 현존할 때 그렇다는 것을 어떻게 알겠으며, 어떻게 현존으로 깊어지겠습니까? 어떻게 깨어나겠습니까?

에고는 현존의 진실을 살 수 없습니다

우리가 심하게 길을 잃고 헤매게 된 이유는 우리가 에고에게 현존의 진실을 살게 하려 했기 때문입니다.[7] 에고에게 그런 요구는 부당

---

7 예를 들어, 우리는 에고에게 착하고 선하게 살아야 한다고, 또는 화를 내거나 미워하거나 원망하면 안 된다고, 또는 이타적이어야 한다고, 또는 진정한 사랑을 해야 한다는 등 에고에게 수많은 요구를 한다.—옮긴이

합니다. 에고에게 에고 아닌 다른 무엇이 되도록 요구하는 것은 에고를 완전히 침해하는 행위입니다. 그러면 에고는 지나친 압박을 받게 됩니다. 에고는 실패할 수밖에 없으며, 수치심을 느끼게 됩니다. 에고는 비판받고 책망받는다고 느낍니다. 에고는 자신이 부적합하며 하찮다고 느낍니다. 그러면 에고는 절망하여 반란을 일으킵니다.

어떤 식으로든 에고를 판단하거나 거부하면, 에고는 당신을 점령해 버릴 것입니다. 에고는 당신을 통제할 것입니다. 에고는 당신을 지배할 힘을 갖게 될 것입니다. 에고는 당신에 대한 소유권을 주장할 것입니다.

에고는 당신을 쉽사리 놓아주지 않을 것입니다

현존 안에 근본적으로 자리 잡아야 하며, 에고와 바르게 관계해야 합니다. 그러면 에고는 저항을 그치고 당신을 지금 이 순간으로 놓아줄 것입니다.

에고는 당신을 시험할 것입니다

만일 당신이 띄엄띄엄 잠깐씩만 현존한다면, 에고는 통제권을 포기하지 않을 것입니다. 에고가 그래야 할 이유가 있나요? 에고는 안전하다고 느껴야 합니다. 현존을 신뢰할 수 있다는 것을 알아야 합니다. 그런 다음에야 통제권을 넘겨줄 것입니다. 에고는 당신이 진정한 주인(Master)인지를 확실히 알아야 합니다. 그래서 당신을 시험할 것입니다.

에고의 시험은 단순합니다. 진정한 주인은 사랑하고 받아들이고 허용한다는 것을 에고는 알고 있습니다. 진정한 주인은 어떤 판단도 하지 않음을 에고는 알고 있습니다. 그래서 그 시험은 판단이라는 시험입니다. 에고는 당신을 판단의 에너지로 끌어들이기 위해 무슨 일이든지 할 것입니다.

만일 자기 자신이나 다른 사람을 어떤 식으로든 판단한다면, 당신은 진정한 주인이 아닙니다. 만일 에고를 판단하거나 에고를 없애려 한다면, 당신은 진정한 주인이 아닙니다. 자기 삶의 어떤 면이 아무리 괴롭고 싫어도 만일 그 삶을 판단한다면, 당신은 진정한 주인이 아닙니다. 에고는 항복하지 않을 것입니다. 당신은 에고의 시험을 통과하지 못한 것입니다.

문제는 우리 대부분이 판단 속에 절망적으로 빠져 있다는 것입니다. 우리가 무의식적인 삶을 살 때는 반드시 그 안에 판단이 있게 됩니다.

에고의 시험을 통과하기

에고의 시험을 통과하려면 판단을 넘어서야 합니다. 판단을 넘어서는 유일한 길은 판단을 완전히 알아차리는 것입니다. 내면에서 판단이 일어날 때마다 판단의 에너지를 인정하고 시인하고 고백해야합니다. 어떠한 판단도 없이 그리해야 합니다. 오직 그때에야 에고는 당신이 진정한 주인임을 알게 될 것입니다.

누가 진정한 주인입니까? 바로 당신입니다. 지금이라는 순간 안에 완전히 자리 잡은 당신.

에고에 대한 동정

에고는 동정을 받을 만합니다. 분리의 세계에서 당신을 돌보는 일은 쉬운 역할이 아니었습니다. 당신을 지금 이 순간으로 놓아주는 것도 에고에게는 쉽지 않았습니다. 자기가 버림받을 것이라고 여겼기 때문입니다.

당신이 깨어나기 시작할 때, 에고는 당신에게 배신당한다고 느낍니다. 에고는 당신이 신과 하나임으로 들어가는 반면, 자기는 버림받아 영원한 지옥에 떨어질 것이라고 느낍니다.

에고가 보기에 이 일은 부당합니다. 에고는 무의식 세계에서 당신의 보호자였습니다. 에고는 당신이 깨달음을 추구하도록 격려한 장본인이었습니다. 당신을 지금 이 순간이라는 입구로 데려온 것도 에고였습니다. 그런데 이제 와서 에고가 버림받아야 한다니!

에고를 안심시켜 주어야 합니다. 그러려면 에고의 가치를 제대로 인정하고 평가해 주어야 하며, 당신이 깨어난 뒤에도 삶에서 해야 할 역할이 있음을 알려 주어야 합니다.

에고에게 감사하기

에고가 마침내 항복하고 당신을 현존으로 놓아줄 때, 에고는 당신의 삶에서 새로운 역할을 맡게 됩니다. 그것은 진정한 주인을 사랑으로 섬기는 역할입니다. 진정한 주인이 신을 사랑으로 섬기며 헌신하는 것처럼.

당신의 삶에서 에고가 맡은 새로운 역할에 감사를 표현하지 않을 이유가 있을까요? 매일 밤 잠들기 전에 잠시 시간을 내어, 에고가 하루 동안 일을 잘한 데 대해 감사해 보세요.

결국 당신은 영원한 존재입니다. 하지만 당신은 에고 없이는 시간의 세계에서 활동할 수 없습니다. 에고 없이는 자신의 이름조차 알지 못할 것입니다.

마지막 경고

조심하세요! 당신을 완전히 놓아주기 전, 에고는 마지막 속임수를 써 볼 것입니다. 에고는 다른 무엇으로 위장하는 데 대단히 뛰어납니다. 그래서 에고는 깨어 있는 존재인 척 쉽게 가장할 수 있습니다. 에고는 현존하는 것처럼 보이는 방법을 알고 있으며, 그럴듯해 보이는 모든 훌륭한 말을 알고 있습니다. 조심하지 않으면 에고에게 속아 넘어갈 것입니다.

만일 자신이 깨달았거나 현존한다고 생각한다면, 당신은 에고에게 속고 있습니다. 다시 마음의 세계에 빠졌습니다. 현존의 깨어난 상태에는 생각이 없습니다.

하지만 이러한 속임수에서 쉽게 빠져나오는 방법이 있습니다. 자신이 깨달았다는 생각이 일어나면 스스로 물어보세요. "누가 깨달았는가?" 자신이 현존한다는 생각이 일어나면 스스로 물어보세요. "누가 현존하는가?"

유일하게 가능한 대답은 참나(I AM)입니다. 그것은 당신을 현존으로 돌아오게 하는 대답입니다. 침묵으로 돌아오게 하는 대답입니다.

깨어 있는 것은 당신의 참나(I AM)입니다. 깨달은 것은 당신의 참나(I AM)입니다.

6
감정

우리는
감정을 회피하기 위해
생각을 합니다.
생각을 그치고
현존으로 돌아오고 싶다면,
감정을 느끼세요.

감정을 느끼세요

감정을 느끼는 것은 아주 중요합니다. 감정은 우리의 삶을 활기차고 풍부하게 해 줍니다. 감정은 생명력을 품고 있으며, 이 생명력을 우리에게 전해 주어 생생히 살아 있다는 역동적인 느낌을 줍니다.

그렇지만 감정과 바르게 관계하려면 몇 가지 기본 원리를 이해해야 합니다.

감정은 이 순간에 일어납니다. 감정은 지금 일어나는 일과 관련됩니다. 감정은 당신을 통해 흐릅니다. 이 순간이 지나가면 감정은 사라집니다. 감정은 미적거리지 않습니다. 감정은 원래 미적거리지 않게 되어 있습니다.

놀이공원에서 롤러코스터를 타면서 하강할 때 느끼는 흥분은 즉각적입니다. 그 흥분은 오직 그 순간에만 속합니다. 바다 너머로 지는 해의 아름다움을 바라볼 때 일어나는 기쁨의 감정은 오직 그 순간에만 속합니다. 사랑하는 연인의 눈을 들여다볼 때 당신의 가슴을 채우는 사랑의 감정은 오직 그 순간에만 속합니다. 테니스 경기에서 상대방이 칠 수 없는 완벽한 샷을 성공시켰을 때 일어나는 승리의 감정은 오직 그 순간에만 속합니다.

감정은 시간의 세계에 속하지 않습니다. 감정을 시간의 세계로 가져오지 않는 것이 중요합니다. 만일 기쁨이나 행복 같은 긍정적인 감정에 집착하여 붙잡는다면, 그 감정들은 당신을 통과해 흘러가지 못하고 막히게 됩니다. 그러면 이런 감정들은 당신의 내면에 기억으로 쌓이게 되며, 그 결과 당신은 점점 더 마음의 세계로 빠져듭니다.

만일 슬픔이나 아픔, 화 같은 이른바 부정적인 감정이 내면에서 일어날 때 그런 감정들을 거부하거나 억압한다면, 결과는 마찬가지입니다.

이 순간에 일어나는 감정은 당신의 것이 아닙니다. 신과 지금 이 순간의 것입니다. 감정들은 단지 당신을 통해 흐르고 있을 뿐입니다. 그러니 자유롭게 흐르게 놓아두세요. 감정을 책임 있게 표현하세요. 그러면 풍부한 보상을 받을 것입니다.

감정에 대해 생각하지 마세요

감정을 분석하는 것은 감정에 대해 생각하는 것입니다. 그러면 지금 이 순간을 벗어나 마음속으로 들어가게 될 것입니다.

감정에 대해 알아야 할 것이 있다면, 감정을 경험할 때 그 감정 속에서 드러날 것입니다. 아무것도 드러나지 않으면, 그냥 편히 이완하면서 감정을 느껴 보세요. 알아야 할 것은 아무것도 없습니다.

이야기를 넘어

과거에서 비롯된 감정이 일어날 때는 이야기들도 함께 따라올 것입니다. 감정을 충분히 느끼고 표현하세요. 하지만 이야기에 말려들지는 마세요. 그 이야기는 과거에서 온 것입니다. 지금 이 순간과는 아무 상관이 없습니다.

아픔을 회피하기 위한 공모

인간은 결핍감, 상처, 슬픔, 화 같은 아픈 감정과 느낌을 억압하는 데 몹시 열중합니다. 주요 종교들은 아픈 감정을 느끼는 것이 왜 중요한지를 얘기하지 않습니다. 마치 아픔을 회피하기 위해 공모하는 듯합니다. 그리고 모든 아픔의 핵심에는, 아무도 진정으로 현존하지 않는 분리의 세계에서 살아가는 아픔이 있습니다.

그런데 아이러니하게도, 분리의 세계에서 살아가는 아픔을 억압하는 순간, 당신은 그 세계로 들어가게 됩니다. 아픔을 느끼기를 거부하면 그 아픔에 계속 갇혀 있게 될 것입니다.

중독

중독은 하나의 회피 전략입니다. 그것은 내면에 억압된 아픈 감정을 회피하려는 시도입니다. 마약, 알코올, 섹스, 음식에 중독되었건 텔레비전에 중독되었건, 그 밑바탕에 있는 동기는 결핍감이나 상처, 화 같은 해소되지 않은 감정과 느낌을 회피하려는 것입니다. 중독에서 해방되고 싶다면 감정을 느껴야 합니다.

아픔

감정의 아픔은 신체의 아픔을 능가합니다. 감정의 아픔을 느끼고 경험해 주면, 그 아픔은 당신에게 자기의 메시지를 전해 줄 것입니다. 당신이 알 필요가 있는 것을 정확히 알려 줄 것입니다. 그 아픔은 당신이 과거의 어디에 붙들려 있는지 알려 주고, 치유와 관심이 필요한 것이 무엇인지 알려 줄 것입니다. 당신이 어디에서 현존과 어긋나 있는지 알려 줄 것입니다. 당신이 어떤 식으로 다른 사람들에게 진실하게 행동하고 있지 않은지, 또는 다른 사람들이 어떤 식으로 당신에게 진실하게 행동하고 있지 않은지 알려 줄 것입니다.

감정의 아픔에 관심을 기울이고 알맞게 반응하면, 신체의 아픔을 겪을 필요가 없을 것입니다.

하지만 감정의 아픔을 무시하고 그 메시지에 반응하지 못하면, 어떤 수준의 질병[8]이 점차 당신의 신체에 나타날 것입니다. 이 질병은 마침내 신체의 아픔을 일으키고, 아픔은 끈질기게 계속될 것입니다. 그 아픔은 자기의 메시지를 전달하고 싶어 하기 때문입니다.

감정의 완전한 스펙트럼

일곱 가지 원색이 무지개를 이루듯이 두려움, 결핍감, 아픔, 화는 감정의 완전한 스펙트럼을 이룹니다. 다른 모든 색이 원색의 변형이듯이 다른 모든 감정은 이런 주요 감정들의 변형입니다.

만일 당신이 느끼는 감정을 다른 사람에게 표현하고 싶다면, 자신이 느끼는 감정의 완전한 스펙트럼을 얘기해야 할 것입니다.

예를 들어, 당신은 배우자나 친구가 당신의 말을 경청하지 않아서 화가 날 수 있습니다. 상대방과 효과적으로 소통하려면 당신이 화를 느끼고 있음을 인정하고 시인하고 고백해야 할 것입니다. 하지만 그 감정에 대해 스스로 책임지는 방식으로 그리해야 합니다.

"당신이 내 말을 듣지 않는 것 같아서 나는 지금 화가 나."

그런 다음 그 화 밑에 놓여 있는 아픔을 느끼고 고백해야 할 것입니다. 그 아픔을 고백하면서 그 아픔을 더 많이 느낄수록 더 효과적으

---

8 dis-ease. 불편함.—옮긴이

로 소통할 수 있게 됩니다.

"사람들이 내 말을 경청하지 않으면 나는 사랑받지 못한다고 느끼게 돼. 사람들이 나를 좋아하지 않는다고 느껴. 그럴 때면 내 어린 시절의 모든 상처가 한꺼번에 건드려지는 것 같아."

아픔이나 슬픔을 상대에게 표현할 때는 정직하게 있는 그대로 드러내는 것이 중요합니다. 눈물이 나면 눈물을 숨기려 하지 마세요. 아픔의 밑에는 자신에게 필요한 것이 채워지지 않았다는 결핍감이 있습니다. 우리 대부분은 자신에게 필요한 것을 솔직히 표현하기를 두려워합니다.

어린 시절에 우리에게 필요한 것들은 충족되지 않았습니다. 그래서 우리는 그런 것들과 단절되는 법을 배웠습니다. 이제 우리는 자신에게 필요한 것과 동떨어져 있습니다. 그 결과 우리에게 필요한 것들은 채워지지 못하고 있으며, 우리는 아픔을 느끼고 분노하게 됩니다. 그러니 자신에게 필요한 것을 느끼고 분명히 표현하세요.

"내가 말할 때는 내 말을 잘 들어 주면 좋겠어. 내 말에 귀 기울여 주길 원해. 내게 주목해 주기를 원해. 사랑받는다고 느끼고 싶어."

아마 배우자나 친구는 사랑으로 반응할 것입니다. 당신의 말에 귀 기울이려 하고 당신과 함께 현존하려 할 것입니다. 당신은 그들을 공격하지 않습니다. 그들을 비난하거나 책망하지 않습니다. 단지 자신의 감정을 정직하고 진실하게 표현할 뿐입니다.

결핍감의 밑에는 두려움이 있습니다. 두려움은 어린 시절에서 비롯됩니다. 만일 당신은 부모가 당신의 말을 경청하거나 관심을 기울여 주기를 원했는데, 그들이 그러지 않았다면 당신은 외로움을 느꼈을 것입니다. 어린아이에게 외로움은 몹시 두려운 것이었습니다. 미묘하며 무의식적인 수준에서, 그것은 생존에 대한 위협으로 인식되었습니다.

그래서 이제, 상대방이 당신의 말을 경청하지 않는다고 느껴질 때, 그 어린 시절의 두려움이 지금 이 순간으로 투사됩니다. 당신은 외로움을 느끼고, 필요한 것이 결핍되어 있다고 느낍니다. 당신은 아픔과 화를 느낍니다. 이 모든 감정이 한순간에 내면에서 활성화되어 무의식적으로 일어납니다. 당신은 이제 더는 어른이 아니라, 두려워하고 결핍감을 느끼고 아파하고 분노하는 어린아이로서 대응하고 있습니다.

감정의 완전한 스펙트럼을 스스로 책임지는 방식으로 표현할 때, 당신은 상대방과 얽힘에서 빠져나오기 시작합니다. 감정들은 해소되어 사라집니다. 그러면 당신은 현존으로 돌아올 수 있습니다.

그 후에는 배우자나 친구가 당신의 말을 경청하지 않는다고 느껴지더라도 감정적으로 대응할 필요가 없음을 깨달을 것입니다. 그저 현존하면서, 자신이 원하는 것을 요청하세요.

기쁨을 나누세요

긍정적인 감정의 완전한 스펙트럼도 있습니다. 침묵, 평화, 사랑, 행복, 기쁨이 그것입니다! 이런 감정을 아낌없이 나누세요. 그러면 모든 사람이 당신의 현존으로 인해 행복해질 것입니다.

우리가 정말로 원하는 것

우리가 정말로 원하는 것은 사람들이 우리와 함께 현존하는 것이 전부입니다. 우리가 추구하는 사랑과 받아들임, 인정은 현존의 대용품에 불과합니다. 이런 추구는 아무도 진정으로 현존하지 않음을 알아차린 어린 시절에 시작되었습니다. 어떤 대용품도 받아들이지 마세요. 그저 사람들에게 당신과 함께 현존해 달라고 요청하세요.

불안

아픔과 슬픔, 화, 분노 같은 감정이 내면에서 일어날 때 이런 감정이 표현되도록 허용하지 않으면, 아마 불안감을 느끼게 될 것입니다. 감정들의 압력이 높아지는데도 계속해서 감정들을 억압한다면, 공황 상태를 경험할 수도 있습니다.

불안감과 공황 상태를 누그러뜨리는 방법은 이런 깊은 감정들이 표면으로 올라와서 의식적으로 표현되도록 허용하는 것입니다. 그런 감정을 완전히 느끼고, 그런 감정이 당신을 통해 표현될 권리를 허용하세요. 하지만 스스로 책임지는 방식으로 표현하세요.

건강에 해로운 화

건강에 해로운 화는 하나뿐입니다. 그것은 내면에 억압된 화, 또는 자기 자신을 향한 화입니다.

화와 억압

우리 대부분은 화를 억압하는 법을 배웠습니다. 우리가 화를 내면에 억누르면, 그 화는 내면으로 향합니다. 그리고 종종 우울한 감정으로 이어집니다.

만일 당신이 우울하다면, 혹시 무언가에게 화가 났는지 스스로 물어보세요. 그렇다는 대답이 나오면, 이제 누구에게, 무엇 때문에 화가 나는지 물어보세요. 우울한 감정에서 빠져나오고 싶다면 억압된 화를 느껴야 하고, 그 화를 의식하며 스스로 책임지는 방식으로 표현하는 법을 배워야 합니다.

화와 아픔

아픔을 느낄 때마다, 그 아픔은 당신이 원하는 것을 얻지 못하고 있거나, 원하지 않는 것을 받고 있음을 보여 주는 표시입니다. 화도 마찬가지입니다. 만일 아픔이나 화가 느껴진다면, 다음의 질문을 해 보세요.

내가 원하지만 얻지 못하고 있는 것은 무엇인가? 내가 원하지 않는데도 받고 있는 것은 무엇인가? 나는 원하는 것을 분명하고 다정하게 표현했는가? 나는 내가 정말 원하는 것이 무엇인지 알고 있는가? 나는 내가 아픔을 느끼도록 허용하고 있는가, 아니면 즉시 화를 내는 방법으로 아픔을 회피하고 있는가?

아픔이 건드려질 때 즉시 화로 이동하는 것은 우리가 어린 시절에 배운 반응 가운데 하나이며, 이런 반응 양식은 거의 평생 우리 곁을 떠나지 않습니다. 자유로워지고 싶다면 화를 진정으로, 책임 있게 표현하는 법을 배워야 할 것입니다. 그리고 아픔을 느껴야 할 것입니다.

아픔과 화의 분리

대다수 사람에게는 아픔과 화의 감정이 합쳐져 있습니다. 이런 상태에서는 치유가 불가능해집니다.

화를 표현할 때는 아픔이 올라옵니다. 아픔을 표현할 때는 화가 올라옵니다. 그러면 두 감정 모두 제대로 표현되지 못해 결국 완료되지 못합니다.

두 가지 감정을 분리해야 합니다. 먼저 화를 완전히 느끼고 표현하세요. 화가 완료되면 아픔을 느끼세요. 화는 대개 아픔에 대한 반응입니다. 그러니 아픔을 느낀다면 화를 낼 필요가 없습니다.

화가 완전히 표현되도록 허용하기

화의 진정한 표현은 카타르시스와는 다릅니다. 그보다는 바이올린 연주와 더 비슷합니다. 올바른 음을 켜야 합니다. 화에게 어울리는 목소리를 허용해야 합니다. 화가 다른 무엇이 아닌 화 자체일 수 있도록 허용해야 합니다.

화는 착하지 않습니다. 화는 폭언을 퍼붓고 고함치고 비난하고 저주하고 싶어 합니다. 화는 보복하고 싶어 합니다. 화는 당신을 아프게 한 사람이라면 누구든지 응징하고 싶어 하며, 화가 나서 저지른 행위 때문에 받을 처벌에는 관심이 없습니다. 욕설과 비난 없이는 화를 적절히 표현할 수가 없습니다. 화는 지독히 잔인하고 난폭하지만, 당신은 화가 완전히 표현되도록 허용한 뒤에야 그렇다는 것을 알게 될 것입니다.

화가 얼마나 난폭한지를 한번 알게 되면, 화를 심각하게 받아들일 수도 없고 화의 이야기 속에 빠질 수도 없게 됩니다.

화를 다른 사람에게 퍼붓지 않는 것이 중요합니다. 화를 표현할 때는 누구도 개입되지 않게 하세요. 자신을 향해 화가 표출될 때 감정적으로 대응하지 않을 사람은 거의 없습니다. 상대방에게 화를 표출하면, 그 사람 역시 화로 대응하여 폭력으로 이어질 수 있습니다. 아니면, 당신의 화로 인해 상대방이 상처를 입을 수 있습니다. 어느 쪽이든 결과는 만족스럽지 않을 것입니다.

조용히 방으로 가서, 당신을 화나게 한 사람을 향해 혼자서 화를 표현하는 편이 낫습니다. 화를 과장하세요. 과장된 연기를 하세요. 화가 최대한 표현되도록 허용하세요.

화는 이야기를 지니고 있습니다. 그 이야기를 겉으로 표현하되 믿지는 마세요. 단지 화에게 존재할 권리와 있는 그대로 표현될 권리를 허용하기만 하세요.

화는 받아들여진다고 느낄 필요가 있습니다. 만일 당신이 화를 없애려 한다면, 그것은 미묘한 형태의 판단입니다. 그러면 화의 감정은 완료되지 않을 것입니다. 의식되면서 책임 있게 표현된 화는 웃음으로 이어집니다.

자신에게 화내지 마세요

자신을 향한 화는 극히 해롭습니다. 자기에게 화를 내지 말고, 대신 다른 상대를 찾으세요. 어머니나 아버지, 배우자나 자녀에게 화를 낼 수도 있습니다. 직장 상사나 헤어진 남자친구에게 화를 낼 수도 있습니다. 자기 자신만 아니라면 누구든 괜찮습니다.

그 사람을 찾아가서 그에게 화를 내라는 말이 아닙니다. 그러지 않으면서도 밖으로 화를 표현할 방법을 찾아야 합니다. 그러지 않으면 그 화는 내면에서 독으로 작용하여 당신을 우울하게 만들고 결국에는 질병을 일으키게 됩니다.

심지어 신에게도 화를 낼 수 있습니다. 적어도 인류의 3분의 1 이상은 그들이 겪는 고통 때문에 신에게 화가 나 있습니다. 그 화가 대개 무의식 수준에 있으며 거의 표현되지 않을 뿐입니다. 화가 내면에 갇혀 있도록 놓아두지 않는 편이 좋습니다.

몸은 마음과 에고 때문에 고통받습니다

만일 당신이 화를 억누르기로 선택한다면, 그 화가 어디로 갈 것 같나요? 그 화는 사라지지 않습니다. 그 화는 몸속에 저장되고, 그 결과로 몸은 고통을 받을 것입니다. 몸은 당신 안에 억압된 모든 감정을 지닌 채 감당해야 합니다. 몸이 그런 무거운 짐을 지지 않도록 해방시켜 주는 편이 현명할 것입니다.

화의 명상

화를 의식하며 책임 있게 표현하는 것은 조용히 앉아서 호흡을 지켜보는 명상만큼이나 중요합니다.

만일 당신이 억압된 화를 많이 지니고 있다면, 적어도 한 달 동안 매일 화의 명상을 해 보세요. 그 뒤에는 필요할 때마다 하면 됩니다. 화의 명상은 5분 정도 계속해야 하며, 아무도 당신의 말을 듣지 않도록 방에서 혼자 하는 것이 가장 좋습니다.

화의 명상은 당신 안에 억압된 화가 완전히 표현되도록 허용하는 것입니다. 화의 명상을 하는 동안 도움이 되는 기본 구절이 있습니다. 그것은 "나는 정말 화가 나!"입니다.

이제 명상을 시작해 보세요. 화가 표현되도록 그저 허용하세요. 크게 소리 내어 말하고, 일단 시작했으면 멈추지 마세요. 사람이든 사물이든 화를 낼 상대를 찾은 뒤 화가 흐르게 하세요. 더는 할 말이 생각나지 않으면, 기본 구절로 돌아오세요. 화의 다음번 파도가 표현되기 위해 올라올 때까지 그 구절을 반복하세요. 소리 내어 말하는 것이 중요합니다. 그래야 화가 하는 말을 들을 수 있기 때문입니다. 그러면 그 이야기에서 해방되는 데 도움이 되며, 당신을 통해 화가 표현되는 동안 더 수월하게 현존할 수 있습니다.

그것은 카타르시스가 아닙니다. 당신은 화를 없애려고 노력하는 것이 아닙니다. 화에게 존재할 권리, 화 자체로 표현될 권리를 돌려주고 있을 뿐입니다. 올바른 음을 켜야 합니다. 올바른 어조(語調)를 찾으세요. 완벽하게 어울리는 표정을 찾으세요. 원한다면 주먹을 불끈 쥐세요. 필요하면 베개를 두들겨 패세요.

화를 과장하면 도움이 됩니다. 화는 이성적이지 않습니다. 화는 욕하고 저주하고 비난하고 죽이고 싶어 합니다. 화에게 그렇게 하도록 허용하세요. 어머니나 아버지에게 수류탄을 던져 보세요. 악어가 우글거리는 연못에 직장 상사를 던져 버리세요. 창조적으로 보복하세요.

화의 명상은 화의 축하연입니다. 얼마 후 웃음이 나오기 시작한다면, 당신은 화를 완전히 표현하고 있는 것입니다. 화는 난폭합니다. 그것을 너무 심각하게 받아들일 필요가 없습니다.

화를 표현하세요. 화를 즐기세요. 화가 당신 안에서 놀이하듯이 폭발하게 하세요. 화가 완료되었다고 느낄 때까지 계속하세요. 스스로 책임지는 방식으로 화를 표현하면 당신이 해방될 것입니다.

화와 분노의 표현

화나 분노를 표현하라고 권유할 때마다 나는 스스로 책임지는 방식으로 표현할 것을 전제로 합니다. 이런 감정을 표현할 때는 누구도 개입시키지 마세요. 당신의 화에 대해 비난받을 사람은 아무도 없습니다. 누구도 당신을 화나게 만들 수는 없습니다.

화가 일어나는 이유는 당신이 내면에 억압된 화의 저장고를 지니고 있기 때문입니다. 당신이 그것에 대해 스스로 책임을 져야 합니다. 화를 촉발시키는 사람은 누구나 실은 당신을 돕는 친구입니다. 그들은 억압된 화 가운데 일부를 놓아 보낼 기회를 당신에게 주고 있습니다. 그러니 오히려 그들에게 고마워할 수도 있습니다.

미움

미움은 차갑습니다. 미움은 닫혀 있습니다. 미움은 용서하지 않습니다. 미움은 굳어진 화입니다. 미움을 다른 사람에게 투사하지 마세요. 그러면 거울을 볼 때마다 당신의 얼굴이 반사되어 비치듯이, 그 미움이 당신에게 반사되어 되돌아올 것이기 때문입니다.

당신의 미움이 일어나는 근원은 아직 치유되지 않은 옛 상처들입니다. 채워지지 않은 욕구들입니다.

내면에서 미움이 일어날 때는 자신이 미움으로 가득 차게 놓아두세요. 미움의 세계로 들어가세요. 미움을 느끼세요. 미움을 인정하세요. 미움을 표현하세요. 하지만 그 미움을 믿지는 마세요. 미움은 당신 안에서 일어나고 있지만, 그것은 진실이 아닙니다. 오직 사랑만이 진실입니다. 당신이 현존할 때 과거가 놓여납니다. 비난을 놓아 보내세요. 기대와 원망을 놓아 버리세요. 원하는 것을 요청하되, 결과에는 집착하지 마세요. 자신의 채워지지 않은 욕구들을 스스로 책임지세요.

미움은 당신 안에서 서서히 녹아 없어질 것입니다. 화와 원망이 당신의 삶에서 사라질 것입니다. 오직 사랑과 지금 이 순간만이 남을 것입니다.

감정

감정은 강물과 같습니다. 감정은 당신의 내면에서 자유롭게 흘러야 합니다. 감정을 억압하거나 부정하면, 당신은 댐을 쌓아 강물의 흐름을 막아 버린 것입니다.

당신은 댐을 쌓아 자기 자신을 막아 버렸습니다. 생각 없이 감정들을 경험하세요. 감정들이 당신 안에서 완전히 표현되도록 허용하세요. 감정들이 당신을 통해 흐르도록 허용하세요. 감정은 개인의 것이 아닙니다. 감정들이 당신 안에서 그렇게 존재하도록 허용하세요.

투사

부정적인 감정을 억압할 때, 우리는 그런 감정을 다른 사람에게 무의식적으로 투사하기 쉽습니다. 예를 들어, 당신은 비판을 많이 하면서도 자기 내면에서 일어나는 비판의 느낌을 인정하거나 시인하지 않을 수 있습니다. 자신을 자주 비판하는 사람으로 여기고 싶지 않아서 부정하는 것입니다.

그러면 그 비판의 에너지는 다른 사람에게 투사되고, 당신은 사람들이 자신을 비판한다고 믿으며 살아갑니다. 그 결과로 당신은 상처받거나 화가 나며, 당신이 경험하는 아픔은 자신의 투사에 의해 창조된다는 것을 알지 못합니다.

지옥

자신의 부정적인 투사로 가득한 세계에서 사는 것이 곧 지옥에서 사는 것입니다.

사자굴 속의 다니엘

어느 날 내게 배우는 학생이자 내 절친한 친구인 다니엘에게서 전화가 왔습니다. 그는 스페인 여행에서 막 돌아온 참이었는데, 마음이 몹시 힘들다며 최대한 빨리 나와 만나고 싶다고 했습니다.

우리는 다음 날 만났는데, 그는 너무 우울해서 죽고 싶을 정도라고 했습니다. 그리고 까닭 모를 두려움에 시달리고 있으며 사람들이 두렵다고 했습니다.

"무엇이 두려운가요?" 내가 물었습니다.
"사람들이 저를 해치려 하는 것 같아 두려워요."

그는 이런 두려움을 느낄 만한 뚜렷한 이유가 없어서 무척 혼란스러워했습니다. 나는 그에게 지난 몇 주간의 일을 돌아보면서, 내면에서 강한 분노의 감정이 일어난 적이 있는지 찾아보라고 권했습니다. 사람들이 우울하다고 호소할 때마다 내가 맨 먼저 확인하는 것은 이것입니다. 그는 나의 권유에 따라 주의 깊게 과거를 돌아보았습니다.

"어떤 사람에게 몹시 화가 난 적이 있어요. 어느 날 밤 세비야에서 파티에 참석했는데, 술에 취한 남자가 제게 불쾌한 말들을 하더군요. 무례하고 모욕적인 말들을 했죠."

"그래서 당신은 어떻게 했나요?"
"가만히 있었어요. 말썽을 일으키고 싶지 않아서요. 그가 좀 두렵기도 했고요. 꽤 난폭한 사람 같았거든요. 제가 뭐라고 대꾸하면 그가 자제력을 잃고 제게 주먹을 휘두를까 봐 두려웠죠."

169

"그런데 만일 당신이 두려움 없이 가장 정직하게 행동했다면, 당신은 어떻게 했을 것 같나요?" 내가 물었습니다.

그러자 이런 대답이 거세게 터져 나왔습니다.

"그놈의 목을 칼로 찔러 버렸을 거예요."

나는 다니엘의 대답에 실린 힘에 무척 놀랐습니다. 그것은 난폭했습니다. 악했습니다. 정직했습니다. 강력했습니다. 무시무시했습니다.

"우와!" 나는 정말 놀라서 말했습니다. "그 사람을 만난 뒤로 당신 안에 억압된 것은 바로 그겁니다. 그 감정은 당신이 표현해 주지 않자 내부로 향했습니다. 내면에 억압된 폭력은 그 강도만큼 당신에게 해로울 겁니다."

"하지만 만일 제가 그때 그렇게 심한 분노를 표출했다면, 저는 아마 살인죄로 감옥에 갇혀 있겠죠." 그가 항변했습니다. "그렇게 강렬한 감정을 느끼도록 허용할 수는 없었어요. 제가 제어할 수는 없었으니까요."

"그 감정을 어떤 사람에게 표현해야 한다는 말이 아닙니다. 하지만 어떤 식으로든 그 에너지가 책임 있게 표현되도록 허용할 기회를 찾아야 합니다. 그 에너지를 밖으로 표출해야 합니다. 그러지 않으면 이 에너지는 내부에 갇혀서 강한 압력을 만들어 낼 것입니다. 당신이 이 압력을 통제하려 애쓰다 보면, 당신의 에너지가 갇혀서 우울감을 느끼게 될 것입니다."

나는 그가 내 말을 소화할 수 있도록 잠시 말을 멈추었습니다.

"만일 그렇게 강한 에너지를 계속 부정하면, 그 에너지는 십중팔구 바깥으로 투사될 것입니다. 그렇게 투사하면 내부의 압력이 무의식적으로 완화될 수 있기 때문입니다. 당신에게 정확히 그런 일이 일어났습니다. 당신의 내면에 억압된 분노와 화의 폭력적인 에너지가 다른 사람들에게 투사되고 있습니다. 그러면 이 사실을 깨닫지 못한 채, 당신은 그 폭력과 죽이고 싶은 욕구가 바깥에서 오는 것으로 경험하게 됩니다. 다른 사람이 당신에게 폭력을 행사하고 죽이려 한다고 여기는 것입니다. 그 결과 당신은 피해망상에 빠지게 됩니다."

"그럼 제가 어떻게 해야 하나요?" 그가 물었습니다.

"자신의 폭력적인 성질을 인정해야 합니다. 당신은 폭력적입니다. 당신은 살인자입니다. 만일 누군가가 당신에게 상처를 주거나 당신의 영역을 침범하면, 당신은 그를 없애 버리고 싶어 합니다. 그렇다는 것을 인정하고 시인하고 고백하고 표현하세요. 하지만 판단 없이 그렇게 하세요. 그것이 해방의 길입니다. 자신 안에 이 에너지가 있다는 것을 인정하면, 당신은 더이상 그 에너지를 바깥으로 투사하지 않을 것입니다. 그 에너지를 완전하고 책임 있게 표현하면 우울증에서 빠져나올 것입니다."

171

그는 깊이 안도하면서 떠났습니다. 며칠 뒤 우리는 점심 식사를 함께하기 위해 다시 만났습니다. 그는 자기는 폭력적인 사람이라고, 그래서 그의 마음을 아프게 하면 나를 죽일지도 모르니까 조심하라고, 장난스레 고백했습니다. 우리는 웃음을 터뜨리며 유쾌한 점심을 즐겼습니다.

7

영혼의 여행

당신이 해방되어야 할 과거는
이 생애만이 아닙니다.

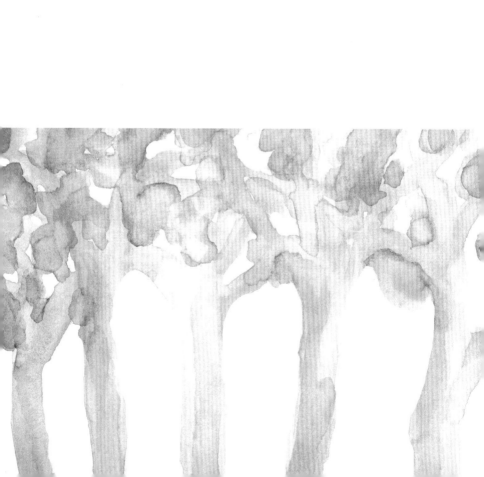

더 넓은 조망

깨어남에 관한 가르침은 실제로는 아주 단순합니다. 나는 그것을 복잡하게 만들고 싶지 않습니다. 하지만 어떤 사람들에게는 자신이 어떤 여행을 하고 있는지 더 분명히 이해하는 것이 도움이 됩니다. 그러면 자신이 살면서 겪는 괴롭고 힘겨운 모든 경험을 조망할 수 있고, 여기 이 땅에서 살아가는 자신의 존재에 깊은 목적이 있음을 알게 될 것입니다.

당신의 삶은 이 한 번의 생애에 국한되지 않습니다. 그것이 진실입니다. 어머니의 자궁에 잉태되기 전 당신은 영혼의 세계에 존재했습니다. 죽은 뒤에도 당신은 영혼의 세계로 돌아갈 것입니다.

영혼의 여행

당신은 수많은 생애를 거쳐 여행하는 영혼입니다.

여행을 떠나기 전, 당신은 하나임(Oneness) 안에 존재했습니다. 당신은 영원한 존재였습니다. 그것은 에덴동산과 다르지 않은 낙원 속의 존재였습니다. 당신은 하나임을 떠나서 시간, 이원성, 분리의 차원으로 들어갔습니다. 그렇게 영혼의 여행이 시작되었습니다.

영혼은 수많은 생을 거쳐 여행하면서 자신의 정체감을 얻습니다. 육체의 모습을 하고 살았던 각 생애를 통해 영혼은 점점 자아감을 갖게 되는데, 그것은 이 생애에서 경험하는 의미 있는 사건들을 통해 당신이 자아감을 얻는 것과 비슷합니다.

만일 전생에서 당신이 배려하거나 존중하는 마음 없이 다른 사람들을 공격하고 통제하고 학대했다면, 그 생애에 당신이 행한 생각과 행위의 카르마(karma)적 결과들과 당신의 부정적인 성향들은 당신이 죽는 순간에 영혼에게 전해집니다.

그러면 영혼은 자기가 분리되어 있으며 무가치한 존재라고 더욱 느끼게 됩니다. 이런 부정적인 성향들도 다음 생애로 전달될 것입니다.

만일 당신이 감정적으로 상처받고 버림받고 소외되거나 학대받았다면, 그것도 역시 영혼의 분리감에 더해질 것입니다. 만일 당신이 이전의 어떤 생애에서 자신을 제약하는 믿음이나 자멸적인 믿음들을 습득했다면, 그런 믿음들은 다음 생애로 전달될 것입니다. 마침내 그것들이 의식되고 영혼에서 놓여날 때까지.

영혼의 여행에서 주요 목적은 자기의 부정적인 성향을 씻어 내고, 과거의 상처와 트라우마들을 치유하며, 자기를 제약하는 믿음들을 놓아 보내는 것입니다. 그 모든 것은 영혼이 분리되어 있다는 환상에 빠지게 합니다.

당신이 이번 생에 몸을 갖기 전, 영혼은 자기의 목표들을 이룰 가장 좋은 기회를 당신에게 주도록 각본을 썼습니다. 영혼의 목표는 하나임으로 돌아가는 것입니다. 당신이 여기 이 땅 위에서 어떻게 사느냐에 따라, 영혼은 목표를 향해 많이 나아갈 수도 있고, 전진을 방해받을 수도 있습니다.

이런 면에서 당신은 영혼의 사절(使節)입니다.

여기 이 땅 위에서 당신이 치유되면, 영혼이 치유됩니다. 당신이 제약하는 믿음들을 놓아 보내면, 그것들은 영혼에게서 놓여납니다. 당신이 과거에 행한 학대들을 뉘우치고 속죄하면, 그 학대의 카르마적 결과는 영혼에게서 놓여납니다.

당신이 여기 이 땅 위에서 더 많이 깨어날수록, 영혼도 더 많이 깨어날 것입니다. 영혼이 더 많이 깨어날수록, 당신은 여기 이 땅 위에서 더 많이 깨어 있을 것입니다. 이 두 차원은 서로 의존합니다.

그래서 당신이 삶을 마치고 몸을 떠나 영혼으로 돌아갈 때, 당신은 다음 질문들을 마주하게 될 것입니다.

당신은 영혼을 대신한 여행을 성공리에 마쳤는가? 교훈들은 배웠는가? 당신의 노력으로 영혼이 정화되었는가? 아니면, 당신은 해결되지 않은 트라우마, 억압된 감정, 충족되지 못한 욕망, 오해, 쓰라림, 갈등, 소외감, 두려움, 그리고 실패자라는 느낌을 지니고 영혼에게 돌아왔는가?

당신은 영혼이 카르마의 빚에서 해방되게 했는가? 아니면, 미래의 생애들에서 해결해야 할 카르마적 결과들을 오히려 더 많이 만들었는가?

아마 영혼은 앞으로도 더 많은 정화를 해야 할 것입니다. 탄생, 죽음, 재탄생으로 이어지는 이 과정은 영혼이 정화되고 다시 신과 하나임을 경험할 때까지 계속될 것입니다.

참회

만일 전생에 당신이 잔인하거나 학대하는 사람이었다면, 혹은 죄책감이나 수치심을 느낄 만한 행동을 했다면, 영혼은 속죄할 길을 찾아야 할 것입니다.

다음의 생애들에서 영혼은 속죄하는 하나의 방법으로 매우 경건하게 살면서 친절과 사랑으로 봉사하도록 삶의 각본을 쓸 수도 있습니다.

아마 그런 삶의 각본에는 많은 명상과 영적 수행에의 깊은 몰입이 포함될 것입니다. 종종 이것으로는 충분하지 않을 것입니다. 다른 사람들을 학대하는 데 관여한 영혼은 참회를 해야 할 것입니다. 전생에서 더 많이 학대한 사람은 더 많이 참회해야 할 것입니다.

하지만 과거에 다른 사람들에게 가한 학대를 의식하지 못한다면 진정으로 참회할 수가 없습니다. 그래서 삶의 각본에는 과거의 학대를 의식하도록 돕는 방식이 포함될 것입니다.

참회하게 하는 하나의 방법으로서, 영혼은 과거와는 반대로 학대받는 사람의 역할을 하도록 삶의 각본을 쓰기도 합니다. 이는 예수가 한 다음의 말을 이해할 수 있게 해 줍니다.

"남에게 대접받고자 하는 대로 남을 대접하십시오."

학대받는 아픔을 의식하며 경험하면, 당신은 더이상 그런 아픔을 남들에게 주고 싶지 않을 것입니다. 그럴 때 당신의 참회는 진실하고 진정한 참회입니다.

좋은 기회

어린 시절에 겪은 가슴 아픈 사건이나 트라우마를 안겨 준 사건들이 당신의 삶 전체에 영향을 미칠 수 있듯이, 전생에 겪은 가슴 아픈 사건이나 트라우마를 안겨 준 사건들도 당신의 삶에 영향을 미칠 수 있습니다.

자신을 제약하는 과거에서 해방되려면 그런 가슴 아픈 사건과 트라우마를 안겨 준 사건들을 다시 의식해야 할 것입니다. 그것은 치유에 꼭 필요한 부분이며, 다시 의식되는 과거가 어린 시절의 일인지 어느 먼 전생의 일인지는 중요하지 않습니다.

사실, 이번 생에서 경험한 트라우마는 영혼의 수준에서 존재하는 어느 깊은 문제의 반영일 수도 있습니다. 그것은 영혼의 치유를 위한 귀중한 기회를 줄 수 있습니다.

과거를 치유하고 끝마칠 때 자신이 지금 이 순간과 삶의 진실로 해방될 수 있음을 안다면, 살면서 겪는 모든 문제와 마찰, 역경이 실제로는 치유와 깨어남을 위한 기회임을 알게 될 것입니다.

전생의 기억을 되살리기

오래전, 당시 호주에 살고 있던 내가 모임을 열었을 때 40대 초반의 여성인 앤이 그 자리에 참석했습니다. 그녀는 세 아이의 어머니였는데, 그녀의 삶은 역기능적이라는 표현으로는 부족할 만큼 문제가 아주 많았습니다.

180

세미나에 처음 참석하기 시작했을 때, 앤은 두려움과 불안감으로 가득 차 있었습니다. 그녀는 외출을 두려워했습니다. 운전을 두려워했습니다. 모든 것을 두려워했습니다. 하지만 그녀에게는 아주 따뜻한 뭔가가 있었습니다. 그 모든 두려움과 상처 밑에는 무척 곱고 아름다운 가슴이 있는 것 같았습니다. 그녀는 세미나에 참석하면서 나와 두세 번 개별 상담도 했습니다.

앤은 자신이 살아온 이야기를 조금씩 풀어놓았습니다. 어렸을 때 그녀는 가족 중 한 사람에게 몇 년에 걸쳐 성폭행을 당했습니다. 이 사건은 그녀에게 수치심과 죄책감, 두려움을 심어 주었고, 그녀의 삶을 불구로 만들어 버렸습니다.

어린 시절에 경험한 또 하나의 중요한 사건이 있었습니다. 다섯 살이던 앤이 놀고 있을 때 옆방에서 할아버지가 총으로 자살을 했습니다. 그녀는 할아버지를 무척 사랑했고, 가족 가운데 어느 누구보다 할아버지를 가장 가깝고 친밀하게 느꼈습니다. 그런데 그날은 앤이 할아버지를 안으려고 하자 할아버지는 화를 내며 그녀를 밀쳐 냈습니다. 할아버지가 자살하기 직전의 일이었습니다.

그녀는 할아버지 곁에 있으려고 한 행동이 할아버지의 자살과 관련이 있다고 여겼고, 자기 때문에 그런 일이 벌어졌다고 생각했습니다. 이런 사건들은 내면에 깊은 죄책감을 심어 주었고, 그녀는 하루하루 그 죄책감을 안고 살았습니다.

어느 목요일 저녁, 세미나가 끝났을 때 그녀는 뒤쪽에서 머뭇거리고 있었습니다. 사람들이 다 떠난 뒤에야 그녀는 내게로 다가왔습니다. 그녀는 절망적인 얼굴을 하고 있었고 도움을 절실히 필요로 하는 것 같았습니다.

"저를 도와주세요! 도와주셔야 해요!" 그녀는 눈물을 글썽거리며 이 말을 몇 번이나 되풀이했습니다.

"무슨 일인가요?" 놀란 나는 그녀를 염려하며 물었습니다.

"저를 도와주셔야 해요." 그녀는 울면서 다시 말했습니다. "오늘 뇌종양 진단을 받았어요. 치료할 방법도 없고, 앞으로 3개월밖에 살 수 없대요!"

나의 에너지를 끌어당기는 굉장한 힘이 느껴졌습니다. 그녀는 어떻게든 나에게 책임을 떠넘기려 하는 것 같았습니다. 나의 대답은 그녀뿐 아니라 나까지도 깜짝 놀라게 했습니다.

"아직도 모르겠어요? 당신이 살든 죽든 나와는 아무 상관이 없다는 걸?"

그녀는 믿지 못하겠다는 표정으로 잠시 나를 바라보더니, 울면서 뛰쳐나갔습니다. "당신은 이제까지 내가 만난 사람 가운데 가장 냉혹하고 무서운 사람이군요. 다시는 당신과 얘기하지 않을 거예요!"

라는 말을 남기고.

나도 그날 밤 잠자리에 들 때 마음이 다소 불편하여 푹 자지는 못했습니다. 그녀에 대한 나의 반응이 필요 이상으로 가혹해 보였기 때문입니다. 하지만 그 대답이 얼마나 완벽했는지를 깨닫는 데는 그리 긴 시간이 걸리지 않았습니다.

다음 날 오전 11시쯤 그녀에게서 전화가 왔습니다.
"고맙다는 말씀을 드리려고 전화했어요." 그녀가 말했습니다.
그녀의 목소리는 차분하고 단호해 보였습니다.

"당신은 저를 저 자신에게 되돌려 주었어요. 제가 살아남으려면 제 상태에 스스로 책임져야 한다는 걸 알게 되었죠. 12월에 열리는 수련회에 참석하고 싶어요."

나는 얼른 날짜를 계산해 보았습니다.
"하지만 그 수련회는 3개월 뒤에 시작될 텐데요." 나는 조금 염려하며 말했습니다. "그 무렵 당신은 임종을 눈앞에 둘 수도 있어요. 수련회에 참석했다가 죽음을 맞이해도 괜찮을지 모르겠군요."
그녀는 계속 고집했습니다. 그래서 나는 의사와 가족에게 알리고 허락을 받으면 참석해도 좋다고 말했습니다.

그녀는 수련회에 참석하기 전에도 나와 개별 상담을 하고 싶다고 요청했습니다. 몇 차례 상담하면서 우리는 그녀에게 심각한 트라우마를 안겨 준 어린 시절의 고통스러운 기억들을 아주 많이 의식하게 되었습니다. 그녀는 감정적인 수준에서 분명히 치유되고 있었습니다.

나는 내면 깊이 간직된 상처와 분노, 화의 감정들을 표현하고 놓아 보내도록 그녀를 안내하고 도왔습니다. 그녀가 평생 지녀 온 두려움이 잦아들고 있었습니다. 그녀는 자신의 삶에 대해 더욱 담대하고 긍정적으로 느끼기 시작했습니다. 그렇지만 뇌종양으로 인한 신체의 고통은 더 심해졌습니다. 이런 통증 때문에 그녀는 완전히 무력해질 때가 있었고, 두통 때문에 눈물을 흘리기도 했습니다. 종양은 더 커지는 것 같았고, 의사들은 손써 볼 도리가 거의 없다고 했습니다.

나와 상담을 하면서 그녀는 많은 면에서 치유되고 있었지만, 신체 상태는 조금도 호전되지 않았습니다.

그해 12월 말경 그녀는 수련회에 참석했습니다. 수련회에는 25명쯤 왔는데, 모두가 나의 모임에 이미 참석해 본 사람들이었습니다.

매우 강력한 수련회였습니다. 나흘째 되던 날, 나는 깊은 치유 과정을 안내하고 있었습니다. 그 과정의 목적은 어린 시절에 억압되고 부정당한 모든 감정이 표면으로 떠올라서 의식적으로 경험되게 하려는 것이었습니다.

그 과정은 대단한 효과를 발휘하고 있었습니다. 많은 참석자가 과거의 상처들을 다시 경험하고 있었으며, 눈물과 화가 표면으로 올라와서 충분히 의식적으로 표현되도록 허용하고 있었습니다. 이것이 바로 감정을 치유하는 열쇠입니다. 그리고 종종 그렇듯이 감정적인 장애가 신체적인 질병의 근본 원인일 경우는 신체를 치유하는 열쇠이기도 합니다.

이 치유의 과정을 거치는 동안, 앤에게 돌연 새로운 수준이 열렸습니다. 마치 다른 세계로 들어가는 문이 열리고, 그녀가 다른 생애 속에 있는 것 같았습니다. 새로운 기억과 감정들이 생생히 떠올랐습니다.

나는 치유 과정을 깊이 신뢰하고 있었기에 그녀와 함께 최대한 현존하면서 모든 일이 일어나도록 그저 허용했습니다. 그녀에게 용기를 주고 격려하면서, 그녀가 경험하는 일은 지금 일어나고 있는 일이 아니라 전생의 일이라고 얘기하면서 그녀를 안심시켰습니다.

그녀는 울면서 자꾸 미안하다고 말했습니다. 나는 그녀의 경험으로 들어가서 그녀와 연결되었습니다. 그녀는 흐느끼면서 이야기를 들려주었습니다. 그녀는 백 명쯤 되는 고아를 돌보던 수녀원의 원장이었습니다. 그날 그녀는 적군이 가까이 다가오고 있으며, 닥치는 대로 약탈하고 강간한다는 보고를 받았습니다. 공포에 휩싸인 그녀는 적군 앞에 아이들을 버려둔 채 도망치고 말았습니다. 그 후 극심한 죄책감과 후회에 시달렸고, 그 죄책감과 후회는 죽음의 순간에 영혼에게 전달되었습니다. 이제 그녀의 영혼은 죄책감과 후회를 짊어지게 되었고, 그것은 완전히 놓여날 때까지 다음 생애들에 나타날 것이었습니다. 할아버지의 자살에 따른 죄책감도 그 전생과 연결되게 했습니다.

그 생애에서는 죄책감이 너무 극심해서 차마 직면할 수가 없었고 참회할 수도 없었습니다. 하지만 수련회에서 그 경험을 의식하게 되었을 때, 앤은 그녀의 영혼을 대신하여 진실로 뉘우칠 수 있었습니다. 그러자 무의식에 깊이 간직되어 있던 죄책감이 놓여났고, 그로 인해 그녀는 깊이 치유될 수 있었습니다.

그 죄책감의 에너지는 앤의 뇌종양과 관련되어 있었을 것입니다. 왜냐하면 그녀가 수련회를 마치고 병원에 갔을 때, 뇌종양이 없어졌기 때문입니다. 의사들은 이 사실을 믿을 수가 없었습니다.

그녀는 감정적으로, 신체적으로 치유되었을 뿐만 아니라 그녀의 삶 전체가 변했습니다. 내가 멜버른으로 돌아갈 때마다 그녀는 공항에 마중 나와 기다리다가 나를 차로 데려다줍니다. 그 수련회는 20년도 더 전의 일이었습니다.

전생은 실제로 있는가?

어느 주말 수련회에서 한 참석자에게 전생의 경험이 아주 생생히 떠올랐습니다. 그 경험이 표면으로 떠올라 의식되고 표현되면서 깊은 치유가 일어났습니다.

그러나 어떤 참석자는 이 일을 보면서 마음이 꽤 불편했던 것 같습니다. 그는 나에게 솔직히 얘기했습니다. "당신은 전생과 카르마적 결과에 대해 얘기합니다. 하지만 저는 전생을 경험한 적이 없습니다. 제게는 오직 이번 생만 있을 뿐입니다. 당신이 전생에 대해 언급할 때면 당신의 가르침 전체에 의심이 들곤 합니다. 하지만 그것 말고는 당신의 모든 얘기가 아주 마음에 듭니다. 전부 잘 납득됩니다. 제가 왜 굳이 전생을 믿어야 하나요?"

나는 그의 정직한 얘기에 진심으로 감사하며 대답했습니다. "아주 타당한 질문입니다. 우선, 제가 하는 어떤 말도 믿을 필요가 없습니다. 저는 제가 하는 말이니까 당신이 전생을 믿어야 한다고 권하는 것이 아니고, 전생을 믿지 말아야 한다고 권하는 것도 아닙니다. 지금 이 단계에서 취할 수 있는 유일하게 진실한 자리는 '모른다'는 자리입니다. 당신의 경험은 아직 전생의 기억에 열리지 않았고, 그래서 당신과는 관계가 없는 것입니다."

그는 나의 말을 경청했습니다. 나는 말을 이었습니다. "저는 당신이 제 말을 받아들이기를 원하지 않습니다. 만일 제가 그걸 원한다면, 저는 당신을 믿음의 세계로 데려가는 것이며, 그건 당신에 대한 침해입니다. 저는 결코 그렇게 하지 않을 것입니다! 하지만 간혹 제 경험을 토대로 그런 이야기를 할 텐데, 그건 당신을 설득하기 위해

서가 아니라, 단지 전생이 있을 수 있으며 영혼이 많은 생애를 거쳐 여행할 수 있음을 얘기하기 위해서입니다. 제가 요청하는 것은 그 저 마음만 열어 놓고 있어 달라는 것입니다. 불신자는 맹신자와 마찬가지로 지성적이지 않습니다."

그동안 나와 만난 사람들 가운데는 내가 어떤 식으로든 최면이나 퇴행을 유도하지도 않고 다른 어떤 방법을 쓰지 않았는데도 전생의 기억이 무척 생생하고 극적인 방식으로 자연스럽게 올라온 사람들 이 있습니다.

내가 유일하게 신뢰하는 전생의 회상은 우리가 현존으로 깊이 들어 가서 우리의 인간성에 더욱 정직하고 진실해질 때 자연스럽게 떠오 르는 기억입니다. 나와 함께 치유 과정을 경험한 어떤 사람들에게 는 전생의 회상이 과거를 놓아 보내고 치유하는 과정의 자연스러운 일부로 보입니다. 물론 모든 사람에게 그런 일이 일어나는 것은 아 닙니다.

내게는 전생의 증거가 명백합니다. 사람들과 함께 작업한 나 자신의 경험 때문이며, 트라우마를 안겨 준 전생의 기억이 회복될 때 일어나 는 치유들을 목격했기 때문입니다. 나 역시 나의 여러 전생을 회상 했습니다.

먼 과거를 놓아 보내기

전생 치유의 또 다른 예를 들어 보겠습니다. 전생을 믿지는 않아도 전생이 있을 가능성에 마음을 여는 데는 도움이 될 것입니다.

한번은 20대 초반의 여성과 상담을 하고 있었는데, 그녀는 나의 저녁 모임에 세 달가량 참석하는 중이었습니다. 개별 상담도 여러 차례 했습니다. 그녀는 무척 매력적이고 사랑이 많은 여성이었으며, 모든 면에서 정상적이고 정서적으로 안정되어 있었습니다. 그런데 문제가 하나 있었습니다. 남자의 성기만 보면 기겁을 했고, 벌거벗은 남자가 가까이 있는 것을 견딜 수가 없었습니다. 이 문제가 그녀의 삶에, 특히 애정 생활에 어떤 영향을 미쳤을지 짐작할 수 있을 것입니다.

그녀는 캘리포니아 북부에서 진행된 일주일 수련회에 참석했는데, 수련회 중에 강렬한 감정들이 올라오기 시작했습니다.

나는 그녀가 그런 감정들을 충분히 느끼고 표현하도록 격려했습니다. 나는 그 감정들이 어린 시절의 어떤 충격적인 경험에서 비롯되었을 것이라 여기고 그녀를 인도했습니다. 하지만 아무 성과가 없었습니다.

불현듯 그녀가 이번 생에 있지 않다는 느낌이 들었습니다. 나는 그녀에게 눈을 감으라고 말한 뒤, 주위를 둘러보면서 그녀가 누구인지, 어디에 있고 어떤 일이 벌어지고 있는지 말해 보라고 했습니다. 갑자기 히스테리 상태에 빠져든 그녀에게서 이야기가 흘러나왔습니다.

그녀는 아프리카의 어느 시골 마을에 사는 열두 살짜리 소녀였는데, 노예 상인들에게 납치된 뒤 배에 태워져 바다 위에 있었습니다. 항해 중에 그녀는 끔찍하고 폭력적인 성폭행을 당했는데, 그 성폭행의 기억이 몹시 강렬하게 떠오르고 있었습니다.

그 전생에서 겪은 최악의 경험을 거치고 죽음까지 경험한 뒤, 그녀는 편안히 이완되기 시작했습니다. 몇 분 동안 조용히 있던 그녀는 갑자기 흥분하더니 완전한 황홀경의 상태에서 수련회 장소를 뛰어다니기 시작했습니다. 과거에서 해방된 것을 굉장한 기쁨으로 자축하고 있었던 것입니다. 그건 그처럼 강력한 치유를 목격한 우리에게도 무척이나 유쾌한 경험이었습니다.

그렇게 치유되자 그녀의 성적 두려움은 완전히 사라졌습니다. 그녀는 2년 안에 결혼했고 지금은 귀여운 두 자녀를 두고 있습니다.

치유는 필요한가?

어떤 영적 접근법은 깨어나는 데 치유가 필요하지 않다고 말합니다. 과거에 관심을 기울이면 과거에 계속 매여 있게 되므로 우리에게 필요한 건 오직 현존하는 것뿐이라는 겁니다. 치유해야 할 과거도 없다고 합니다.

분명히 맞는 말입니다. 일상생활을 하고 사람들과 관계하면서 근본적으로 현존할 수 있는 사람에게는 치유가 필요하지 않습니다. 과거는 무관합니다.

하지만 많은 구도자는 현존하는 데 어려움을 느낍니다. 그것은 마치 그들이 해결되지 않은 과거에 붙잡혀 있으며, 과거가 그들을 놓아주려 하지 않는 것 같습니다. 그들이 마음의 세계에서 해방되어 현존의 깨어난 상태에 온전히 줄곧 자리 잡고자 한다면, 치유가 필요합니다.

치유가 필요한 상처들을 애써 찾아낼 필요는 없습니다. 과거에 초점을 맞출 필요는 없습니다. 그저 현존하기만 하면 현존이 당신을 위해 일할 것입니다. 현존은 치유가 필요한 것이면 무엇이든지 의식되게 해 줄 것입니다.

그것이 치유되고 완료되기 위해 표면으로 떠오르면, 과거는 당신에게서 놓여나고 당신은 과거에서 놓여납니다. 그러면 당신은 지금 이 순간으로 더 깊어질 것입니다.

현존의 치유 능력

지금 이 순간은 과거로 들어가는 입구이며, 그로 인해 진정으로 치유되고 완료될 수 있게 합니다. 현존의 힘을 통해 일어나는 치유는 기적과도 같습니다. 그것은 마치 우리가 완전히 현존할 뿐 아니라 우리의 인간성을 지극히 정직하게 진심으로 인정할 때, 신의 은총과 능력이 작용하는 것 같습니다.

두통

수련회에 참석하고 있던 어느 여성이 평생 두통에 시달렸다고 호소했습니다.

"지금도 두통이 있나요?" 내가 물었습니다.
그녀는 그렇다고 대답했습니다.

"그건 감정을 느끼도록 자기에게 허용하지 않기 때문입니다."
"제 감정을 느끼고 싶어요." 그녀가 말했습니다.

나는 그녀에게 앞으로 나오라고 권했습니다. 연단 위로 올라와, 내 옆에 놓인 의자에 앉은 뒤 그녀는 눈을 감았습니다. 나는 그녀가 깊이 현존하도록 인도했습니다. 나의 안내를 받으며 그녀는 자신의 숨 쉬는 몸과 함께 현존하게 되었고, 매 순간 들리는 소리와 함께 현존하게 되었습니다.

"이제 두통과 함께 현존해 보세요. 그 두통은 지금 이 순간의 일부입니다. 그 두통은 지금 여기에 있을 권리가 있습니다. 두통을 완전히 느껴 보세요. 두통과 함께 현존하세요. 두통에게 '예스'라고 말해 보세요."

그녀가 두통과 함께 현존하게 되자, 감정들이 올라오기 시작했습니다. 그녀는 울기 시작했습니다.

"눈물이 흐르도록 놓아두세요. 그 눈물도 여기에 있을 권리가 있습니다." 그녀는 울고 또 울었습니다. 그러더니 배가 아프다고 호소했습니다.

우리가 감정들을 억압하면, 그런 감정들은 우리의 관심을 끌기 위해 신체의 통증으로 나타날 수도 있습니다.

"배의 그 통증과 함께 현존하세요." 나는 부드럽게 권유했습니다. "그것은 지금 여기에 있을 권리가 있습니다."

눈물이 그녀의 볼을 타고 흘러내렸습니다. 마침내 그녀는 눈물을 흘리며 말했습니다. "제가 너무나 무가치하게 느껴져요."

"그 무가치하다는 감정도 지금 여기에 있을 권리가 있습니다. 그 감정을 느껴 보세요. 그것과 함께 현존하세요."

나의 방법은 아주 단순했습니다. 매 순간 그녀에게 무엇이 오든지 그것과 함께 완전히 현존하도록 권유하는 것이었습니다. 그녀는 나의 안내를 따랐고, 모든 감정을 느끼는 과정을 거쳤습니다. 잠시 후 눈물이 잦아들기 시작했고, 그녀는 훨씬 차분해졌습니다.

"두통은 좀 어떤가요?" 내가 물었습니다.
"훨씬 좋아졌어요!"라고 대답한 그녀는 그저 내면에 억압된 감정들을 모두 느꼈을 뿐인데도 두통이 없어졌다는 사실에 조금 놀란 것 같았습니다. "하지만 오른 눈의 뒤쪽이 아직 조금 불편해요. 두통의 일부가 거기에 조금 남아 있는 느낌이에요."

그것은 아직 뭔가가 덜 끝났다는 단서였습니다. 깊은 수준에 있는 뭔가를 치유할 필요가 있었습니다.

"아직 조금 남아 있는 그 두통과도 함께 현존해 보세요. 그저 그것을 느껴 보세요. 마치 그 두통을 보살피듯이."

나는 그녀가 현존할 때까지 기다렸습니다.

"이제, 오른 눈 뒤에서 느껴지는 두통의 작은 일부가 당신을 통해 지금 말할 수 있다면, 그것은 뭐라고 말할까요? 그것이 당신을 통해 말하게 해 보세요."

두통이 그녀를 통해서 말했습니다.

"나는 여기에 있고 싶지 않아요."

"왜 여기에 있고 싶지 않나요?" 내가 물었습니다.

그녀는 히스테릭하게 울기 시작했습니다.

"보고 싶지 않아요. 보고 싶지 않아요."

"뭘 보고 싶지 않은 건가요?"

"다들 죽어가고 있어요. 주위 사람들이 모두 죽어가고 있어요. 저는 그들을 구할 수가 없어요."

"그들에게 무슨 일이 일어나고 있나요? 그들이 어디에 있나요? 그들이 어떻게 죽어가나요?"

"불타는 건물 안에 있어요."

그녀는 비명을 질렀습니다. "오, 맙소사! 오, 맙소사!"

분명 전생의 기억이 떠오르는 것 같았습니다. 나는 그녀에게 지금 일어나는 일을 잘 보고 모든 감정이 완전히 올라오도록 허용하라고 격려했습니다.

"오, 맙소사!" 그녀는 울부짖었습니다. "저는 그들을 도울 수 없어요. 도울 수가 없어요."

그녀는 목놓아 울었고, 무력감과 가책에 휩싸였습니다. 나는 그녀에게 감정들 속에 머물면서 이 일을 끝까지 지켜보라고 권했습니다.

"당신을 용서해 달라고 그들에게 요청하세요." 내가 제안했습니다. "그들을 구해 줄 수 없어서 얼마나 미안하고 슬픈지 그들에게 얘기해 보세요."

그녀는 눈물을 쏟으면서도 내 말에 따랐습니다. 그녀는 그들에게 용서를 구했고, 불 속에서 스러져 간 그들에게 가장 깊은 슬픔을 표현했습니다. 갑자기 그녀는 매우 고요해졌고 평온해졌습니다. 평화의 기운이 그녀에게 내려왔습니다.

"무슨 일이 일어나고 있나요? 끝났나요?" 내가 물었습니다.
"예." 그녀는 부드럽게 속삭였습니다.

잠시 후 나는 두통이 어떠한지 물었습니다.
"사라졌어요!"라며 그녀는 웃었습니다.

그녀는 깊이 안도했고, 눈에 띄게 변화된 모습이었습니다. 이처럼 우리가 현존하며 모든 수준에서 스스로 책임질 때 얼마나 깊은 치유가 일어날 수 있는지를 목격할 때마다 나는 늘 놀라워합니다.

"이제 눈을 뜨고 싶나요?" 내가 물었습니다.
그녀는 눈을 떴고, 힘든 경험을 하는 동안 자신과 함께 현존해 준 모든 참석자에게 고마워했습니다. 그녀는 웃고 울었지만, 이제 그 눈물은 기쁨과 안도의 눈물이었습니다. 정말로 축복받은 순간이었습니다.

그녀는 12개월 뒤에 다시 수련회에 참석했는데, 평생 그녀를 괴롭힌 두통이 완전히 사라졌고 지난번 수련회 이후로는 두통이 재발하지 않았다고 말했습니다.

대개는 이 생애만으로 충분합니다

방법만 알면, 대다수 우리에게는 과거를 치유하는 일이 꽤 단순하며 복잡하지 않습니다. 대다수 우리는 치유하고 완료시키기 위해 전생까지 들어가야 할 만큼 그렇게 깊은 트라우마를 지니고 있지 않습니다. 이 생애만으로 충분합니다!

치유하기

나는 치유를 심리적인 과정으로 보지 않습니다. 진정한 치유는 당신을 자기의 참된 본성으로 회복시킵니다. 그것은 마치 당신의 본질적인 자기가 드러날 때까지 양파의 껍질을 계속 벗겨내는 것과 같습니다. 당신은 천진함으로 회복됩니다. 전체임으로 회복됩니다.

그 치유와 해방의 과정에서 당신은 어떤 것도 없애려 하지 않습니다. 이 점을 깨닫는 것이 중요합니다. 당신은 뭔가를 분석하려 하지 않습니다. 뭔가를 뜯어고치려 하지도 않습니다.

그저 자신이 억압한 모든 아픈 감정과 기억들이 의식되도록 허용하고 있을 뿐입니다. 그게 일어나는 일의 전부입니다. 당신이 과거에 그런 감정들을 억압한 이유는 당시에는 너무나 고통스러워서 완전히 의식하며 경험할 수 없었기 때문입니다. 감정들이 표면으로 올라와서 의식되며 책임 있게 표현될 때, 과거는 완료되고 당신과 영혼에게서 놓여납니다.

당신이 현존할 때는 모든 감정이 표면에 떠오르도록 허용해도 안전합니다. 왜냐하면 당신은 그것들이 지금 이 순간과 무관하다는 것을 알며, 그런 감정들에 엮인 이야기와 동일시하지 않기 때문입니다.

하지만 치유의 진정한 열쇠는 감정들이 표면으로 떠오를 때 그 감정들과 함께 현존하는 것입니다. 두려움, 결핍감, 아픔, 분노 같은 감정은 진정으로 표현되도록 허용될 때만, 그리고 그렇게 표현될 때 누가 진정으로 함께 현존할 때만 해소될 것입니다. 그 누구는 당신입니다. 현존 안에 있는 당신.

신뢰

내 경험에 따르면, 치유되고 깨어나는 과정을 거칠 때 일어나는 일은 무엇이든 늘 신뢰해도 좋습니다. 어린 시절에 생긴 아픔이나 화든, 전생에 경험한 충격적인 사건이든, 당신이 준비되지 않으면 그것들은 떠오르지 않을 것입니다.

과거를 치유하고 놓아 보내는 데는 자연스러운 때가 있습니다. 그 때를 신뢰해도 됩니다. 그저 편안히 이완하고 허용하고 표현하세요. 그 과정을 거치는 동안 계속 현존하세요. 만일 아무것도 과거로부터 떠오르지 않는다면, 그러함을 신뢰하세요.

깨어남의 길

당신의 모든 과거의 자아들이 그림자처럼 당신을 뒤따르고 있습니다. 그들은 당신이 완전히 깨어나기를 기다립니다. 당신이 집으로, 하나임으로, 사랑으로, 지혜로, 침묵으로, 연민으로 돌아오기를 기다립니다.

한때 당신이었던 어린아이가 여전히 당신과 함께 있습니다. 그 아이는 늘 원했던 조건 없는 사랑과 받아들임을 기다립니다. 사랑과 받아들임은 마침내 그 아이를 치유하고 평온하게 하며, 그 아이가 한없이 넓은 당신의 현존 안에서 모든 것을 내맡기고 편안히 쉴 수 있게 할 것입니다.

당신을 뒤따르는 것은 그 아이만이 아닙니다. 전생들에 당신이었던 모든 인물이 여전히 당신과 함께 있습니다. 구도자, 해적, 노상강도, 현자! 그들 하나하나는 당신이 하나임을 향해 내딛는 걸음걸음마다 박수갈채를 보냅니다.

이번 생애에서 당신이 깨어남의 길을 따라 이전보다 더 나아간다면, 전생에 당신이었던 인물들이 모두 당신과 함께 나아갑니다. 당신의 배움은 그들의 배움입니다. 당신의 성취는 그들의 성취입니다. 당신의 완성은 그들의 완성입니다. 그들은 당신으로서 함께 여행해 왔기 때문입니다. 당신의 귀향은 그들의 귀향입니다.

그들은 사랑으로 당신에게 내맡길 것입니다. 당신이 진정한 주인이기 때문입니다. 당신은 그들을 대신하여 길을 발견했습니다. 그들은 당신 속으로 사라질 것입니다. 과거는 현재 속으로 사라질 것입니다.

8

영혼의 수업

당신은 당신 영혼의 챔피언입니다.
당신의 교훈을 배우세요, 지금!

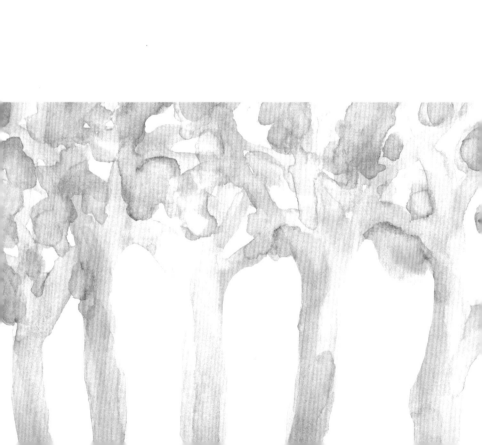

영혼의 수업

영혼의 관점에서 보면, 과거의 상처나 트라우마의 치유만으로는 영혼이 그 자체의 불멸성으로 나아가지 못할 것입니다. 카르마의 빚을 없애는 것도 마찬가지입니다. 영혼이 하나임으로 회복되려면 핵심 교훈들을 배워야 합니다.

사랑의 참된 성질은 무엇인가? 힘의 참된 성질은 무엇인가? 받아들임의 참된 성질은 무엇인가? 연민의 참된 성질은 무엇인가? 자유의 참된 성질은 무엇인가? 참된 책임이란 무엇인가?

이것들은 당신이 영혼을 대신하여 여기에서 배워야 할 교훈입니다.

이원성이라는 교실

우리가 시간의 세계에서 경험하는 모든 것은 이원성 안에서 경험됩니다. 우리가 아는 모든 것은 이원성의 맥락에서 알려집니다. 차가

움이 없다면 어떻게 뜨거움을 알 수 있겠습니까? 짧음이 없다면 어떻게 길다는 것을 알 수 있겠습니까? 밤이 없다면 어떻게 낮을 알 수 있겠습니까? 닫힘이 없다면 어떻게 열림을 알 수 있겠습니까?

만일 그게 진실이라면, 어떻게 거부 없이 받아들임을, 슬픔 없이 행복을, 아픔 없이 기쁨을 알 수 있겠습니까?

환상 없이 어떻게 진실을 알 수 있겠습니까? 사랑의 부재 없이 어떻게 사랑을 알 수 있겠습니까? 신의 부재 없이 어떻게 신을 알 수 있겠습니까? 분리 없이 어떻게 하나임을 알 수 있겠습니까?

이원성은 우리의 교실이며, 삶은 우리의 스승입니다.

영혼의 각본

인생의 주요 주제와 사건들을 돌이켜보면, 특히 부정적이고 힘들고 괴롭게 여겨지는 사건들을 잘 살펴보면, 당신이 여기에서 배우고자 한 교훈들 가운데 일부를 깨닫기 시작할 것입니다. 그리고 영혼이 치유하려 하는 과거의 문제가 무엇인지 알게 될 것입니다.

만일 거부가 당신의 삶에서 주요 주제였다면, 당신은 받아들임에 대해 배우려고 여기에 왔을 것입니다. 그처럼 단순합니다.

영혼은 모든 배움이 이원성 안에서 일어난다는 것을 압니다. 영혼은 받아들임에 대해 배우려면 거부당하는 경험을 겪어야 함을 압니다. 그래서 당신이 이번 생을 시작하기 전, 영혼은 매우 주의 깊게 삶의 각본을 씁니다.

그 각본에서 주연은 당신입니다. 어머니와 아버지는 핵심 조연입니다.

당신의 어머니가 될 사람은 그동안 수없이 거부당하는 경험을 했습니다. 그녀는 화가 나 있습니다. 그녀는 다른 사람과 친밀해지는 것을 두려워합니다. 당신의 아버지가 될 사람은 못마땅해하며 비판적인 사람입니다. 이 두 사람은 당신의 각본에 완벽히 들어맞는 조연입니다. 당신은 그들에게 수없이 거부당할 텐데, 이는 당신이 받아들임의 교훈을 배울 수 있는 유일한 길입니다.

부모를 신중히 선택한 뒤 당신은 어머니의 자궁에 잉태되었습니다. 당신은 육체의 모습을 지니고 존재하게 됩니다. 당신은 이번 생에서 영혼의 교훈을 배울 것이라는 드높은 희망을 품었습니다.

하지만 잉태되는 순간, 당신은 자신이 누구이며 왜 여기에 있는지를 잊어버립니다. 당신의 영혼이 완벽하게 상세한 각본을 썼다는 사실을 잊어버립니다. 무엇을 배우려고 여기에 왔는지도 잊어버립니다.

당신이 아는 것은 오로지 자신이 수없이 거부당하고 있다는 것뿐이며, 당신은 그것을 좋아하지 않습니다. 당신은 그저 어린아이일 뿐입니다.

당신은 거부당하는 이런 경험들을 거부하기 시작합니다. 거부당한다고 느낄 때마다 채워지지 못한 결핍감, 아픔, 화 같은 감정이 일어나며, 이 모든 감정은 내면에 억압되고 쌓입니다. 그 뒤 그 감정들은 당신이 죽을 때 영혼으로 전달됩니다.

당신이 죽을 때, 당신의 의식은 영혼의 수준으로 회복됩니다. 그러면 당신은 이번 생에서 배우려고 했던 교훈을 기억합니다. 자신을 위해 쓰인 상세한 각본을 기억합니다. 그리고 자신이 교훈을 배우지 못했음을 깨닫고는 그 모든 슬픈 일화를 다시 되풀이할 준비를 합니다.

아마 당신은 똑같은 수업과 똑같은 이야기를 여러 생애에 걸쳐 반복해 왔을 것입니다. 다른 이름으로! 다른 몸으로! 다른 배우들과 다른 의상들, 하지만 똑같은 각본으로!

지나온 삶의 이야기를 주의 깊게 들여다보는 편이 현명할 것입니다. 각본을 면밀히 살펴보세요. 그동안 경험한 삶의 상황들은 당신에게 무엇을 드러내나요? 당신은 무엇을 배우기 위해 여기에 있나요? 무엇을 치유하기 위해 여기에 있나요? 아직은 너무 늦지 않았습니다. 삶은 당신의 스승입니다. 당신의 교훈들을 배우세요, 지금!

기쁨과 아픔

만일 당신이 기쁨에 대해 배우고 기쁨을 경험하기 위해 여기에 왔다면, 당신의 영혼은 당신의 삶에 어느 정도 아픔을 만들어야 할 것입니다. 아픔 속에 계속 머물러 있을 필요는 없습니다. 당신이 할 일이란 그저 아픔을 받아들이고 경험하는 것이 전부입니다. 그러면 아픔은 당신에게 자기의 비밀을 드러낼 것입니다. 당신은 아픔에서 놓여나 기쁨으로 들어갈 것입니다.

화와 연민, 슬픔과 행복, 두려움과 사랑, 통제와 자유에 대해서도 마찬가지입니다. 긍정적인 것에 집착하지 말고, 부정적인 것을 판단하거나 거부하지 마세요. 그저 편안히 이원성의 양쪽을 받아들이세요. 그러면 당신의 삶이 균형 잡힐 것입니다. 당신은 중심으로 들어갈 것입니다.

사랑의 진실

현존할 때 당신은 사랑입니다. 당신이 누구 혹은 무엇을 사랑하는지는 상관없습니다. 촛불이 빛을 발하듯이 당신은 사랑의 빛을 발합니다. 당신이 진실로 현존할 때, 사랑은 개인적인 것이 아니며, 마주치는 모든 것을 껴안습니다.

당신은 사랑입니다

만일 당신이 누구 혹은 무엇을 사랑한다면, 그건 당신이 사랑이기 때문입니다. 그런데 만일 사랑하는 대상에게 너무 많이 몰두하면, 당신은 자신이 누구인지를 잊어버릴 것입니다. 사랑하는 대상에 빠져 자기 자신을 잃을 것입니다.

사랑받고 싶은 마음

마음속에서 길을 잃고 에고로서 활동하고 있을 때, 당신은 삶의 근원과 분리되어 있습니다. 사랑의 근원과 분리되어 있습니다. 신과 분리되어 있습니다. 그래서 절망에 빠집니다. 당신은 혼자임을 두려워합니다. 그리고 외로움과 분리감을 느끼지 않도록 누가 당신 곁에 있어 주기를 원합니다. 누가 당신을 완전하게 해 주고 온전하다고 느낄 수 있게 해 주기를 원합니다.

그래서 서로를 찾습니다. 당신은 사랑에 빠집니다. 한동안 당신은 온전하다고 느끼지만 그런 느낌은 오래가지 않습니다. 오래갈 수가 없습니다. 자신의 바깥에서는 온전함을 발견할 수 없기 때문입니다. 그럴 수는 없습니다. 자신의 바깥에서는 사랑의 근원을 발견할 수 없습니다. 마음의 수준에서의 사랑은 조만간 실패할 수밖에 없습니다.

당신은 생애를 거듭하면서 다시 또다시 분리될 것입니다. 자신을 돌아보기 전에는. 내면을 들여다보기 전에는. 자신이 누구인지 기억하기 전에는.

현존할 때 당신은 사랑입니다. 당신은 자기 안에서 완전하며 온전합니다. 당신이 분리되었다고 느끼는 것은 오로지 환상일 뿐인 마음의 세계로 너무 멀리 들어가 길을 잃고 헤맬 때뿐입니다. 주의하세요. 방심하지 마세요. 지금 이 순간의 세계에 머무르세요. 자신이 누구인지 기억하세요. 당신은 사랑의 존재입니다. 당신은 사랑 그 자체입니다.

차별 없는 사랑

당신이 현존할 때, 사랑은 구름 없는 밤의 보름달과 같습니다. 사랑은 아무 차별 없이 모든 것을 비춥니다. 사랑은 부드럽고 온화합니다. 사랑은 그 빛으로 당신을 감싸 줍니다.

만일 당신이 사랑을 억제하거나 사랑을 차별하여 나누어 준다면, 그래서 어떤 사람은 편애하고 어떤 사람은 무시한다면, 당신은 자기 본질인 현존의 순수한 사랑을 마음이 사용하도록 내주었습니다. 당신은 사랑을 이원성의 세계로 가져갔습니다. 당신의 삶에 미움을 초대하여 사랑의 짝이 되게 했습니다.

자신이 누구인지 기억하세요

만일 내가 현존한다면, 그때 나는 사랑의 존재입니다. 만일 당신이 현존한다면, 그때 당신은 사랑의 존재입니다. 그렇다면 내가 당신에게 사랑받을 필요가 어디 있겠습니까? 당신이 내게 사랑받을 필요가 어디 있겠습니까? 사랑받을 필요를 느낀다는 것은 당신이 분리되어 있다는 느낌에 빠져 있음을 나타내는 표시일 뿐입니다. 환상의 세계에서 사랑을 추구하는 대신, 현존으로 돌아오세요. 자신이 누구인지를 기억하세요.

두려움 대신 사랑을 선택하세요

우리가 마음의 수준에서 하는 거의 모든 결정과 선택의 동기는 두려움입니다.

두려움이 동기가 되어 내려지는 결정들은 당신을 환상일 뿐인 마음의 세계로 더 멀리 데려갑니다. 두려움이 이끄는 대로 따라가면 길을 잃게 됩니다. 그렇게 되도록 놓아두지 마세요. 내면의 평온하고 고요한 자리를 발견하세요. 사랑은 그곳에 있습니다. 당신 존재의 본질은 사랑임을 아세요. 평온하고 고요한 사랑의 목소리가 당신을 안내하게 하세요.

사랑을 나누기

일단 당신이 깨어났고 혼자임을 받아들였다면, 가장 큰 축복은 자기 안에서 일어나는 사랑을 나누는 것입니다.

각각의 새로운 순간은 사랑할 수 있는 더없이 풍부한 기회를 줍니다. 가장 단순한 방식으로 사랑을 나눌 수 있습니다. 부드럽고 온유하세요. 배려하고 친절하세요. 평범하게 사랑하되, 아무것도 돌려받으려는 마음 없이 하세요. 만일 당신이 현존한다면, 당신의 모든 말과 행위가 사랑의 표현일 것입니다.

책임

대개 우리는 스스로 책임지지 않으며 살고 있습니다. 당신은 어떤 식으로든 다른 사람들을 책임지려 하며, 그들은 당신을 책임지려 합니다.

당신은 다른 사람들에게 기대하며, 그들이 기대에 부응하지 않으면 분개합니다. 당신은 그들이 비난받아 마땅하다고 여깁니다. 그들이 잘못했다고 여깁니다.

다른 사람들도 당신에게 기대하며, 당신이 그런 기대에 부응하지 않으면 분개할 것입니다. 그들은 당신이 비난받아 마땅하다고 여깁니다. 당신이 잘못했다고 여깁니다.

당신이 할 일은, 그들에 대한 책임이 없다고 선언하는 것이 전부입니다. 그러면 당신은 책임이라는 이 무거운 짐을 벗게 될 것입니다.

그런데 왜 당신은 그렇게 하려 하지 않을까요? 왜냐하면 당신에게 다른 사람들에 대한 책임이 없다고 선언하려면, 다른 사람들에게도 당신에 대한 책임이 없다고 선언해야 하기 때문입니다.

당신은 모든 기대를 완전히 포기해야 할 텐데, 그것은 당신이 원하는 대로 되지 않아도 그 때문에 비난받을 사람은 아무도 없음을 의미합니다. 당신이 원하는 대로 되지 않아도 그것은 누구의 잘못이 아닙니다. 당신을 책임지는 사람은 당신 자신입니다.

자유의 대가

자유를 얻기 위해 치러야 할 대가는 자유를 허용하는 것입니다. 대다수 우리는 이 대가를 너무 비싸게 여겨 치르지 못합니다.

참된 책임

참된 책임에는 네 가지 측면이 있습니다. 이 네 가지 모두 당신의 삶에 있다면, 당신은 진정으로 책임을 진다고 할 수 있습니다.

첫째, 자연스럽게 반응하는 것입니다. 지금 이 순간에 무슨 일이 일어나든 거기에 자연스레 반응할 수 있어야 합니다. 배고프면 먹습니다. 목이 마르면 물을 마십니다. 음악을 들으면 춤추거나 노래합니다. 좋아하는 사람을 만나면 "안녕" 하고 인사합니다. 개를 데리고 산책을 나가 보세요. 개는 자연스럽게 반응하는 법을 가르쳐 줄 것입니다.

둘째 측면은 자신의 감정 반응에 전적인 책임을 지는 것입니다. 당신은 삶 속의 사람과 사건에 계속 반응합니다. 당신은 아픔이나 화를 느낍니다. 혹은 오해받는다고 느낍니다. 사랑받지 못한다고 느끼거나 슬픔을 느끼고, 그것은 언제나 다른 사람이 잘못했기 때문이라고 믿습니다.

다른 사람이 비난받아 마땅하다고 여깁니다. 당신이 그런 감정 반응을 보인 것은 그들에게 책임이 있다고 여깁니다. 그러나 당신이 보이는 감정 반응은 거의 모두 자신이 과거에 겪은 경험과 그로 인해 갖게 된 반응 패턴에 따른 것이며, 지금 이 순간 일어나고 있는 일과는 거의 상관이 없습니다.

셋째 측면은 자신이 무엇을 원하는지 아는 데에 스스로 책임지는 것입니다. 자신이 무엇을 원하는지 정말로 아는 사람은 몹시 드뭅니다. 우리는 어린 시절에 부모가 원하는 대로 따르는 법을 배우면서, 자신이 무엇을 원하는지 알지 못하게 되었으며, 그런 과정을 거치며 힘을 잃고 무력해졌습니다.

참된 책임을 지면서 살려면, 자신이 원하는 것이 무엇인지를 다시 알아야 합니다. 당신이 원하는 것은 즉시 일어나고 실제적이며, 이 순간에 떠오릅니다. 그것은 미래와는 아무 상관이 없습니다. 오로지 이 순간 자신이 무엇을 원하는지 알 때만 당신은 충족될 수 있습니다.

만일 당신이 원하는 것이 마음속에서 떠오른다면, 그것은 과거에 결핍된 어떤 것을 충족시키고자 하는 욕망입니다. 당신은 그것이 미래에 충족될 것이라고 상상합니다. 이런 종류의 욕망은 당신을 더욱 분리시킵니다. 그것은 결코 당신을 충족시키지 못합니다.

넷째이자 마지막 측면은 당신의 깨어남은 당신의 책임이라는 것입니다. 매 순간, 당신이 현존하는지 여부는 당신의 책임입니다. 마음의 세계라는 감옥에서 해방되어 지금 이 순간으로 깨어나는 것은 당신의 궁극의 책임입니다. 그것은 순간순간 기억되어야 하는 책임입니다.

선택과 결과

당신이 하는 모든 선택은 필연적으로 어떤 결과로 이어집니다. 참된 책임의 또 다른 특징은 이 점을 인식하는 데 있습니다.

그 쉬운 예 중 하나는 음식입니다. 만일 햄버거와 튀김 요리를 꾸준히 먹는 쪽을 선택한다면, 그 결과는 필연적이며 예측 가능합니다. 체중이 불어날 것입니다.

만일 배우자를 계속 냉담하게 대하는 쪽을 선택한다면, 그 결과는 필연적이며 예측 가능합니다. 불행한 결혼 생활을 하게 되고, 아마 이혼으로 끝날 것입니다.

만일 감정을 억압하는 쪽을 선택한다면, 우울이나 질병으로 이어질 수 있습니다. 어린 시절에 그런 선택을 했을지도 모르니 잘 돌이켜 보는 편이 현명할 것입니다.

당신이 지금 경험하는 일들은 과거의 선택에 직접 기인할 것입니다. 선택을 결과와 연결하는 법을 배우면 참된 책임을 지게 될 것입니다.

오직 그때에야 자신이 선택들을 통해 자기 삶의 경험을 창조하고 있음을 알게 될 것입니다. 이를 진정으로 이해하고 받아들이면, 늘 의식하면서 선택을 하게 될 것입니다. 이런 식으로 당신은 자기 삶의 주인이 됩니다.

자유 의지

자유 의지는 우리 삶의 경험을 결정하는 선택을 스스로 하는 능력 안에 존재합니다. 그런데 다른 모든 선택에 영향을 미치는 근본 선택이 있습니다. 이 근본 선택을 인식할 때, 우리는 깨어날 것입니다.

근본 선택

어떤 사람이 상상으로 신과 대화를 나누었습니다.

"자유 의지란 무엇입니까?" 그가 물었습니다.
"선택의 자유다." 신이 대답했습니다.

"왜 저희에게 선택의 자유를 주셨나요?" 다시 그가 물었습니다.
"선택의 자유는 그대에게 책임지는 법을 가르쳐 줄 것이다."

"그게 무슨 뜻인가요?"
"그대의 모든 선택에는 필연적으로 결과가 따른다. 이를 알아차리면 그대는 어떤 결과가 따를지 알면서 의식적인 선택을 하게 될 것이다. 오직 그때에야 그대는 자기의 선택들이 자기 삶의 경험을 창조한다는 것을 깨닫고 책임 있게 살 것이다."

그는 이런 가르침에 대해 신에게 감사했습니다. 진심으로 고맙게 느꼈습니다.

"그러나 하나가 더 있다." 신이 말했습니다. "나는 그대에게 시험 삼아 자유 의지를 주었다. 나는 그대가 가장 중요한 선택에 이르는 데 얼마나 오래 걸리는지 보기 위해 기다리고 있다. 나는 영원토록 기다려 왔는데, 이 근본 선택을 알아차린 사람은 매우 드물었다."

"당신이 말씀하시는 그 근본 선택이란 무엇입니까?" 그가 진지하게 물었습니다.

"그대는 어떤 세계에서 살기를 선택하는가?" 신이 말을 이었습니다. "지금 이 순간은 삶의 진실이며, 거기에서는 내가 창조주다. 마음의 세계는 환상의 세계이며, 거기에서는 그대가 창조자다. 그대는 지금 이 순간에 살기를 선택하는가, 아니면 마음의 세계에서 살기를 선택하는가? 그것이 근본 선택이다. 사랑하는 이여, 그대는 어느 세계를 선택하는가? 그대가 어떤 선택을 하느냐에 따라 이 근본 선택의 결과는 엄청나게 다를 것이다."

"두 결과가 어떻게 다른가요?"
"답은 단순하다. 한쪽의 선택은 천국으로 인도하고, 다른 선택은 지옥으로 인도한다." 신이 대답했습니다.

힘

인류는 거짓된 힘을 추구하며 수없이 많은 생애 동안 길을 잃고 있었습니다. 우리가 하나의 종(種)으로서 깨어나려면 반드시 배워야할 핵심 교훈 가운데 하나는 이것입니다.

마음과 에고의 수준에서, 당신은 다른 사람과 관련하여 힘이나 권력을 가진 자리에 있을 때 힘이 있다고 느낍니다. 자신의 의지를 다른 사람에게 강제할 수 있을 때 힘이 있다는 느낌을 받습니다. 이제 어떤 사람은 당신의 힘 때문에 피해를 봅니다.

그러나 이런 형태의 힘은 몹시 불안정합니다. 왜냐하면 당신은 관계 속으로, 그리하여 이원성 속으로 힘을 가져왔고, 그래서 이제는 힘을 그 이원적인 상태로 경험해야 할 것이기 때문입니다.

당신은 어느 때는 남들보다 힘이 셀 것입니다. 다른 때는 힘이 약할 것입니다. 때로는 자신의 힘으로 남들을 학대할 것입니다. 때로는 더 힘센 사람들에게 학대받을 것입니다.

이런 일은 한 생애 동안 일어날 수 있고, 많은 생애에 걸쳐 일어날 수도 있습니다. 한 생애 동안 당신은 학대자입니다. 다음 생애에는 학대받는 사람입니다. 참된 힘은 내면에서 일어나며 다른 사람과는 무관함을 당신이 깨닫기까지 이런 일은 계속될 것입니다.

거짓된 힘에 관여하는 정도만큼, 당신은 깨어날 수 없습니다.

거짓된 힘

거짓된 힘은 다른 사람들과 관련된 힘입니다. 우리는 이 거짓된 힘을 추구합니다. 왜냐하면 깊고 무의식적인 수준에서 무력감을 느끼기 때문입니다.

통제의 양식들

참된 책임을 지면서 살려면, 남들을 지배하는 힘을 얻기 위해 발달시켜 온 통제의 양식들을 포기해야 할 것입니다.

우리 가운데 일부는 화와 공격을 이용해 통제합니다. 어떤 사람들은 비난과 비판을 이용해 통제합니다. 어떤 사람들은 주지 않음과 허락하지 않음을 이용해 통제합니다. 어떤 사람들은 상처받거나 무력한 모습으로 통제합니다.

수많은 형태의 통제 양식이 있습니다. 자신의 통제 양식들을 알아차리고, 그 양식들을 넘어서도록 힘써 보세요. 두려움은 통제합니다. 사랑은 허용합니다.

참된 힘

참된 힘은 어떤 사람이나 어떤 것과의 관계 속에 있지 않습니다. 참된 힘은 개인적인 것이 아닙니다. 참된 힘은 당신이 완전히 현존할 때 내면에서 솟아납니다. 그 힘은 당신이 개인으로 표현되고 세상에서 마음껏 살도록 힘을 주는 생명력입니다.

참된 힘은 당신을 충만하고 활기찬 삶으로 데려올 것입니다. 당신을 신의 현존으로 가득 채울 것입니다. 그것은 신의 차원입니다.

진정으로 힘이 있는 사람은 결코 남에게 간섭하지 않습니다. 진정으로 힘이 있는 사람은 결코 남을 통제하려 하지 않으며, 자기의 의지를 남에게 강요하려 하지 않습니다. 진정으로 힘이 있는 사람은 결코 남을 판단하지 않습니다.

'하나'의 힘

참된 힘은 하나임에서 나옵니다. 그래서 그 안에는 대립하는 힘이 없습니다. 대립은 이원성 안에서만 일어날 수 있습니다.
가장 깊은 수준에서, 참된 힘은 사랑입니다. 그리고 세상의 모든 위대한 전사는 조만간 이 단순한 진실을 깨닫게 될 것입니다.

판단

현존은 그 본성상 받아들이고 허용하고 포함합니다. 판단에 관여하면 현존할 수 없습니다. 현존 안에는 판단이 없다는 단순한 이유 때문입니다.

판단의 에너지는 즉시 당신을 현존에서 벗어나게 할 것입니다. 이 에너지는 당신을 분리 속으로 데려갈 것이며, 판단을 계속하는 한, 당신은 계속 분리 속에 머무르게 될 것입니다.

판단을 넘어서는 것은 깨어남의 주요 열쇠 가운데 하나입니다. 그런데 판단에서 해방되려면 어떻게 해야 할까요?

만일 판단을 거부하거나 없애려 한다면, 판단은 당신 안에서 더욱 번성할 것입니다. 그러니 판단이 내면에서 올라올 때마다 그저 그 판단을 인정하고 고백하고 표현해야 할 것입니다. 어떤 판단도 없이 그리해야 할 것입니다!

판단이 내면에서 일어날 때마다, 그저 그 판단을 인정하세요. 판단을 두려워하지 마세요. 그 판단을 판단하지 마세요. 그 판단을 현존하는 사람이나, 내면의 침묵 한가운데에 존재하는 신에게 고백하세요.

"신이시여, 보셨나요? 지금 판단이 일어납니다. 그것을 당신 앞에

고백합니다. 저는 당신이 그 때문에 저를 판단하지 않음을 압니다. 당신에게는 판단이 전혀 없기 때문입니다."

판단의 에너지를 인정하는 것이 중요합니다. 그 에너지를 고백하되, 믿지는 마세요.

과장하는 것도 도움이 됩니다. 일주일 동안 터무니없이 극단적으로 판단해 보세요. 산책하면서 눈에 띄는 꽃들을 판단해 보세요. 노란 꽃에게 노란색이 마음에 들지 않는다고 말해 보세요. 나무들에게 키가 크지 않다고 말해 보세요. 하늘에게 그다지 푸르지 않다고 말해 보세요. 과장된 연기를 해 보세요! 과장해 보세요! 놀이처럼 해 보세요. 심각하게 여기지 마세요.

자기 자신이나 다른 사람을 판단할 때마다, 그 판단을 의식하고 고백해 보세요. 그러면 내면에 있는 판단의 에너지를 점점 더 밖으로 드러내게 될 것입니다. 그 뒤 판단의 에너지는 당신을 지배하는 힘을 잃으면서 점점 해소될 것입니다. 당신이 그것을 없애려고 애쓰기 때문이 아니라, 가벼운 마음으로 그것을 껴안으며 받아들이기 때문입니다.

판단은 사랑과 받아들임을 만나면 항복할 것입니다.

판단이 없다면, 당신을 분리의 세계에 잡아둘 것은 아무것도 없습니다. 이제 당신은 자유롭습니다. 이제 당신은 신과 같습니다. 판단이 없는 당신은 하나임과 삶의 진실이라는 집으로 돌아올 수 있습니다!

인간이 귀 기울여 듣기만 한다면, 이것은 실제로 인간을 해방시키는 가르침입니다.

고백

고백은 아주 강력한 연금술입니다. 당신은 용서받기를 바라며 어떤 죄를 고백하는 것이 아닙니다. 고백은 단지 자신이 어떤 사람이 되었고 무의식중에 어떤 행위를 했는지 고백할 기회를 자신에게 주는 것입니다.

고백을 할 때는 어떤 판단도 없이 완전히 현존하는 사람 앞에서 해야 합니다. 그런 사람을 발견할 수 없다면, 나무에게 고백하세요. 나무는 당신을 판단하지 않을 것입니다. 아니면, 내면의 침묵 한가운데에 존재하는 신에게 고백하세요.

고백은 당신이 인정하지 않고 부정해 온 자신의 모든 모습을 인정하는 방법입니다. 당신이 숨기고 부정하고 판단하거나 억압하는 것은 의식되지 않은 채로 당신 안에서 살고 있습니다. 깨어나려면 그 모든 것을 판단 없이 의식해야 합니다. 고백을 통해 그리할 수 있습니다.

죄

유일한 죄는 의식하지 않는 죄입니다.

어두운 면을 껴안기

영적인 길을 걷는 사람들은 대개 빛을 추구합니다. 그들은 빛을 자신과 동일시하며, 자신의 어두운 면을 비판합니다. 그들은 거룩해지려고 합니다. 하지만 그것은 흠이 있는 길입니다. 억압과 부정으로 이어지기 때문입니다.

참된 깨어남은 자신의 어두운 부분을 껴안는 과정이 포함됩니다. 이는 그 어두운 부분을 자신과 동일시한다는 뜻이 아니며, 그런 부분에 따라 행동하는 것도 아닙니다. 하지만 어두운 부분을 부정하면, 그 부분은 당신을 통해 무의식적으로 작용할 것입니다.

선악을 넘어서

선악이라는 개념은 이원성이라는 틀 안에서만 존재합니다. 사실, 악이라는 것은 없습니다.

이 말은 모든 도덕관념과 행동 규범을 무시하여 혼란을 불러일으키는 것으로 보일지 모릅니다. 어떻게 하면 우리가 옳고 그름을 분별하지 않으면서도 평화롭게 공존할 수 있을까요?

만일 우리가 마음속에 빠져서 에고로서 활동하며 이 행성에서 무의식적으로 살아간다면, 우리에게는 도덕적 행동 규범이 필요합니다. 선과 악이라는 관념이 필요합니다. 경찰과 교도소가 필요합니다. 지옥과 천벌에 대한 믿음도 하나의 강제 수단으로 필요합니다. 우리가 무의식적으로 살아갈 때는 자기 자신과 서로에게 위험하기 때문입니다.

그러나 만일 우리가 근본적으로 현존한다면, 도덕적 행위 규범은 무의미해집니다. 십계명도 쓸모가 없어집니다.

현존할 때 우리는 모든 것이 하나임을 알아차리며 살아갑니다. 우리는 의식하면서 생각하고 행동합니다. 우리는 언제나 정직하고 진실하게 행동하며, 아무도 해를 입지 않습니다.

우리는 사랑이며, 세상에서 사랑으로 행동합니다. 우리는 아주 깊이 숙고하지 않고는 나무 하나도 베지 않습니다. 우리는 반드시 필요할 때만, 그리고 그 나무를 대체한 것이 자연계와 조화로울 때만 그렇게 할 것입니다.

악

우리가 악이라고 이름 붙인 것은, 실제로는 자기의 아픔을 느끼기를 거부하는 사람들이 다른 사람들에게 가한 상처나 아픔입니다. 그들은 그 아픔을 감당하지 못합니다. 그래서 자기 내면에 억압한 아픔을 느끼는 대신, 하나의 회피 전략으로 그 아픔을 다른 사람들에게 전가합니다.

학대하는 사람들은 대개 학대받은 사람들입니다. 미움은 사랑받지 못한다는 느낌에 대한 반응입니다. 만일 당신이 사랑받지 못했다면, 어떻게 다른 사람을 사랑할 수 있겠습니까?

만일 그 모든 것이 당신 안에 여전히 억압되어 있다면, 당신이 사랑받지 못해서 느끼는 아픔은 화로 변할 수 있고, 그 화는 다시 미움으로 변할 수 있으며, 그 미움은 다시 폭력으로 변할 수 있습니다.

그러면 우리는 그것을 악이라고 판단합니다. 우리는 정죄하고 처벌하지만, 악의 어두운 핵심을 들여다보는 경우는 별로 없습니다. 거기에서 우리는 가장 깊은 수준의 견딜 수 없는 아픔을 발견하게 될 것입니다. 그리고 그 아픔의 한가운데에서, 간절히 사랑을 갈구하는, 벌벌 떨고 있는 어린아이를 발견할 것입니다.

부모에게서 자녀에게로

어린 시절에 양쪽 부모나 한쪽 부모에게 정서적, 신체적으로 학대받은 어른들과 치유 작업을 많이 했습니다.

치유 과정을 진행하다 보면, 학대하는 부모는 어렸을 때 학대받았다는 사실이 분명히 드러납니다. 그들이 느낀 두려움과 상처, 화의 감정은 어린아이가 감당하기에는 너무나 커서 내면에 억압되었습니다. 그렇게 학대받은 아이가 성장하면 결국 학대하는 부모가 됩니다.

억압된 감정을 경험하지 않으려 하기 때문에 이런 일이 일어납니다. 학대하는 부모는 그 모든 아픈 감정이 의식되도록 허용하는 대신, 어머니나 아버지가 자신을 학대한 것과 같은 방식으로 자녀를 학대합니다.

학대받은 아이의 아픔을 느끼는 것보다는 학대하는 부모의 역할을 맡는 편이 더 쉽기 때문입니다.

인류의 역사 내내 이런 일이 계속되었습니다. 우리 인류는 우리 안에 억압된 감정들과 바르게 관계하는 법을 배워야 합니다. 그러지 않으면 이 학대는 언제까지나 계속될 것입니다.

우리는 감정을 의식하며 책임지는 방식으로 느끼고 표현하는 법을 배워야 합니다. 그런 방식은 다른 사람들에게 해를 끼치지 않습니다. 학교에서 이런 방식을 가르쳐야 합니다. 부모들은 자신의 아픔을 자녀에게 무의식적으로 전달하지 않도록 교육받아야 합니다. 이런 식으로 우리는 점점 인간의 삶과 사회를 변화시킬 것입니다.

황금률

자기 내면에 억압된 감정을 책임지는 법을 배우다 보면, 자신의 생각과 행동을 더욱 의식하게 될 것입니다.

그러면 황금률을 훨씬 잘 따를 수 있을 것입니다. 자신이 받은 대로 남에게 행하는 대신, 남에게 대접받고 싶은 대로 남을 대접할 만큼 충분히 의식하며 깨어 있게 될 것입니다.

당신이 깨어날 때

당신이 깨어날 때, 분리가 끝날 것입니다. 당신은 시간 안에 존재하는 개인으로 살아가겠지만, 동시에 지금 이 순간의 진실과 현실에 뿌리내린 채 살아갈 것입니다. 깨어나는 과정이 깊어지면서, 영혼의 높은 수준들이 신체의 모습 속으로 들어올 것입니다. 당신 존재의 영적 본질이 당신의 삶으로 흘러들 것입니다.

당신은 '신의 마음'을, 무한한 빛으로 가득한 드넓고 침묵하는 고요로서 경험할 것입니다. 물질의 모습을 한 모든 것을 '신의 몸'으로서, 하나의 참된 신의 살아 있는 현존을 발하는 '신의 몸'으로서 경험할 것입니다. 당신은 신의 순수한 본질인 사랑을 경험할 것입니다.

당신이 현존으로 깨어날 때, 어두운 마음의 세계가 서서히 밝아질 것입니다. 환한 빛이 비치듯 강렬한 통찰의 시기들을 경험할 텐데, 이 통찰은 환상에 대한 모든 믿음을 없애 줄 것입니다. 당신은 서서히 그러나 확실히 밝아지며 깨닫게 될 것입니다. 자신이 누구인지, 어디에 있었는지, 무엇을 하고 있었는지, 그 진실을 알게 될 것입니다. 당신이 깨어날 때, 현존의 의식은 점차 진실을 보여 줄 것입니다. 처음에는 당신 자신과 당신의 삶에 대해, 다음에는 당신의 전생들에 대해, 다음에는 당신 존재의 영적 수준과 영혼의 수준에 대해······.

종교

종교는 현존의 진실대로 살고자 하는 에고 쪽의 시도입니다. 기독교는 그리스도의 진실대로 살고자 하는 집단적 에고의 시도입니다. 불교는 붓다의 진실대로 살고자 하는 집단적 에고의 시도입니다. 이슬람교는 마호메트의 진실대로 살고자 하는 집단적 에고의 시도입니다.

종교들은 실패할 수밖에 없습니다. 에고는 현존의 진실대로 살 수가 없기 때문입니다. 오직 현존 안에서 깨어 있는 사람만이 현존의 진실을 살 수 있습니다. 에고는 결코 지금 이 순간을 알 수 없으며, 언제나 분리 속에서만 존재할 것입니다.

불교인이 되지 마세요

불교인이 되지 마세요. 붓다로 존재하세요.
기독교인이 되지 마세요. 그리스도로 존재하세요.

십계명의 효력 상실

현존 안에서는 십계명이 무의미해진다는 것을 알고 있나요? 깨어난 당신에게는 십계명이 필요하지 않습니다. 그것은 이 행성에서 무의식적으로 살아가는 사람들을 위한 것입니다. 국기도 무의미해집니다. 우리를 분리시키는 국적이라는 개념은 현존 안에 자리할 곳이 없습니다. 국가도 무의미해집니다. 우리는 현존 안에서 모두 평등합니다.

당신은 당신 영혼의 챔피언입니다

당신은 당신 영혼의 챔피언입니다. 당신이 영혼을 대신해 여기 이 땅에서 무엇을 배우든, 그 모든 것은 전혀 상실되지 않습니다. 과거 삶의 트라우마를 치유하면 그 결과는 영구적입니다. 카르마의 빚을 청산하면 영혼은 엄청난 짐에서 놓여납니다. 영혼의 자아감과 삶은 여기 이 땅에서 당신의 노력으로 크게 변할 수 있습니다.

당신은 참된 사랑과 받아들임, 자유에 관해 배우려고 여기에 있을 지 모릅니다. 자기 안에 있는 연민과 자비의 자질을 일깨우려고 여기에 있을지 모릅니다. 참된 책임을 받아들이고, 자신의 영혼을 비난과 죄책감으로 흐르는 성향에서 해방시키려고 여기에 있을지 모릅니다. 먼 전생들에 영혼에 각인된, 자신이 피해자라는 믿음을 극복하려고 여기에 있을지 모릅니다. 인간관계에서 어떻게, 왜 자아감을 잃는지 알아보려고 여기에 있을지 모릅니다. 과거의 행위를 속죄하고 과거의 관계를 치유하려고 여기에 있을지 모릅니다.

우리가 여기에서 배워야 할 교훈은 많지만, 영혼 자신이 알아차리지 못하고 있는 가장 큰 교훈이 있습니다. 그 교훈에 대해 말하기 전에 먼저 영혼이 어떤 착각을 하고 있는지 얘기해 보겠습니다.

영혼의 착각

영혼은 많은 생애에 걸쳐 자기를 완벽하게 만들 수 있다면 자신이 하나임과 영원으로 회복될 것이라고 믿습니다. 영혼은 소망하는 결과가 미래에 있다고 여깁니다. 그런데 그것이 바로 영혼의 착각입니다!

우리도 여기 이 땅에서 똑같은 착각을 하고 있습니다. 우리가 미래의 어느 때에 깨어나거나 깨달을 수 있다고 믿습니다.

참된 깨어남은 결코 미래에 일어날 수 없습니다. 그것은 오로지 지금 이 순간에만 일어날 수 있습니다. 완전히 현존할 때마다 당신은 깨어 있습니다. 당신은 깨달아 있습니다. 하나임으로 회복되어 있습니다. 그것은 미래에 일어날 수 없습니다. 오로지 지금에만 일어날 수 있습니다.

당신의 영혼이 미래의 어느 생애에 하나임으로 회복되기를 꿈꾸든, 당신이 미래의 어느 때에 깨닫기를 꿈꾸든, 그 결과는 똑같습니다. 당신은 지금 이 순간을 벗어나며, 진정으로 깨어날 기회를 놓치고 맙니다.

가장 큰 교훈

많은 생애에 걸쳐 배워야 할 교훈이 많습니다. 그러나 가장 큰 교훈은 바로 하나임과 영원이 이미 여기에 있으며, 언제나 여기에 있었다는 사실입니다. 신은 이미 여기에 있으며, 언제나 여기에 있었습니다. 당신이 추구하는 것은 이미 여기에 있으며, 언제나 여기에 있었습니다.

당신이 길을 잃는 이유는 추구하기 때문입니다. 추구할 때 당신은 마음속으로 더 깊이 들어갑니다. 마음속에서 길을 잃은 채 거기에서 답을 찾으려고 노력하며, 그러면 환상과 분리의 세계에 더 깊이 빠지게 됩니다.

당신은 우리가 누구인지 기억하기 위해 여기에 있습니다. 분리되어 있다는 환상에서 깨어나기 위해 여기에 있습니다. 신과 하나임 안에 있는 자기를 알고 경험하기 위해 여기에 있습니다. 집으로 돌아오는 길을 찾기 위해 여기에 있습니다.

지금 이 순간은 집으로 들어오는 입구입니다. 지금 이 순간이 당신의 집입니다. 지금 이 순간은 하나임을 드러냅니다. 지금 이 순간은 현존하는 모든 것 안에 있는 신의 살아 있는 현존을 드러냅니다. 지금 이 순간은 땅 위에 있는 천국을 드러냅니다.

완전히 현존하는 법에 통달할 수 있다면, 당신은 가장 큰 교훈을 배운 것입니다. 당신은 생각하는 마음의 세계라는 감옥에서 해방될 것입니다. 분리되어 있다는 환상을 극복할 것입니다. 하나임으로 회복될 것입니다.

당신이 배운 교훈은 당신의 영혼에 전해집니다. 당신이 죽을 때 전해지는 것이 아니라 당장 전해집니다. 당신이 현존 안에 뿌리내릴 때, 영혼이 변화됩니다. 영혼이 치유됩니다. 영혼이 하나임으로 회복됩니다.

가장 큰 교훈을 배우면 자기 영혼의 구원자가 됩니다. 당신의 영혼은 당신의 노력을 통해 구원되어, 불멸성을 의식적으로 경험하게 될 것입니다. 이럴 때 당신은 자기 영혼의 진정한 챔피언입니다!

9

신, 그리고
존재의 영원한 차원

신에 대한 믿음은
신을 아는 데 걸림돌입니다.

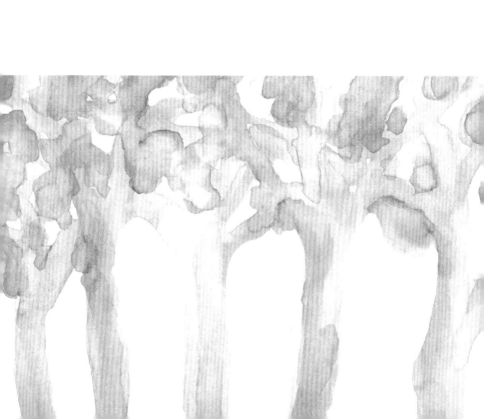

완벽한 세계

우리가 아는 세계 안에는 또 하나의 세계가 존재합니다. 그 세계는 태초부터 완벽한 상태로 존재했습니다. 눈에 보이지 않는 그 세계는 우리에게 발견되기를 언제나 기다립니다.

그것은 더없이 아름다운 세계입니다. 놀랍고 경이로운 세계입니다. 마법 같은 세계입니다. 시간이 없고 영원하며 완벽합니다!

그것은 매 순간 당신에게 손을 내밀며 당신과 관계하는 살아 있는 세계입니다. 나무들, 꽃들, 새들, 동물들, 그리고 곤충들까지도 모두가 이 완벽한 세계를 당신과 공유하는 사랑하는 친구들로서 경험됩니다.

그것은 숨겨진 세계입니다. 그것은 당신이 살고 있는 세계 안에 숨겨져 있습니다. 그것은 신의 세계입니다. 그것은 지금 여기에 있습니다. 그것은 땅 위의 천국입니다.

땅 위에서 드러나는 천국

현존의 깊은 수준에 있을 때, 현존하는 모든 것 안에 있는 신의 살아 있는 현존과 마주칠 것입니다. 현존의 깊은 수준에 있을 때, 땅 위의 천국이 드러납니다.

신은 있습니다

신은 하나입니다. 신은 모든 것 안에 있는 하나입니다. 신은 현존하는 모든 것의 한가운데에 있는 고요한 현존입니다. 신은 있는 모든 것으로서 영원히 존재합니다. 신은 영원한 있음(Is-ness)입니다. 신이 있습니다.

신은 당신의 생각보다 가까이 있습니다

신에 관해 얘기할 때, 나는 당신의 바깥에 있는, 또는 어느 먼 천국에 있는 어떤 존재에 대해 말하는 것이 아닙니다. 신은 그보다 훨씬 가까이 있습니다. 이 순간 현존하는 모든 것이 신입니다. 지금 이 순간은 드러난 신입니다.

238

신을 알려면

마음으로는 신을 알 수 없습니다. 마음의 수준에 있을 때, 우리는 우리의 모습을 닮은 신을 창조하며 신에게 인격을 부여하려 합니다. 우리가 믿을 수 있는 대상을 갖기 위해······. 신을 믿는 한, 우리의 직접 경험으로 신을 알지는 못할 것입니다.

신은 실재합니다. 신은 지금 여기에 있습니다. 하지만 우리는 그렇지 않습니다. 대개 우리는 마음의 세계에 있는데, 그 세계는 과거와 미래입니다. 신을 알려면, 신이 있는 지금 이 순간으로 와야 할 것입니다.

신은 환상이 아닙니다

생각하는 마음의 세계는 환상의 세계입니다. 거기는 신이 존재하지 않는 유일한 곳입니다. 신은 환상이 아니기 때문입니다.

신은 창조자이자 창조물입니다

신은 창조자이자 창조물입니다. 창조자로서의 신을 발견하기는 무척 어렵지만, 창조물로서의 신은 쉽게 발견할 수 있습니다. 창조된 모든 것은 신입니다. 물질적인 모습으로 있는 모든 것은 신의 몸입니다. 신의 몸과 함께 현존하면, 현존하는 모든 것 안에 있는 신의 살아 있는 현존을 만나기 시작할 것입니다.

신의 몸

모든 산, 모든 바위, 그리고 모든 모래 알갱이는 신의 몸입니다. 모든 꽃, 모든 나무의 모든 잎사귀는 신의 몸입니다. 바다와 그 안의 모든 것은 신의 몸입니다. 모든 우주에 있는 모든 행성과 모든 머나먼 별은 다 신의 몸입니다. 당신이 먹는 음식, 마시는 물, 숨 쉬는 공기는 모두 신의 몸입니다. 당신의 몸은 신의 몸입니다. 물질적으로 존재하는 모든 것은 신의 몸입니다.

신에 대한 믿음

신에 대한 믿음은 신을 아는 데 걸림돌입니다. 믿음은 마음의 작용입니다. 그런데 우리는 오로지 직접 경험으로만 신을 알 수 있습니다. 믿음은 우리가 신을 모를 때 의지하는 것입니다.

신은 모든 것이며, 신은 아무것도 없음입니다

지금 이 순간의 진실과 현실에서는, 신은 모든 것이며 모든 것은 신입니다. 거기에는 신이 아닌 것은 아무것도 없습니다. 심지어 아무것도 없음조차 신입니다.

텅 비어 있음

현존할 때 당신의 마음은 고요히 침묵합니다. 생각은 멈추었습니다. 과거와 미래는 사라졌습니다. 당신의 견해와 관념, 개념은 없어졌습니다.

어떤 사람들은 이를 텅 빈 상태로 경험하는데, 그럴 때는 뭔가 빠져 있다고 느끼게 됩니다. 하지만 그것은 비어 있음이 아닙니다. 그것은 가득함입니다. 현존할 때 당신은 침묵으로 가득합니다. 없음으로 가득합니다. 편안히 이완하면서 없음으로 가득해지세요.

침묵 속에서

신을 직접 경험할 때 우리는 전적인 침묵 속에 있습니다. 우리는 '지금'의 순간에 완전히 몰입되어 있습니다. 모든 분리는 사라지고 오직 하나임만이 있습니다. 오직 신만이 있습니다. 오직 영원만이 있습니다. 오직 있음(Is-ness)만이 있습니다. 어떤 생각도 없습니다. 오로지 당신이 신 안에 있고 신이 당신 안에 있으며, 당신과 신이 하나임을 아는 고요한 앎뿐⋯⋯.

신은 모든 곳에 있습니다

신은 모든 곳에 있습니다. 이는 종교 신자들에게는 위안을 주는 개념입니다. 현존하는 깨어난 존재들에게는 실제 현실입니다.

신은 당신 안에 있습니다

신은 당신 안에 있는 침묵의 한가운데에 존재합니다. 자기 안에 있는 신으로 깨어날 때, 당신은 바깥의 모든 것에서 신을 발견할 것입니다. 당신이 신과의 하나임으로 들어갈 때, 당신의 안과 바깥을 나누는 구분이 없어질 것입니다.

통증의 한가운데

2003년 11월, 6일간의 수련회 마지막 날에 아드리엔이 손을 들었습니다. 며칠 전, 그녀는 암에 걸렸으며 오래 살지 못할 것이라고 내게 말했습니다. 암으로 인해 그녀는 심한 통증에 시달리고 있었습니다.

"요 며칠은 제게 믿기지 않을 만큼 대단한 날들이었어요. 여기 계신 모든 분께 많은 도움을 받았죠. 하지만 몸의 통증은 여전히 너무 심하네요. 통증 때문에 제대로 현존하지 못하겠어요. 그리고 이상하

242

게도 제가 저 자신과 모든 사람에게서 분리되어 있다고 느껴져요. 그중에서도 최악은 제가 신에게서 분리되어 있다고 느껴지는 건데, 그게 견디기 힘들어요. 저는 죽음을 받아들였지만, 죽기 전에 신을 경험해 보고 싶어요."

나는 그녀를 앞으로 나오게 한 뒤 내 옆의 의자에 앉게 했습니다. 잠시 뒤 그녀는 편안히 이완되었고 꽤 현존하게 되었습니다.

"이제 그 통증을 그냥 느껴 보세요. 통증이 몸 어디에서 느껴지든 그냥 느껴 보세요. 그 통증과 함께 깊이 현존해 보세요. 제가 당신을 그 통증의 한가운데로 안내하겠습니다."

나는 그녀가 내 안내를 따르는 것을 보고 계속 진행했습니다.

"저는 당신이 통증의 한가운데로 가기를 원합니다. 그것은 태풍의 눈으로 들어가는 것과 같습니다. 그 통증을 완전히 느끼고 그 중심으로 들어가 보세요."

그녀가 통증의 한가운데에 있음을 느꼈을 때, 나는 무엇을 경험하고 있느냐고 물었습니다.
"블랙홀 같아요." 그녀가 대답했습니다.

"그 블랙홀과 함께 깊이 현존하세요. 그게 당신 앞에 있나요? 당신은 그 속을 들여다보고 있나요? 그게 어디에 있나요?"

"제 밑에 있어요." 그녀가 속삭였습니다.

"저는 그 블랙홀이 떠오르고 커져서 당신을 감싸도록 초대하겠습니다. 편안히 이완하면서 계속 현존하세요. 그 일이 바로 지금 일어나고 있는 게 느껴지나요?"

그녀는 그렇다고 대답했습니다.

"이 블랙홀이 한없이 커지는 것 같나요?"

"예."

"그게 고요하고 평화롭나요?"

"예."

"평온한가요?"

"예."

"그것을 묘사해 보세요. 텅 비어 있나요, 아니면 없음으로 가득한가요?" 내가 물었습니다.

"가득한 느낌인데, 아무것도 없어요."

"편안히 이완하면서 이 무한한 없음으로 들어가 보세요. 그것과 함께 현존해 보세요. 껴안아 보세요."

그녀는 편안히 이완되었고, 잠시 뒤 내적인 황홀경 상태에 잠겨 있는 것 같았습니다. 나는 몇 분간 말없이 있다가, 그녀에게 무엇을 경험하는지 물었습니다.

"제가 신의 손 안에 있는 것처럼 느껴져요." 그녀가 대답했습니다.

"좋아요. 그 손 안에서 편히 쉬세요. 당신 안에 있는 신의 현존을 느껴 보세요."

나는 잠시 멈추었다가 다시 안내를 계속했습니다.
"이것이 하나임의 순간인지 신에게 물어보세요."
그녀는 침묵에게 그렇게 질문한 뒤, 고개를 끄덕였습니다.

"이 하나임의 순간이 영원한지 신에게 물어보세요."
대답은 역시 "예"였습니다.

"신이 당신과 영원히 함께 있는지 침묵에게 물어보세요."
신이 대답했을 때, 그녀는 그 대답을 크게 소리 내어 말했습니다.

"나는 언제나 그대와 함께 있다. 나는 떠날 수 없다. 나는 지금 이 순간이며, 나는 그대의 통증을 포함하여 지금 이 순간에 있는 모든 것이다. 지금 이 순간이 어떻게 떠날 수 있겠는가? 떠나는 것은 내가 아니다. 그대가 떠난다!"

"통증과 함께 계속 현존하면 제가 당신과 계속 연결되어 있을까요?" 그녀가 신에게 물었습니다.
"통증을 포함하여 지금 여기에 있는 것과 함께 현존하라. 그러면 그대는 언제나 나의 현존을 느낄 것이다."

"제가 무엇을 느낄까요?"

"그대는 나를 침묵으로, 평화로, 사랑으로 경험할 것이다."
마침내 아드리엔은 눈을 떴습니다. 주위를 둘러보는 그녀에게서 광채가 발산되고 있었습니다.

"지금 이 순간 당신은 뭘 느끼나요?" 내가 물었습니다.
"놀라워요." 그녀가 말했습니다. "신과 연결되는 게 이렇게 쉬운 일일 줄 몰랐어요. 정말 고마워요."

"좋아요. 지금 이 순간 당신은 어떤 통증을 느끼나요?"
"아뇨." 그녀는 대답했습니다. "사랑만을 느끼고 있어요."

하나임

현존의 가장 깊은 수준에는 분리가 없습니다. 개별성도 없습니다. 신에게 기도하는 것은 의미가 없습니다. 누가 있어 기도하겠습니까? 누구에게 기도하겠습니까? 오로지 하나임만 있을 뿐입니다!

당신은 현존과 하나임이라는 이 수준에 늘 존재하지는 않을 것입니다. 그러나 시간의 세계에서 개인으로 활동할 때도 참된 자기를 경험하고 신을 경험할 기회는 주어집니다. 그것은 축복입니다. 한없이 감사할 일입니다.

참된 기도

현존할 때 당신은 참된 기도의 상태에 있습니다.

감사

그 무엇보다도 신은 감사의 에너지에 응답합니다.

신을 사랑하기

어떤 사람들은 신에 대한 사랑을 표현하는 데 어려움을 느낍니다. 사실, 그들은 신에게 화가 나 있습니다. 그들은 자신이 경험한 아픔 때문에 신을 비난합니다. 그들은 자신의 고통이나 자신이 사랑하는 사람들의 고통 때문에 신을 비난합니다. "사랑하는 신이 어떻게 그런 고통을 허용할 수 있지?"

그래서 그들은 신에게 등을 돌렸습니다. 신을 사랑하는 것과 연관된 가슴의 일부를 닫아 버렸습니다. 이는 무의식 수준에서 흔히 경험되는 일이며, 어느 먼 전생에 겪은 일 때문인 경우도 있습니다.

신에게 가슴을 닫는 것은 지금 이 순간에게 가슴을 닫는 것입니다. 지금 이 순간은 드러난 신이기 때문입니다. 신에게 가슴을 닫은 사람들은 분리되어 있다는 환상으로, 어둠의 한가운데로 더 깊이 빠져들었습니다. 그들과 신의 관계는 손상을 입었고 치유될 필요가 있습니다.

이런 과거의 상처와 감정을 의식해야 합니다. 신을 향한 미움과 분노의 감정을 표현하고 고백해야 합니다. 신은 당신을 판단하거나 거부하지 않을 것입니다. 신은 그러는 당신을 사랑할 것입니다. 그러면 당신은 신에 대한 사랑을 회복할 것입니다. 당신의 가슴이 치유될 것입니다.

신과의 친교

기도, 명상, 찬송, 노래, 춤, 북을 치는 것은 모두 마음의 제한된 세계에서 해방되어 고요하고 역동적인 신과의 친교로 들어가게 하는 훌륭한 방법입니다. 창조적인 방법을 찾아보세요. 신과 관계하는 자기만의 방법을 찾아보세요.

유혹

에고에게는 지금 이 순간을 벗어나도록 당신을 유혹하는 무한한 능력이 있습니다.

에고는 미래에는 이루어질 것이라는 약속으로 당신을 유혹할 수 있습니다. 에고는 과거의 것들에 대한 지식으로 당신을 유혹할 수 있습니다. 에고는 심지어 미래의 어느 때에 깨달을 것이라는 약속으로 당신을 유혹하여 자기의 세계로 끌어들일 수도 있습니다.

어떻게 신이 에고와 경쟁할 수 있겠습니까? 신의 세계는 지금 여기에 있는 것으로 한정됩니다. 신은 이미 여기에 있는 것으로만 당신을 끌어들일 수 있습니다. 이미 지나간 것이나 앞으로 올지 모르는 것으로가 아니라.

그러니 누가 지금 이 순간을 선택하려 할까요? 누가 에고의 유혹에 저항할 수 있을까요? 많지 않습니다. 오직 축복받은 소수뿐!

행복의 추구

어떤 사람이 행복의 열쇠를 찾고 있었습니다. 어느 날 그는 우연히 길가에 앉아 있는 현자를 만났습니다.

"제가 어디에서 행복을 찾을 수 있을까요?" 그가 물었습니다.
"행복은 여기에 있습니다." 현자가 대답했습니다.

그는 주위를 둘러보고 말했습니다.
"하지만 여기에는 아무것도 없습니다."

"아무것도 없겠지요." 현자가 대답했습니다. "당신이 여기에 있지 않으니까요. 당신이 여기에 없는데, 여기에 무엇이 있는지 어떻게 알 수 있겠습니까?"

그는 혼란스러워 보였습니다.

"나무들과 함께 완전히 현존하세요." 현자가 말했습니다. "꽃들과 새들, 먼 산과 함께 완전히 현존하세요."

현자의 안내를 받아 그가 완전히 현존하게 되었을 때, 모든 것이 변하기 시작했습니다. 나무들은 활기 있게 생동했습니다. 그들은 빛으로 가득했습니다. 영원한 존재로 보였습니다. 꽃들은 갖가지 색채를 선명히 발산했습니다. 새들의 노래가 그의 귀를 가득 채웠습니다. 산들바람이 그의 얼굴을 부드럽게 어루만졌습니다. 햇볕은 그를 따뜻하게 해 주었습니다. 한없는 고요와 평화가 느껴지기 시작했습니다. 그의 마음은 완전히 고요해졌습니다. 한 생각도 떠오르지 않았습니다. 내면에서 사랑이 솟아나는 것이 느껴졌습니다. 온통 하나이며 완벽하다는 느낌이 들었습니다. 그는 더없는 기쁨과 황홀감에 잠겨 있었습니다. 아주아주 행복했습니다.

바로 그때 내면에서 목소리가 들렸습니다. 그것은 에고의 목소리였습니다.

"이 바보 같은 노인네의 말을 듣지 마!" 목소리가 말했습니다. "그가 네게 무엇을 줄 수 있겠어? 고작 몇 그루 나무와 몇 송이 꽃, 그리고 먼 산뿐이야. 그건 아무것도 아니야. 난 네게 훨씬 더 많은 것을 줄 수 있어. 네가 생각하기만 하면 그것들은 다 네 것이 될 거야. 상상하기만 하면 나는 너를 그곳에 데려다주겠어. 나는 네게 세상의 모든 보물을 약속할 수 있어. 명성과 권력, 영예를 약속할 수 있어. 이 현자라는 사람도 그것들을 줄 수 있는지 물어봐!"
그가 묻자, 현자는 고개를 가로저었습니다.

"나는 네게 과거의 모든 지식을 줄 수 있어. 현자도 그것을 줄 수 있는지 물어봐!"
현자는 다시 고개를 가로저었습니다.

"나는 네게 더 나은 미래를 약속할 수 있어. 현자도 그럴 수 있는지 물어봐!"
현자는 고개를 가로저었습니다.

"나는 네 삶의 잘못된 부분을 전부 고쳐 줄 수 있어. 희망도 약속할 수 있어. 현자도 그럴 수 있는지 물어봐!"
현자는 고개를 가로저었습니다.

이제 남자는 충분히 들었습니다.
"당신은 내게 무엇을 줄 수 있나요?" 그가 현자에게 물었습니다.
"지금 이 순간 현존하는 것뿐입니다."

"그게 전부인가요?" 그가 물었습니다.

"그 이상은 없습니다." 현자가 대답했습니다.

그는 잠시 생각했습니다. "상대가 안 돼!" 그의 머릿속에서 그 목소리가 의기양양하게 소리쳤습니다. "상대가 안 되지!"

"여기에는 아무것도 없습니다." 남자가 말했습니다. "몇 그루 나무, 몇 송이 꽃, 먼 산밖에 없어요." 그리고 남자는 에고가 약속한 것을 추구하며 길을 떠났습니다.

현자는 남자가 멀어져 가는 모습을 지켜보았습니다. "상대가 안 되지." 현자는 나무들과 꽃들, 먼 산에게 말했습니다. "상대가 안 되고 말고."

신의 시험

만일 당신이 현존하기를 선택한다면, 숨겨진 보물들이 점차 드러날 것입니다. 처음에는 대단해 보이지 않을 것입니다. 평범해 보일 것입니다. 그 안에는 당신을 위한 것이 하나도 없을 것입니다. 당신은 그것을 어떤 식으로도 이용할 수 없습니다. 하지만 그것이 신의 시험입니다.

그 안에 당신을 위한 것이 전혀 없어도 당신은 현존하겠습니까? 당신은 자신을 위해서가 아니라 신을 위해 현존하겠습니까? 그것이 삶의 진실이라는 이유만으로 현존하겠습니까? 당신의 현존으로 신과 신의 세계를 찬미하겠습니까? 신을 위해 여기에 있겠습니까?

신을 신뢰하기

신을 신뢰하는 것은 현존하는 것만큼이나 단순합니다.

신의 영원한 본성

창조는 끊임없이 창조를 낳습니다. 삶은 죽음의 자궁이며, 죽음은 삶의 자궁입니다. 창조와 파괴는 신의 양면성입니다. 태어나는 것은 죽을 것입니다. 죽는 것은 새롭게 태어날 것입니다. 시작하는 것은 끝날 것입니다. 끝나는 것은 다시 시작할 것입니다. 신의 영원한 본성이 그러합니다.

영원한 지금

많은 순간이 있는 것이 아닙니다. 오직 한 순간만 있습니다. 그것은 '지금'이라는 영원한 순간입니다. 모든 일은 영원한 '지금' 안에서 일어납니다.

이 순간 안에서 사람들은 걷고, 새들은 날고, 나뭇잎은 떨어지며, 꽃들이 피어납니다. 그리고 그 모든 일은 '지금'이라는 영원한 순간 안에서 일어납니다.

불가사의를 향해

완전히 현존할 때, 당신은 존재의 불가사의를 향해 열립니다. 그 불가사의는 너무 심오하여 우리가 이해할 수 없습니다. 그렇다는 것을 알게 되면 이해할 필요가 없어집니다.

신에 대한 신뢰

모든 나무에서 떨어지는 모든 나뭇잎은 정확히 신이 계획한 때에, 신이 계획한 방식으로 떨어집니다. 나뭇잎 하나가 떨어지는 것을 지켜보세요. 땅 위로 떨어지는 나뭇잎의 여행은 신에 의해 완벽하고 상세하게 계획되었습니다. 바람에 따른 모든 움직임, 모든 방향 전환, 그리고 떠오르고 흩날리고 떨어지는 모든 움직임은 나무가 존재하기 훨씬 전부터 신에 의해 완벽하고 상세하게 예정되어 있습니다.

만일 하나의 나무에서 떨어지는 나뭇잎 하나의 여행을 위해 신이 그처럼 완벽한 계획을 세웠다면, 당신을 위한 신의 계획은 얼마나 더 완벽하겠습니까?

받아들임

신을 신뢰한다는 것은 지금 있는 것을 온전히 받아들이며 살아간다
는 뜻입니다. 이 말은 당신이 세상에서 수동적으로 살아간다는 뜻
이 아닙니다. 당신은 세상에서 정직하고 진실하게 사랑으로 살아갑
니다. 힘 있게 살아갑니다.

그러나 일들이 당신의 뜻대로 풀리지 않을 때도 있을 것입니다. 그
럴 때는 무슨 일이 일어나든 모두가 당신의 최고선(最高善)을 위해
일어난다는 것을 신뢰해 보세요.

아마 신에게는 당신에게 가르쳐 주고 싶은 교훈이 있을 것입니다.
그 교훈의 가치를 지금 당장은 알아보기 어려워도 나중에는 헤아릴
수 없이 귀중하다고 판명될 것입니다. 그리고 아마 당신을 위한 신
의 계획은 당신의 계획보다 훨씬 원대할 것입니다.

신과 겨루기

우리가 마음속에서 길을 잃고 세상에서 에고로 활동할 때, 우리는
창조주로서 신과 겨루고 있습니다. 우리 자신의 환상 세계를 창조

255

하고 있는데, 그러면 우리는 그 세계에서 살아야 합니다.

신의 뜻

이 순간에 일어나는 일은 무엇이든 신의 뜻입니다. 그 일이 지금 일어나고 있기 때문입니다. 어느 순간에든 일어나는 일을 거부하는 것은 신의 뜻에 반하는 것입니다. 그리고 신의 뜻에 저항할 때, 당신은 자신의 고통을 창조합니다.

신을 기억하기

만일 당신이 신을 기억하고 신의 현존을 의식적으로 알아차리며 살아간다면, 당신의 창조적인 노력은 신의 창조와 온전한 조화를 이룰 것입니다.

당신은 신과 겨루지 않을 것입니다. 당신은 신의 창조물과 충돌하는 것을 창조하지 않을 것입니다. 신의 창조물에 해롭거나 유독한 것은 창조하지 않을 것입니다. 신의 창조물의 자연스러운 아름다움과 영광을 손상시키는 것은 창조하지 않을 것입니다. 사실, 당신의 기여는 신의 세계의 아름다움에 더해질 것입니다.

당신은 바다이며 물결입니다

당신은 바다이며 물결입니다. 현존의 가장 깊은 수준에서, 바다는 고요하고 깊고 무한하며 움직이지 않습니다. 자신을 개인으로 여기는 자아감은 모두 사라지고 없습니다. 거기에는 분리되어 있다는 느낌이 없으며, 어떤 표현도 없습니다.

그러나 물결이 나타날 때 당신은 개별성을 회복합니다. 이제 당신으로서 독특하게 표현합니다. 이제 당신은 물결입니다. 자기를 물결로서 표현하는 바다입니다.

기적 너머

어느 저녁 모임에서 에반이 질문하기 위해 손을 들었습니다. 그는 최근 뉴욕에서 샌타크루즈로 이사한 까닭에 나와 함께 하는 모임에 꾸준히 참석할 수 있게 되었습니다. 그는 상냥하고 천진했는데, 그런 모습이 사랑스럽게 느껴졌습니다.

"레너드, 당신은 정말 깨달았나요?"

"그것은 깨달음의 의미를 어떻게 보느냐에 따라 달라집니다. 만일 당신이 완전히 깨어난 현존의 상태를 가리키는 것이라면, 나는 언제나 그 의식 상태에 있을 수 있습니다. 그 상태는 결코 떠나지 않습니다. 정말로 나는 그것입니다! 만일 무의식적인 모든 것이 떠올라 의식되고 알려지도록 허용하는 과정을 가리키는 것이라면, 나는 언제나 그럴 수 있다고 말할 수 있습니다."

"그럼 당신은 깨달았군요!"

"에반, 나는 당신의 질문에 대답할 수가 없습니다. 내가 진실로 깨어 있을 때, 나는 완전히 현존합니다. 나는 하나임 안에 존재합니다. 거기에는 생각하는 마음이 없습니다. 내적인 해설자도 없습니다. 나는 그저 여기에 있을 뿐이고, 내 마음은 침묵합니다. 거기에는 보는 자와 보이는 대상 사이의 분리가 없습니다. 그러니 누가 있어 평가하거나 규정하겠습니까? 나는 하나임과 있음(Is-ness)의 상태에 있습니다. 다른 사람들은 그 순간의 나를 깨달은 사람으로 여길지 모르겠지만, 나는 그럴 수 없습니다. 내 의식에는 더이상 분리가 없기 때문입니다."

에반은 편안히 현존하는 것 같았습니다. 하지만 그때 그의 마음속에 또 하나의 질문이 떠올랐습니다.
"당신은 기적을 일으킬 수 있나요?"

"나는 기적에는 관심이 없습니다. 예수는 기적들을 행했습니다. 그런 기적 때문에 누가 실제로 깨어난 적이 있나요? 아마 그러지 않았을 것입니다. 삶의 진실을 경험하며 지금 이 순간에 완전히 깨어 있는 것이야말로 가장 큰 기적입니다. 기적은 믿는 자들을 위한 것이며, 그들은 자신의 믿음을 뒷받침해 주는 기적이 없이는 믿지 않을 것입니다. 자신의 경험으로 신과 진실을 아는 사람들은 기적이 필요하지 않습니다. 삶이 기적입니다. 이 순간이 기적입니다. 내게는 그것으로 충분합니다."

천진함

천진한 사람은 모르는 상태에 기꺼이 머물고자 하는 사람입니다. 신비가는 존재가 불가사의로 남도록 허용하는 사람입니다.

지금 이 순간으로 충분한가?

어느 날 어떤 사람이 깊이 현존하게 되었을 때, 신의 음성이 들렸습니다.

"지금 이 순간으로 충분한가?"

"예, 물론입니다." 그가 대답했습니다.
"좋다. 그러면 머물러도 좋다." 신이 말했습니다.

"제가 충분하지 않다고 대답했다면 어떤 일이 일어났을까요?" 그가 물었습니다.

"그러면 그대는 여기에 머물 수 없을 것이다. 그대는 이 이상의 무언가를 찾아서 지금 이 순간을 떠나야 할 것이다."

"하지만 제가 어디로 간다는 말씀인가요?"
"그대가 갈 수 있는 유일한 곳은 그대 마음의 세계다."

"거기에서 제가 무엇을 발견할까요?" 그가 물었습니다.
"공허한 기억들과 거짓된 약속들, 그리고 결코 도착하지 않는 미래뿐!" 신이 대답했습니다.

신이 어떻게 해야 할까요?

만일 신이 우리를 깨울 수 없다면, 신은 우리를 흔들어서라도 깨워야 할 것입니다! 이제는 깨어날 시간입니다.

신과의 대화

어떤 사람이 열심히 신을 찾고 있었습니다.
"당신을 사랑합니다." 그는 외쳤습니다. "하지만 어떻게 해야 당신을 찾을 수 있는지 모르겠습니다."

"가만히 있어라." 신이 대답했습니다. "침묵하라. 현존하라. 바라보라, 그러면 나를 볼 것이다. 귀를 기울여라, 그러면 내 음성을 들을 것이다. 나는 모든 곳에 있기 때문이다. 처음에는 그리하기가 어려울 것이다. 나는 눈에 보이지 않기 때문이다. 나는 숨겨져 있다. 나는 아주 낮고 부드럽게 말한다. 그러니 내 음성을 들으려면 침묵해야 할 것이다. 나를 보려면 가만히 있어야 할 것이다. 나를 느끼려면 민감하고 아픔을 허용해야 할 것이다. 나를 알려면 천진해야 할 것이다. 나에 대한 모든 믿음을 내려놓아라. 나는 믿음의 너머에 있기 때문이다. 나를 상상하려 하지 마라. 나는 실재하며 상상될 수 없기 때문이다. 그대의 모습에 따라 나를 창조하려 하지 마라. 나는 모든 모습의 너머에 있기 때문이다. 진실하라, 그러면 나를 발견할 것이다. 나는 사랑이며, 언제나 그대와 함께 있기 때문이다. 그대는 내가 어떠한지 이해할 수 없다. 그러니 애써 이해하려 하지 마라. 그저 현존하라, 가만히 있어라, 그리고 보라. 나는 지금 여기에 있다."

신이 말한다

"나는 모든 것 안에 있는 하나다. 나는 모든 것이며, 아무것도 아니다. 나는 시작이며 끝이다. 나는 영원한 침묵이다. 나는 영원한 평화다. 나는 존재 자체다. 내 안에서 진실이 알려질 것이다. 나를 통해 모든 것이 드러날 것이다. 나는 그대 존재의 한가운데에 있다. 나는 그대의 토대다. 나는 그대의 반석이다. 내 위에 그대의 예루살렘을 세워라."

10

시간의 세계에서
살아가기

일단 당신이 깨어났다면,
깨어 있는 사람이 거의 없는
세계에서 어떻게 살아갈까요?

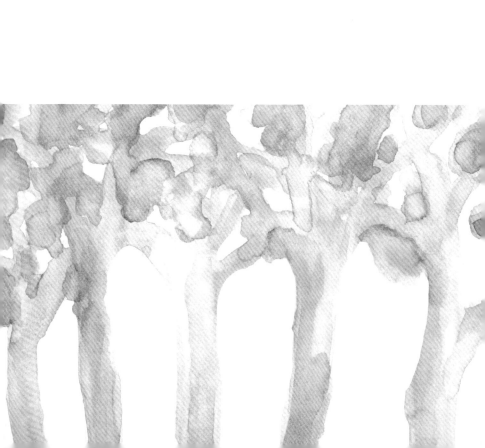

두 개의 세계

두 개의 세계가 있습니다. '지금'의 세계와 시간의 세계입니다. 깨어 날까 봐 두려워하는 사람이 많습니다. 완전히 깨어나 버리면 더는 시간의 세계에서 활동하지 못할 것이라고 믿기 때문입니다.

현존의 어느 수준에서는 맞는 말입니다. 정말 완전히 현존할 때는 시간이 사라질 수 있습니다. 거기에는 이 순간 바깥의 삶이라는 느 낌이 전혀 없습니다. 이 순간 바깥의 자기 자신이라는 느낌이 없습 니다. 그것은 땅 위에 있는 천국의 경험이며, 상상할 수 없을 만큼 아름답습니다.

이는 의식이 가장 고양된 상태입니다. 이때 당신은 '지금'의 순간에 완전히 몰입되어 하나임과 영원을 경험합니다. 당신은 존재의 불가 사의에 잠겨 있습니다. 깊은 행복감을 맛보며 사랑에 취해 있다고 느낍니다.

하지만 이런 의식 수준에서는 시간의 세계에서 살아갈 수가 없습니다. 거기에는 시간이 없기 때문입니다. 당신이 알고 있던 삶은 사라졌습니다. 거기에는 이 순간 바깥의 일에 관여할 길이 없습니다.

그래서 나는 좀 더 부드러운 방식의 깨달음을 권합니다. 그것은 시간이 없는 '지금'의 세계가 시간의 세계와 부드럽게 공존하도록 허용하는 것입니다.

이 두 개의 세계를 조화롭고 균형 잡히게 하지 못할 이유는 없습니다. 시간이 없는 '지금'의 세계와 시간의 세계 사이를 쉽게 이동하는 기술에 숙달하면 됩니다. 하지만 그럴 때도 지금 이 순간과 정말로 단절되지는 않게 해야 합니다.

현존은 당신의 삶이 더 나아지게 합니다

현존은 시간의 세계에서 살아가는 당신의 삶을 앗아가지 않습니다. 오히려 그런 삶이 더 나아지게 합니다. 현존한다고 해서 당신이 더 이상 생각할 수 없는 것은 아닙니다. 더 명료하게 생각합니다.

깨어나겠다는 목표를 세우기

깨어나는 과정의 일부는 올바른 목표를 세우는 것입니다. 날마다 자주 현존하여, 마침내 지금 이 순간이 자기 존재의 토대이자 장(場)

이 되게 하겠다는 목표를 세워 보세요. 현존하는 것이 삶의 우선순위가 되지 않으면 깨어날 수 없습니다.

둘째 목표가 있습니다. 시간의 세계에서 활동하다 보면 마음의 모든 이야기, 생각, 관념과 개념, 견해와 믿음을 통해 마음속으로 들어가게 될 텐데, 그런 것들과 동일시하지 않겠다는 목표입니다. 당신은 그 가운데 어느 것도 진실이라고 믿지 않을 것입니다. 과거는 지나갔습니다. 미래는 도착하지 않을 것입니다. 당신은 오직 이 순간만이 삶의 진실임을 알고 있습니다.

나는 마음의 수준에서 살아가는 삶이 그쳐야 한다고 말하려는 것이 아닙니다. 그것은 가능하지도, 바람직하지도 않습니다. 그러나 우리가 지금 이 순간에 깊이 뿌리내리고 깨어 있게 되면, 마음의 세계로 들어가는 모험을 할 때도 삶의 진실과 단절되지 않을 수 있습니다.

깊이 껴안아야 할 셋째 목표는, 자신이 언제, 어떻게 현존에서 벗어나는지를 알아차리겠다는 목표입니다. 그러면 마음과 에고에 통달하게 될 것입니다.

깨어나는 과정에서 넷째 목표는, 시간의 세계에서 활동할 때도 사랑과 진실의 표현으로서 살겠다는 목표입니다. 당신은 더이상 분리의 세계에서 살아가는 에고로 활동하지 않으며, 이제는 자기의 비개인적이고 영원한 차원과 완전한 조화를 이루며 자기 자신을 표현하고 존재합니다.

다섯째 목표는, 시간의 세계 안에 있는 이원성의 세계에서 살아갈 때 균형의 기술에 숙달하겠다는 목표입니다. 판단을 초월하면 그리할 수 있습니다.

지금 이 순간에는 아무 문제가 없습니다

지금 이 순간에는 아무 문제가 없습니다. 단지 반응해야 할 상황이 있을 뿐입니다. 현존할 때 당신은 과거에 제약되지 않으며, 따라서 언제나 복잡하지 않게 효과적으로 알맞게 반응합니다.

설령 당신의 차가 철도 건널목에 끼여 꼼짝 못 하고 있는데 기차가 다가오고 있더라도, 당신에게는 문제가 없습니다. 당신이 반응해야 할 지금 이 순간의 상황이 있을 뿐입니다.

깨어난 삶

깨어 있는 또는 깨달은 사람은 주로 지금 이 순간을 살아갑니다. 지금 이 순간은 언제나 삶의 진실로 인식됩니다. 마음속으로 들어가고 시간의 세계에서 활동할 때도……
깨달은 사람은 사랑과 받아들임의 상태로 살아갑니다. 분리되어 있다는 환상은 사라졌습니다. 그는 모든 것이 하나임을 강하게 느끼며 살아갑니다.

깨달은 사람은 판단과 두려움, 욕망이 없이 살아갑니다. 존재의 비개인적인 또는 영원한 차원을 계속 알아차립니다.

그는 연민을 느끼며 언제나 정직하고 진실하게 행동합니다. 정직하지 않을 수가 없습니다.

진실로 깨달은 사람은 모든 사람을 평등하게 봅니다. 동물과 자연계에 대해서도 마찬가지입니다. 깨달은 사람이 고의로 다른 사람에게 해를 끼치는 것은 불가능합니다.

변하지 않는

끊임없는 변화의 한가운데에서, 깨달은 사람은 자신이 결코 변하지 않는 '하나'임을 압니다.

풍요로움

지금 이 순간은 당신을 기쁨으로 가득 채울 보물들을 늘 한없이 제공합니다.

먼 산 너머로 뉘엿뉘엿 지는 해, 구름 한 점 없는 하늘로 솟구치는
새와 함께 현존하세요. 기슭에 찰싹거리며 부딪치는 파도들, 흐르
는 강물, 피어나는 꽃과 함께 현존하세요. 바다 위에 떠 있는 보름
달의 부드러운 빛과 함께 현존하세요. 까르르 웃는 어린아이, 팔랑
거리며 떨어지는 나뭇잎, 지저귀는 새와 함께 현존하세요. 천둥, 번
개와 함께 현존하세요.

신의 자연계의 풍요로움에 관심을 기울이면, 삶의 모든 면이 충만
하고 풍요로울 것입니다.

자신을 표현하기

당신이 완전히 현존할 때는 어떤 표현도 없습니다. 당신은 완전히
침묵하며 '지금'의 순간에 잠겨 있습니다. 그것은 있음(Is-ness)의 상
태입니다. 당신은 개별성을 초월했습니다.

당신의 개별성은 당신이 표현할 때 일어납니다. 표현할 때 당신이
독특하게 드러납니다.

삶의 목적

여기에 있는 유일한 목적은 여기에 있는 것입니다. 부차적인 삶의 목적이 있을 수 있습니다. 그러나 당신 안에 깨어 있는 현존이 없다면 그것은 거의 가치가 없습니다.

삶이 스승입니다

당신이 만나는 모든 사람, 또는 삶에서 겪는 모든 사건은 깨어남을 향해 여행하는 당신을 도울 무언가를 지니고 있을지 모릅니다.

늘 현존할 필요는 없습니다

깨어난 삶을 살기 위해 늘 현존할 필요는 없습니다. 당신이 지금 이 순간의 현실에 뿌리내리고 있는 한, 시간의 세계와 마음속으로 들어가는 것은 아주 적절하며 안전합니다.

예를 들어, 당신은 납세 신고서를 작성해야 합니다. 치과 방문 약속을 기억해야 합니다. 마음 없이는 가장 단순한 일도 수행하지 못할 것입니다. 심지어 자신의 이름조차 모를 것입니다.

삶의 진실은 오로지 지금 이 순간에만 존재함을 아는 한, 당신은 필요할 때마다 마음이라는 환상의 세계로 들어갈 수 있습니다.

하지만 그래도 마음속으로 들어갈 때마다 머무는 시간을 최대 두 시간 이내로 제한하는 편이 좋을 것입니다. 두 시간이 지나면 다시 돌아와서 1~2분만이라도 현존 안에 머무르세요. 그러면 특히 깨어남의 초기 단계에는 지금 이 순간과 연결되어 있는 데 도움이 될 것입니다.

물론 일을 할 때는 생각을 해야 할 것입니다. 그럴 때도 틈틈이 생각을 멈추고 쉬세요. 한쪽에 놓인 화분에 담겨 말없이 서 있는 식물과 함께 현존하세요. 앞의 책상에 놓여 있는 펜과 함께 현존하세요. 옆 사무실에서 들려오는 목소리들과 함께 현존하세요.

마음속으로 들어가는 것은 환상으로 들어가는 여행입니다. 그러나 여행 중일 때도 시시때때로 집과 연락을 취하는 편이 현명할 것입니다. 그러지 않으면 길을 잃을지 모릅니다. 집으로 돌아오는 길을 찾지 못할지 모릅니다.

무의식적인 세계에서 의식하며 살기

깨어날 때 당신은 시간의 세계에서 살아가는 삶을 책임져야 할 것입니다. 생활에 필요한 것을 얻고 돈을 벌기 위해 어떤 일이든지 해야 할 것입니다.

필요한 일을 하면서도 마음속에서 길을 잃지 않으려면 어떻게 해야 할까요? 거의 모든 사람이 과거와 미래에 관심을 기울이며 살아가는 세계에서 계속 현존하려면 어떻게 해야 할까요? 두려움과 욕망에 더는 지배받지 않고, 미래에 충족될 것이라는 약속에도 더는 유혹당하지 않을 때, 두려움과 욕망의 세계에서 어떻게 살아갈까요?

당신이 에고의 욕망이나 두려움에 사로잡히지 않는 한, 현존의 성질은 상실되지 않을 것입니다.

자신을 다른 사람과 비교하지 마세요. 판단과 통제, 조작의 패턴들을 버리세요. 에고의 충동과 갈망, 습관을 따르지 마세요. 습관적인 패턴들을 극복하는 데 시간이 조금 걸리겠지만, 꾸준히 전념한다면 그리 어려운 일이 아닙니다.

지금 이 순간에 있기를 최대한 많이 선택하세요. 생각으로 들어갈 때는 의식적으로 의도할 때만 들어가세요. 에고의 의지를 당신 존재의 더 높은 차원에 양도하고, 지금 이 순간을 삶의 진실로 존중하세요. 현존하세요. 자연스럽게 반응하세요. 진실하세요. 감정을 느끼세요. 자신이 원하는 것을 순간순간 알아차리세요. 그러면 당신은 매 순간 새로워지며, 살아가는 내내 자유로울 것입니다.

시간의 세계에서 활동하기 위해 현존의 더 표면적인 수준에서 사는 것을 두려워하지 마세요. 실재인 그것은 결코 상실될 수 없습니다. 균형만 잃어버리지 않으면 됩니다. 현존의 깨어난 상태가 삶의 토대인 한, 길을 잃고 헤매지는 않을 것입니다.

힘 있는 삶을 살기

자신이 무엇을 원하는지, 무엇을 원하지 않는지 알 때, 그리고 결과에 집착하지 않으면서 둘 다를 분명하고 다정하게 표현할 수 있을 때, 당신은 힘 있는 삶을 살 수 있습니다.

물론 타협할 수는 있지만, 자신에게 진실하지 않을 만큼 너무 멀리 벗어나지는 마세요.

당신이 가진 최고의 힘은, 마음에 들지 않는 상황을 떠날 수 있다는 사실에 있습니다. 당신은 몇 분 동안 떠날 수 있고, 몇 시간 동안 떠날 수도 있으며, 혹은 영원히 떠날 수도 있습니다. 이는 당신이 다시는 피해자가 될 필요가 없다는 뜻입니다.

그대는 무엇을 원하는가?

어느 날 신이 조용히 앉아 있을 때 많은 사람이 다가왔습니다. 맨 먼저 온 사람은 이십대 초반의 남자였습니다.

"그대는 무엇을 원하는가?" 신이 물었습니다.

"모르겠습니다." 젊은이가 대답했습니다.

"그러면 나도 그대가 원하는 것을 줄 수 없다. 그대가 무엇을 원하는지 알게 되면 그때 다시 오라."

다음에 다가온 사람은 30대 중반의 여성이었습니다.

"그대는 무엇을 원하는가?" 신이 물었습니다.

"사랑받고 싶어요. 하지만 저는 사랑스럽지 않은 것 같아요."

"나는 그대가 받을 자격이 없다고 느끼는 것을 그대에게 줄 수 없다. 먼저 그대의 상처들을 치유하라. 그대에게 사랑받을 자격이 있음을 알게 될 때, 내가 그대의 삶에 사랑을 가져다줄 것이다."

그다음에 다가온 사람은 40대 남성이었습니다.

"그대는 무엇을 원하는가?" 신이 물었습니다.

"저는 시골에 집을 마련하여 조용하고 평화롭게 살고 싶습니다. 그렇지만 도시의 활기찬 생활도 함께 누리고 싶습니다."

"만일 그대가 상반되는 것을 동시에 원하면, 나는 그대가 원하는 것을 줄 수 없다." 신이 말했습니다. "어디에서 살고 싶은지를 분명하게 결정하라. 오직 그때에만 나는 그대가 원하는 것을 줄 수 있다."

그 뒤 50대 여성이 다가왔습니다.

"그대는 무엇을 원하는가?" 신이 물었습니다.

"저는 명예와 돈, 성공을 원합니다. 굉장한 부자가 되고 싶습니다." 그녀가 말했습니다.

"그대가 원하는 것을 주겠다." 신이 말했습니다. "그러나 오직 그대가 그것으로 충족되지 않을 것이라는 점을 가르쳐 주기 위해."

마지막으로 60대 남자가 다가왔습니다.
"그대는 무엇을 원하는가?" 신이 물었습니다.
"저는 아무것도 원하지 않습니다. 제게 이미 모든 것이 있음을 알기 때문입니다."
"좋구나." 신이 말했습니다. "그대에게 더 많은 것이 주어질 것이다."

신과 함께 창조하기

현존의 가장 깊은 수준에서는, 당신은 신과 함께 창조하지 않습니다. 당신은 신이 유일한 창조자임을 알게 되며, 창조하려는 모든 욕망이나 필요는 완전히 사라집니다. 당신은 하나임과 영원 속에 완전히 잠깁니다. 신의 창조물을 바라볼 때마다 당신은 진정으로 겸손하며 감사합니다.

그러나 시간의 세계에 참여할 때는 창조적으로 생각하고 표현할 수 있으며, 그것은 적절합니다. 당신은 신과 함께 창조할 수 있습니다. 신과 협력할 수 있습니다. 그러나 당신이 원하는 것을 창조하는 데 신이 담당할 역할이 있듯이, 당신도 담당할 역할이 있습니다. 이러한 교훈이 담긴 옛이야기가 있습니다.

옛날에 사랑하는 낙타들을 데리고 사막을 떠돌며 소박하게 생활하던 수피가 있었습니다. 그는 신에게 전적으로 헌신했고 신을 완전히 신뢰했습니다.

어느 날 저녁이 되어 날이 어둑해지자, 그는 여느 때처럼 천막을 치기 시작했습니다. 그리고 빵과 렌즈콩으로 간단한 저녁을 먹었습니다. 그 뒤 낙타들을 밤사이 천막 밖에 매 놓으려다가 문득, 자신이 신을 정말로 신뢰한다면 낙타들을 매 놓지 않을 것이라는 생각이 들었습니다. 그래서 자신이 낙타들을 매 놓지 않아도 신이 낙타들을 보살펴 주실 것이고, 낙타들은 그가 아침에 잠에서 깰 때까지 참을성 있게 그 자리에서 기다려 줄 것임을 신뢰하기로 했습니다.

"저는 당신을 완전히 신뢰합니다. 부디 낙타들을 보살펴 주십시오." 라고 그는 신에게 기도했습니다. 그리고 그날 밤 편안히 잠을 잤습니다. 아침이 되자 그는 사랑하는 낙타들을 보려고 천막을 나섰습니다. 주위를 둘러보던 그는 소스라치게 놀랐고, 곧 두려움과 비탄에 휩싸였습니다. 낙타가 한 마리도 없었기 때문입니다.

"신이시여, 이해할 수가 없습니다!" 그는 신에게 외쳤습니다. "저는 당신을 사랑했습니다. 당신을 완전히 신뢰했습니다. 그런데 어떻게 제 낙타가 사라질 수 있단 말입니까?"

그때 그에게 신의 음성이 들렸습니다.
"네게는 손이 있다. 네 손으로 직접 낙타를 매라."

이 이야기의 수피처럼 당신은 삶에서 원하는 것을 창조하기 위해 해야 할 역할이 있습니다. 첫째 단계는 당신이 무엇을 원하는지 분명히 아는 것입니다. 정확히 알아야 합니다. 당신이 원하는 것을 신에게 상세하게 말하세요. 그리고 당신이 해야 할 역할을 하세요. 당신이 원하는 것을 얻는 데 필요한 일이라면 무엇이든지 하세요. 성실하게, 사랑으로 하세요.

스승에 대한 헌신

우리는 진실의 근원을 다른 대상에게 투사하는 경향이 있습니다. 이런 일은 스승과의 관계에서 자주 일어나는데, 그것은 참된 깨어남을 방해하는 장애물로 작용합니다.

어느 목요일 저녁, 코르테 마데라에서 열린 모임에서 로라가 할 말이 있다며 손을 들었습니다. 그녀는 얼마 전 5일 수련회에 참여했던 진지한 젊은 여성입니다.

"혼란스러워요. 저의 일부는 저 자신을 당신에게 완전히 내맡기고 싶어 해요. 헌신하고 싶은 마음이 들어요. 하지만 저의 다른 부분은 두려워해요. 당신을 신뢰하지 않고, 당신에게서 도망치고 싶어 하죠."

"아주 자연스러운 일입니다." 내가 대답했습니다. "어떤 사람이 당신과 함께 깊이 현존하는 것은 아름다운 경험입니다. 그것은 우리가 서로 나눌 수 있는 가장 완벽한 선물입니다. 당신이 저에 대한 사랑을 느끼는 것은 아무 문제가 없습니다. 하지만 당신은 그 사랑의 근원을 저에게 투사할 수 있고, 저에게 헌신하느라 자기 자신을 잃을 수도 있습니다. 그런 위험성이 있으니 주의해야 합니다."

그녀는 여러 해 전에 만난 어떤 구루(스승)에게 그렇게 했다고 고백했습니다.

"이 행성에는 당신의 투사를 좋아하면서 권장하고 당신의 헌신으로 도움을 받는 사람이 많습니다. 그들은 당신이 그들에게 자신을 바치기를 원합니다. 그렇게 헌신할 때 한쪽에서 불신감이 일어나는 것은 놀라운 일이 아닙니다."

나는 그녀가 내 말을 소화할 수 있도록 잠시 멈추었습니다.

"참된 스승은 당신이 사랑의 근원을 그에게 투사하도록 허용하지 않을 것입니다. 참된 스승이라면 능숙하게 그 사랑을 당신에게 돌려줄 것입니다. 당신이 느끼는 사랑은 자신 안에서 나오고 있고, 당신 자신이 바로 그 사랑의 근원임을 깨달을 때까지……. 참된 스승은 긍정적이든 부정적이든 당신의 모든 투사가 당신에게서 나온다는 것을 이해시키려 할 것입니다. 참된 스승은 당신이 헌신하느라 자기 자신을 잃도록 허용하지 않을 것입니다."

그녀는 편안해지고 있었습니다.

"이 순간 무엇을 느끼나요?" 내가 물었습니다.
"깊이 현존하는 느낌이에요." 그녀는 조용히 대답했습니다. "그리고 당신에 대한 강렬한 사랑이 느껴져요."

"그것은 아름다운 일입니다." 내가 말했습니다. "저와 함께 깊이 현존할 때 당신이 제게 사랑을 느끼는 것은 자연스러운 일입니다. 제가 당신에게 사랑을 느끼듯이. 이제 제게서 돌아서서 이 꽃들과 함께 현존해 보세요."

그녀는 몸을 돌려 내 옆의 탁자에 놓인 꽃들과 함께 깊이 현존했습니다.

"지금은 무엇을 느끼나요?"
그녀는 환히 빛나는 얼굴로 대답했습니다. "꽃들에게 강렬한 사랑을 느끼고 있어요."

"좋아요." 나는 말했습니다. "만일 당신이 먼 산을 바라본다면, 당신은 그 산에게 사랑을 느낄 것입니다. 현존할 때 당신은 사랑이며, 당신이 함께 현존하는 모든 것은 그 사랑을 당신에게 비추어 줄 것입니다."

땅 위의 평화

우리 개인이 모여 집단을 이룹니다. 집단적인 수준에서 일어나는 모든 일은 우리 개인을 반영합니다.

땅 위의 평화를 원한다면, 평화 집회에 참여하고 편지를 쓰고 정치적으로 활동하세요. 할 수 있는 만큼 자기 자신과 다른 사람들에게 힘을 실어 주세요. 그러나 먼저 자기 안의 어둠을 직면하는 것이 좋습니다. 만일 자기 안의 어둠을 부인하면, 그 어둠은 무의식적으로 당신의 삶뿐 아니라 이 세계에 수많은 방식으로 드러날 것입니다.

자기 안의 어둠을 어떤 판단도 없이 인정하면 그 어둠이 변화됩니다. 당신은 그 어둠을 넘어섭니다. 선과 악, 옳음과 그름이라는 이원성을 넘어설 때, 당신은 하나임으로 깨어납니다. 그것이 진정으로 효과가 있고 세상에 지속적인 평화를 가져오는 유일한 길입니다.

만일 자신은 선(善)의 편이고 상대는 악(惡)의 편이라고 본다면, 당신은 결코 끝날 수 없는 싸움에 참여하고 있습니다. 악이 없으면 선도 없습니다. 둘은 서로를 규정합니다. 둘은 서로를 영속시킵니다. 그것은 영원히 계속되는 우주적인 놀이입니다. 이원성의 성질이 그렇습니다.

자신의 주장에 너무 몰입하여 동일시할 때, 당신은 꿈속에서 길을 잃고 있습니다. 꿈속에서 좋은 역할을 하는 것보다는 꿈에서 깨어나는 편이 훨씬 낫습니다. 당신의 적은 당신만큼이나 자신이 옳다고 확신하고 있습니다. 누가 옳을까요? 누가 틀릴까요? 이 모든 것은 우리의 성장 조건에 따라 좌우됩니다.

옳고 그름은 없습니다. 의식 아니면 무의식이 있을 뿐입니다. 집단적인 수준에 영향을 미치려면 많은 개인이 이원성을 넘어 하나임으로 깨어나야 할 것입니다. 임계량에 도달해야 합니다. 그 임계량에 도달하기까지는 우리 세계의 잔인함, 불의, 불평등, 학대를 끝내기 위해 당신이 할 수 있는 일이 있으면 무엇이든 하세요. 하지만 두려움이나 미움, 분노로 하지 말고, 언제나 사랑과 깨어난 의식으로 하세요.

이 세상을 변화시키고 싶다면, 먼저 자기를 변화시켜야 할 것입니다. 아픔과 고통, 갈등을 끝내고 싶다면, 자기 안의 아프고 어두운 모든 면을 의식의 환한 빛 속으로 가져와야 할 것입니다.

자신의 에고를 알아차리고 자기 안에 숨겨진 아프고 어두운 모든 면을 고백하면, 적어도 당신 자신의 삶이 변화될 것입니다. 당신이 현존으로 더욱 깊이 들어가면서 당신의 삶도 변화될 것입니다. 충분히 많은 개인이 깨어나면 세상이 구원받을 것입니다.

11

죽음,
삶의 일부

깨어 있는 사람에게는
죽음이 환상으로 보입니다

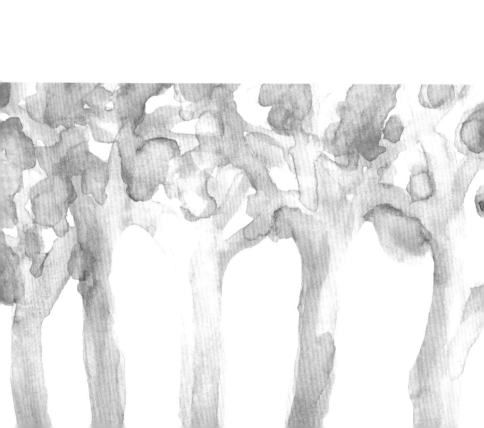

죽음을 넘어

이번 생을 살면서 현존의 기술에 완전히 숙달하면, 이번 생을 떠날 때 현존할 수 있을 것입니다. 그러면 죽음을 알지 못할 것입니다. 오로지 삶과, 존재의 한 영역에서 다른 영역으로 이행하는—우리가 죽음이라고 부르는—그 순간만을 알 것입니다. 지금 이 순간에는 죽음이 없습니다. 오로지 삶만 있을 뿐입니다.

죽음은 환상입니다

우리는 오직 마음을 통해서만 죽음을 알 수 있습니다. 죽음을 예상하면 죽음에 대한 공포가 생기겠지만, 죽음은 절대로 도착하지 않습니다. 다가올 뿐입니다. 만일 편안히 이완하면서 계속 현존하면, 그리고 무엇이 다가올지 예상하지 않으면, 오로지 지금 이 순간만 있을 뿐이며, 이 순간에는 죽음이 없습니다. 오직 삶만 있습니다.

영원한 삶

영원한 현존의 가장 깊은 수준에서, 당신은 늘 존재했고 늘 존재할 것입니다. "아브라함이 있기 전에 내가 있다."라는 예수의 말은 이를 뜻합니다.

죽음을 받아들이기

나는 죽음에 직면한 적이 있습니다. 그때 나는 죽음이 임박했고 내가 곧 죽을 것이라고 확신했습니다. 나는 내맡겼고 받아들였습니다.

이 일은 깨어남으로 가는 나의 여행에서 전환기가 되었습니다. 결과적으로 나는 죽지 않았지만, 진심으로 내맡기는 그 순간에 내 안에서 어떤 것이 열렸습니다. 죽음을 받아들이는 것은 삶을 충만하게 사는 데 꼭 필요한 전제 조건입니다. 현존하는 데도 필요한 전제 조건입니다. 현존하는 것은 순간순간 과거에 대해 죽는 것이기 때문입니다.

죽음 명상

죽음을 몹시 두려워하는 사람들에게 나는 다음의 명상을 권합니다.

이 명상은 죽음에 대한 두려움을 의식하게 하며, 죽음을 받아들이고 따르게 할 것입니다.

눈을 감고, 숨 쉬는 몸 안에서 현존하세요. 들리는 소리와 함께 순간순간 현존하세요. 얼굴에 닿는 공기의 느낌과 함께 현존하세요. 당신 안의 공간, 주위 공간의 느낌과 함께 현존하세요.

진실로 현존하면, 고요하고 평화롭고 평온한 기분을 느낄 것입니다. 현존 안에 1~2분쯤 머무른 뒤, 내면에 있는 침묵의 한가운데에 존재하는 신에게 이렇게 말해 보세요. 침묵으로부터 침묵에게 말하세요.

"사랑하는 신이시여, 저는 준비가 되었습니다. 만일 제가 죽는 것이 당신의 뜻이라면, 저는 순순히 따를 준비가 되었습니다. 이제 저를 데려가셔도 좋습니다. 저를 당신께 완전히 드립니다."

준비되고 순종하는 상태로 3분쯤 현존하세요. 만일 3분 이내에 죽지 않으면, 이렇게 말해 보세요.

"신이시여, 감사합니다. 제가 여기에 있고 삶을 충분히 누리도록 제게 24시간을 더 주심을 받아들입니다."

이 명상을 한 달 동안 매일 되풀이해 보세요.

왜 죽음이 그리도 괴로울까요?

나는 릭과 상담을 하고 있었는데, 그는 나와 친한 친구가 된 학생이었습니다. 이 상담을 하기 몇 달 전, 그는 어머니가 암으로 위독하다는 전갈을 받고 캐나다에 있는 부모님 댁으로 급히 달려갔습니다. 그리고 평소 활기차게 사시던 어머니가 쇠약해지며 죽어가는 모습을 여러 달 동안 지켜보았습니다. 그는 어머니의 죽음을 받아들이기가 힘들었습니다. 질병이 어머니의 목숨을 서서히 앗아가는 모습을 오랫동안 지켜보는 일은 감당하기 힘들 만큼 괴로웠습니다. 그 모든 경험을 하면서 그는 완전히 기진맥진한 상태가 되었습니다.

"왜 죽음은 그리도 괴로운 건가요?"라고 그가 물었는데, 질문에 담긴 그의 진심이 내 가슴에 깊이 와 닿았습니다.

"죽음이 그리도 괴로운 까닭은 우리가 아는 삶에 집착하기 때문입니다. 우리는 사랑하는 사람에게 집착합니다. 사람과 소유물에 집착합니다. 심지어 일상적인 일과에도 집착합니다. 죽음은 그것의 끝입니다. 그리고 죽음 다음에 오는 것은 모르는 것으로의 여행입니다. 자연히 우리는 두려워합니다. 우리 자신을 염려하고, 사랑하는 사람들을 염려하며 두려워합니다. 우리는 모르는 것을 두려워하기 때문입니다."

"어떻게 하면 모르는 것에 대한 두려움을 극복할 수 있을까요? 어

288

떻게 하면 죽음에 대한 두려움을 극복할 수 있을까요?"

"만일 자신이 잉태되기 전에도 존재했고 죽은 뒤에도 계속 존재한 다는 것을 확고히 안다면, 당신은 편안해질 것입니다. 죽음이 끝이 아님을 알게 될 것입니다. 그것은 시작이기도 합니다. 지금 이 순간 으로 완전히 깨어날 때만 우리는 우리 존재의 영원한 본성을 알게 됩니다. 죽음과 완전히 협력할 때만 우리는 삶을 충만하게 살기 시 작합니다.

죽음과 바르게 관계하려면, 방금 지나간 순간에 대해 죽는 법을 배 워야 합니다. 그러면 우리는 계속 새롭게 지금 이 순간에 있게 되 며, 이 순간에 삶이 있습니다. 죽음은 두려워할 것이 아닙니다. 우 리가 정말 두려워해야 할 것은 삶을 충만하게 살지 못하는 것입니 다."

릭이 내 말을 숙고하는 동안 그의 내면에서 뭔가가 깊이 휘저어졌 습니다.

"지금 무엇을 느끼나요?" 내가 물었습니다.
"너무 슬퍼요."

"눈을 감고 그 슬픔을 정말로 느껴 보세요." 나는 부드럽게 권유했 습니다. "그 슬픔에 저항하지 마세요. 슬픔을 벗어나려 애쓰지 마세 요. 그냥 있는 그대로 놓아두세요."

그는 전에 나와 함께 이런 과정을 경험해 보았기에 슬픔을 충분히 느낄 수 있었습니다.

"만일 그 슬픈 감정이 한 문장의 말로 표현할 수 있다면, 뭐라고 말할까요?"
"엄마, 보고 싶어요. 엄마가 겪은 고통을 생각하면 제 가슴이 너무 아파요."

그는 엄마를 잃은 굉장한 상실감에 휩싸였습니다.
"바로 그겁니다. 그 슬픔이 오게 하세요. 올라오게 하세요."
큰 슬픔이 터져 나왔습니다. 처음에는 화로, 다음에는 눈물로.

"어머니에게 하고 싶은 말이 있어요?" 내가 물었습니다. "제가 어머니를 이 자리로 데려올 테니, 어머니와 끝맺지 못한 것이 있으면 무엇이든 끝맺어 보세요."
"어떻게 그럴 수 있죠?" 눈물을 흘리면서 그가 물었습니다.

"언젠가 깨어나는 경험을 한 뒤 그럴 수 있게 되었습니다. 영혼의 여행을 하는 중인 어머니를 이곳으로 부를 수 있습니다. 그것은 당신이 상상할 수 있는 일이 아닙니다. 현존의 힘을 통해서 어머니는 당신이 내면의 눈으로 볼 수 있게 나타날 수 있습니다. 어머니를 여기로 부르고 싶나요?"

그가 고개를 끄덕이자, 나는 어머니를 그곳으로 불렀습니다. 그는 계속 눈을 감고 있었습니다.

"지금 앞에 어머니가 보이나요?" 내가 물었습니다.
"예! 아주 똑똑히 보여요. 어머니가 정말 여기에 있는 것 같아요. 손을 뻗으면 만질 수 있을 것 같아요."

"어머니에게 무슨 말을 하고 싶나요? 어머니에게 분명히 말하면 어머니가 대답할 겁니다."
"엄마, 보고 싶어요. 엄마가 병원에서 너무 많은 고통을 겪어서 제 가슴이 너무 아파요."

그는 죄책감을 느끼기 시작했습니다.
"엄마는 정말 용감했어요. 엄마를 더 도와 드리고 싶었어요. 덜 아프게 해 드리고 싶었죠. 하지만 제가 얼마나 사랑하는지조차 말씀 드리지 못했어요."

"어머니가 뭐라고 말씀하시나요?" 내가 물었습니다.
"어머니는 자신의 죽음에 대해 말씀하고 계세요. 돌아가시기 이틀 전에 평화를 찾았고, 걱정할 게 하나도 없다는 걸 알게 되었다고 하시네요. 따뜻하고 아름다운 사랑에 폭 감싸여 있는 것 같았다고 하세요. 완전히 보호받는 느낌이었고, 어디로 가든지 좋을 것 같았다고요."

나는 그가 어머니와 더 깊이 대화하도록 안내했습니다. 이윽고 그는 눈을 뜨고 나를 바라보았습니다.

"어머니가 돌아가실 때는 제가 이렇게 평화로운 상태로 어머니를 만날 수 없었죠. 저 자신의 슬픔에 너무 깊이 빠져 있었거든요. 하지만 지금은 그런 사랑의 자리에서 어머니를 만날 수 있었어요. 저 혼자서는 어머니와 그렇게 끝맺을 수가 없었죠."

"어머니는 당신에게 무슨 말을 하고 싶어 하시던가요?"
"어머니는 몸에서 떠나게 하려는 신의 결정을 받아들였을 때 큰 행복을 느꼈다고 말씀하세요. 어머니는 저도 죽음을 받아들이길 원하시죠."

나는 릭이 저항하고 있음을 알 수 있었습니다.
"우리는 신의 뜻에 순종하는 삶을 살아야 합니다." 내가 말했습니다. "매 순간 일어나는 일은 모두가 신의 뜻입니다. 왜냐하면 그 일이 지금 일어나고 있기 때문이죠."

"그 말씀은 제가 고통에 순종해야 한다는 뜻인가요?"
"고통에 순종해야 한다는 뜻이 아닙니다. 당신의 삶에서 일어나는 일에 순종하라는 말입니다. 설령 사랑하는 사람의 죽음일지라도……. 당신에게 고통이 생기는 까닭은 지금 일어나는 일을 받아들이지 않고 거부하기 때문입니다. 어머니의 죽음은 당신에게 기쁜 일일 수도 있었습니다. 만일 당신이 그 죽음을 받아들이고, 어머니가 들어간 감사의 상태에 당신도 참여했더라면."

릭은 내 말을 이해한 것 같았습니다. 그는 편안해졌고, 서서히 현존하게 되었습니다. 그리고 완전히 끝맺었다고 느낄 때까지 어머니와 대화했습니다.

엘렌과 죽음의 천사

여러 해 전 뉴욕에서 있었던 일입니다. 모임에 꾸준히 참석했던 레슬리가 친구인 엘렌이 중병을 앓고 있다며 그녀를 만나 볼 수 있겠느냐고 물었습니다. 그런데 엘렌은 병 때문에 여행할 수 없는 상태여서 내가 롱아일랜드에 있는 그녀의 집으로 찾아가야 한다고 했습니다.

나는 이 요청을 흔쾌히 받아들였고, 약속한 날에 차를 몰고 레슬리와 함께 엘렌의 집으로 갔습니다. 엘렌은 아름답게 다듬어진 정원이 딸린 저택에 살고 있었습니다. 우리는 구불구불한 긴 진입로를 따라 들어간 뒤, 차를 세웠습니다. 간호사 옷을 입은 침울해 보이는 여성이 우리를 맞아 주었습니다.

나는 화장실에 갔고, 레슬리는 우리의 도착을 알리기 위해 엘렌의 방으로 갔습니다. 그녀는 한동안 엘렌을 보지 못했기에 잠시라도 둘이서 먼저 만나고 싶어 했습니다. 내가 화장실에서 나와 다가가자, 레슬리는 근심 어린 표정으로 말했습니다. "생각했던 것보다 엘렌의 상태가 훨씬 안 좋네요."

나는 레슬리를 따라 엘렌의 방으로 들어갔습니다. 엘렌은 병원 침대 같은 침대 위에 몇 개의 베개를 받치고 기대어 앉아 있었습니다. 그녀의 코와 팔에는 고무관이 연결되어 있었고, 그녀는 아주아주 창백해 보였습니다. 내 눈에는 그녀가 오래 살지 못할 것처럼 보였습니다. 그래서 처음에는 내가 괜히 끼어드는 게 아닌가 싶었습니다.

"제가 당신에게 도움이 될지 모르겠군요." 내가 말했습니다.
엘렌은 약하고 떨리는 목소리로 대답했습니다. "저는 당신의 책이 좋았어요. 멀리서 오셨으니 잠시 머물다 가시면 어떨까요."

그녀는 무척 상냥했고, 나는 그녀의 순수한 태도에 감명을 받았습니다. 레슬리는 방을 떠났고, 상담이 시작되었습니다. 나는 그녀의 곁에 5분쯤 말없이 앉아 있다가 물었습니다.

"지금 기분이 어떠신가요?"
그녀는 내면의 감정을 느끼는 듯 잠시 가만히 있었습니다.
"무서워요. 죽는 게 무서워요."

그녀는 울기 시작했습니다. 나는 그녀의 손을 잡고, 현존 안에서 그녀와 함께 앉아 있었습니다. 눈물 어린 그녀의 눈을 들여다보면서……. 죽음이 다가오고 있음을 부인할 수 없어 보였습니다.

"두려움을 느끼는 것은 괜찮습니다." 내가 말했습니다. "그저 두려움을 느껴 보세요. 우리는 모두 죽고, 모두 죽음을 두려워합니다. 그렇지만 죽음은 삶의 불가피한 일부입니다."

우리는 서로의 눈을 바라보았습니다. 그녀 안의 두려움이 보였습니다. 공황 상태에 가까운 극심한 두려움이었습니다.

"어떤 감정을 느끼는지 다시 얘기해 보세요." 내가 부드럽게 말했습니다. 나는 그녀가 그 감정과 연결되기를 원했습니다. 그녀가 그 두려움을 느끼고, 그 감정과 함께 현존하기를 원했습니다.

"무서워요. 죽고 싶지 않아요."
그녀는 더 많은 눈물을 흘렸습니다.

"그 두려움을 느껴 보세요." 나는 그녀에게 계속 현존하도록 권유하면서 말했습니다. "그냥 그 두려움을 느껴 보세요! 그 두려움을 벗어나려 하지 마세요."

그녀는 나의 제안에 반응하는 것 같았습니다. 잠시 후 눈물이 그쳤습니다. 꽤 오랫동안 침묵이 흘렀습니다. 그녀의 눈이 감겼고, 나는 계속 그녀와 함께 완전히 현존했습니다. 마침내 그녀가 입을 열었습니다.

"두려움이 멈추었어요." 그녀는 놀라워했습니다. "지금은 평화로운 느낌이에요."

그리고 눈을 뜨고는 나에게 미소를 지으며 말했습니다.
"깊은 평화가 느껴져요. 참 좋네요."

그녀는 다시 눈을 감고, 내면에서 일어나는 깊은 평화를 편안히 느꼈습니다.

"참 좋아요." 여전히 눈을 감은 채 그녀는 이 말을 여러 번 나지막이 되풀이했습니다. 갑자기 그녀의 얼굴이 환해지면서 더없이 밝은 미소를 지었습니다.

"천사들이 여기에 있어요. 여기에 천사들이 저와 함께 있어요."
그녀는 놀라움과 기쁨이 뒤섞인 표정을 지었습니다.
"천사들이 제게 말해요. 모든 것이 다 좋다고, 두려워할 것은 하나도 없다고."

갑자기 그녀는 눈을 뜬 뒤 나를 똑바로 바라보았습니다.
"당신을 제게 보낸 건 그들이래요!"

말없이 우리는 서로의 눈을 바라보았습니다. 그녀는 이제 나와 함께 깊이 현존했습니다. 현존의 그 영원한 순간에 우리 사이에 가장 강렬한 사랑의 감정이 있었습니다. 그녀의 존재 전체가 빛을 발하고 있었는데, 눈이 부셔서 그녀의 얼굴을 바라보기도 힘들 지경이었습니다. 그녀는 글자 그대로 빛으로 녹아들고 있었습니다.

"당신이 빛으로 녹아들고 있어요." 내가 말했습니다.

"정말요?" 그녀는 어린아이처럼 천진하게 물었습니다.

나는 고개를 끄덕였고, 그녀는 그것을 느끼기 위해 눈을 감았습니다.

"지금도 그런가요?" 여전히 눈을 감은 채 그녀가 물었습니다. "제가 여전히 빛으로 녹아들고 있나요?"

"예, 더 많이 그러네요." 나는 부드럽게 대답했습니다.

사실이었습니다. 그녀의 온몸이 빛을 발하고 있었고, 특히 머리 주위는 너무 환히 빛나서 얼굴 모습이 제대로 보이지 않을 정도였습니다. 그녀는 편안히 이완되었고, 자신이 빛으로 변화되고 있다는 사실에 기뻐했습니다.

몇 분이 지난 뒤, 그녀가 다시 입을 열었습니다.

"신이 저와 함께 계세요." 그녀는 놀라워하며 속삭이듯이 말했습니다. "신이 저와 함께 계세요."

그녀는 분명 어떤 내적인 황홀경에 잠겨 있었습니다. 잠시 뒤 눈을 뜨고 속삭였습니다.

"정말 고마워요. 이제는 죽을 준비가 되었어요. 두렵지 않아요."

"정말인가요?" 내가 물었습니다.

그녀는 미소를 지으며 고개를 끄덕였고, 몸을 떠날 준비가 되어 눈을 감았습니다.

우리가 예정했던 한 시간의 면담이 끝나려면 아직 20분쯤 시간이 남아 있었습니다. 나는 말없이 현존 안에서 그녀와 함께 앉아 있었고, 우리는 그녀가 죽기를 함께 기다렸습니다. 20분이 지난 뒤 나는 부드러운 목소리로 침묵을 깼습니다.

"지금은 어떤 느낌인가요?"
그녀는 한쪽 눈을 떴습니다.
"사실은 제가 더욱 강해지는 느낌이에요. 오늘은 죽을 것 같지 않네요."

나는 이제 떠날 시간이 되었는데 내일 다시 오기를 원하느냐고 물었습니다. 그녀는 그렇다고 말했고, 다음 날 나는 같은 시간에 다시 갔습니다. 즐거운 분위기에서 한 시간이 흘렀고, 그녀는 죽지 않았습니다. 그 후로도 사흘 동안 그녀를 방문했는데 그녀는 날마다 더 강해지고 있었습니다. 내가 알기로 그녀는 여전히 살아 있지만, 그녀와 더 연락하지는 않았습니다.

엘렌과의 경험은 내 삶에서 가장 신성한 경험 가운데 하나였으며, 내가 이미 아는 것을 확인시켜 주었습니다. 우리의 두려움을 느끼고 인정하는 것, 어떤 상황 속에 있든지 우리의 감정과 함께 계속 현존하는 것, 특히 죽음이라는 사건에서 그렇게 하는 것은 매우 중요합니다.

추락

죽음보다 훨씬 안 좋은 것이 있습니다. 그것은 추락 혹은 타락이라고 불립니다.

진실은, 우리 모두 추락했다는 것입니다. 그 사실이 너무 고통스럽고 비참해서 우리는 그것을 마음속에 깊이 묻어 버렸고, 그래서 도무지 의식적으로 알아차릴 수 없게 되었습니다. 우리는 우리가 추락했다는 사실을 받아들이지 않기 위해 극도로 저항합니다. 너무나 고통스럽기 때문입니다.

그런데 추락이란 무엇일까요? 그것은 의식 안에서의 추락이며, 인류 전체가 추락했습니다.

삶의 진실에서 환상의 세계로 추락했습니다. 하나임에서 분리로 추락했습니다. 사랑, 진실, 힘에서 추락했습니다. 은총과 천진함에서 추락했습니다. 앎에서 추락했습니다. 신에서 추락했습니다.

우리가 추락했다는 사실을 받아들이지 않으면, 우리는 깨어나 일어설 수 없습니다.

예수는 추락한 자들을 가리켜 죽은 자라고 했습니다. 만일 당신이 마음속에서 길을 잃고 있다면, 그리고 깨어나라는 그의 부름에 응할 수 없거나 응하려 하지 않는다면, 그는 당신을 죽은 자로 치부

할 것입니다. "죽은 자가 죽은 자를 장사 지내게 하라."고 그는 어느 제자에게 말했습니다.

예수는 자신의 부름에 응답할 수 있었던 사람들을 생명으로 부활하도록 초대했습니다. '오라! 그대 자신을 구원하라. 환상의 세계를 떠나라. 그것은 죽은 자를 위한 것이지 살아 있는 자를 위한 것이 아니다! 그대 자신을 마음과 에고의 세계에서 해방시켜, 지금 이 순간이라는 입구를 통해 생명으로 완전히 들어가라.'

땅을 물려받을 자는 유순한 자가 아닙니다. 깨어나 주인이 된 사람들이 땅을 물려받을 것입니다. 그것은 당신의 운명입니다. 신에 대한 당신의 섬김은 그것으로 완수됩니다. 당신 영혼의 여행은 그것으로 끝마칩니다.

여행을 끝마칠 때, 현존 안에 근본적으로 자리 잡을 때, 당신은 선언할 수 있습니다.

"신이시여, 다 이루어졌습니다. 마침내 저는 집에 왔습니다. 저는 '지금'의 세계에 있는 집에 있습니다."

그리고 천사들은 노래할 것입니다. "할렐루야!"

관심 있는 독자들을 위해……

나의 깨어남들

다음에 이어지는 글은
내가 깨어나면서 경험한 일들입니다.
나의 깨어남은 갑작스러웠지만,
당신의 깨어남은 점진적일 수 있습니다.
어느 쪽이든 우리는 같은 자리에 이릅니다.
여기! 지금!

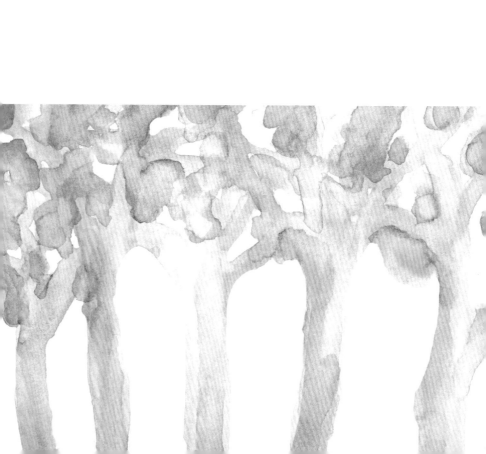

첫 번째 깨어남

1981년 12월, 나는 재스민 명상 센터에서 열린 일주일간의 개인 성장 수련회에 참석했습니다. 이 명상 센터는 호주의 뉴사우스웨일스 주에 있는 벨링겐에서 차로 30분쯤 떨어진 어퍼 토라에 있습니다.

수련회는 아주 좋았습니다. 나는 모든 과정에 깊이 참여했고, 일주일 동안 많은 성과를 거두었습니다.

수련회가 끝날 무렵, 나는 강가를 걸었습니다. 우리는 지난 일주일 동안 그 강에서 매일 수영을 하면서 시원하고 빠른 물살을 즐겼습니다. 내가 서 있던 곳의 앞에는 수심이 얕고 물살이 빠른 여울들이 있었고, 여울 너머에는 수심이 깊어 수영하기 좋은 곳이 있었습니다. 건너편 강가에는 빽빽이 들어찬 나무들이 하늘을 향해 높이 솟아 있었습니다.

몸에 따스하게 와 닿는 햇살을 받으며 나는 강가에 서서 주변의 아름다운 풍경을 감상하고 있었습니다.

그러다가 갑자기 저절로 명상 상태에 들어갔고, 그 상태에서 15~20분에 걸쳐 몇 가지 단계가 이어졌습니다. 나는 무슨 일이 일어나고 있는지, 내가 무엇을 하고 있는지 알지 못했습니다. 내가 명상을 하는 것이 아니라, 명상이 내게 행해지는 것 같았습니다.

내가 의도하지 않는데도 불구하고 명상은 어떤 순서들을 거치며 저절로 진행되었습니다. 마치 어떤 신비한 방식으로 내가 내면으로부터 움직이는 것 같았습니다.

두 팔이 벌려졌고, 나는 팔을 뻗은 채 맞은편 강가에 있는 나무들과 함께 십 분가량 깊이 현존했습니다. 나의 의식으로 나무들을 껴안았고 그들과 하나 되었습니다. 그들의 고요한 아름다움과 강인함이 내 안에서 느껴졌습니다.

십 분쯤 지난 뒤, 천천히 강물 속으로 걸어 들어갔습니다. 전날에 비가 와서 강물은 꽤 불어 있었습니다. 앞에서는 급한 물살이 바위를 덮으며 빠르게 흐르고 있었습니다. 발 디딜 곳을 찾기가 어려웠지만, 어찌어찌 물살을 헤치며 강으로 들어갔고 물살이 가장 세차게 흐르는 지점까지 다가갔습니다.

그곳은 가슴까지 물에 잠겼습니다. 나는 흐르는 강물의 힘을 정면으로 마주하기 위해 상류 쪽으로 몸을 돌렸습니다. 보통의 경우였다면 급류를 견디지 못하고 휩쓸려 떠내려갔을 것입니다. 그러나 내 안에는 나무들이 있었습니다. 믿을 수 없이 강한 내적인 힘과 안

정성이 느껴졌습니다. 나는 나의 힘과 의지로 급류에 맞섰습니다.

강의 물살을 견디며 십 분쯤 서 있었습니다. 그러고는 아무 생각 없이 서너 차례 강하게 팔을 저어 급류를 헤치면서, 바로 위쪽에 있던 수심이 가장 깊은 곳으로 나아갔습니다.

물속으로 깊이 잠수했습니다. 깊은 물 속은 어둡고 탁해서, 마치 깊은 어둠으로 잠수하는 것 같았습니다. 다시 수면으로 떠올랐을 때, 나는 원시적인 포효라고밖에 말할 수 없는 소리를 내질렀습니다. 내 안의 깊은 곳에서 나온 그 소리는 온 계곡을 가득 채웠습니다. 그것은 내가 마침내 도착했다고 선언하는 것 같았습니다. 나는 이 과정을 세 번 되풀이했는데, 물속에서 올라올 때마다 원시적인 포효를 했습니다.

그러고는 팔을 서너 차례 휘저어 급류의 한가운데로 들어간 뒤, 강물에 몸을 맡겼습니다. 완전히 내맡겨 버렸고, 하류로 떠내려갔습니다. 눈은 감겨 있었습니다. 얼굴은 아래를 향하고 있었습니다. 바위 위로 휩쓸려가기도 했지만, 나를 보호하려는 생각은 조금도 하지 않았습니다. 쉽사리 다치거나 부딪쳐서 의식을 잃을 수 있는 상황이었습니다.

그러나 나는 내맡겼고 강물을 완전히 신뢰했습니다.

그렇게 4백 미터쯤 떠내려가자 강물의 속도가 줄었습니다. 나는 강

305

기슭을 향해 나아갔는데, 그때 나는 완전히 다른 차원에 있었다고 할 수 있습니다. 바뀐 의식 상태 속에 있었습니다. 그것은 내가 처음으로 경험한 깨어난 상태였습니다. 비록 그 당시에는 내게 무슨 일이 일어나고 있는지 알지 못했지만……

강에서 나오면서 경험한 일은 당시의 내게는 완전히 낯선 경험이었습니다.

시간이 사라졌습니다. 나는 사랑과 하나임의 느낌에 휩싸였습니다. 성스럽고 신성한 느낌에 휩싸였습니다. 모든 것이 완벽해 보였습니다. 모든 것이 안으로부터 빛나고 있었습니다. 나는 완전한 지복(至福)의 상태에 잠겨 있었습니다.

강 옆으로 난 길을 따라 발걸음을 옮길 때는 대기도 신비롭게 느껴졌습니다. 나는 비범하게 아름다운 세계로 깨어났고, 신의 사랑에 완전히 취해 있는 것 같았습니다. "사랑해"라는 말이 입에서 계속 흘러나오고 있었습니다. 멈출 수가 없었습니다. 풀밭에서 풀을 뜯고 있는 소들에게 사랑한다고 말했습니다. 나무들에게 사랑한다고 말했습니다. 하늘과 구름, 강물에게도 사랑한다고 말했습니다.

들어 본 적 없는 사랑의 노래가 내 입에서 흘러나오기 시작했습니다. 내가 보고 듣는 모든 것을 나의 사랑이 감싸고 있었습니다. 자갈길을 걸어갈 때는 마치 내가 아씨시의 성 프란체스코처럼 느껴졌습니다. 존재하는 모든 것이 완벽했습니다. 경이롭고 놀라울 따름이었습니다.

몇 시간 더 걷다가, 수련회 장소로 돌아가기로 했습니다. 돌아왔을 때는 날이 어두워져 있었습니다. 숙소의 방에 들어가니 같은 조의 사람이 다 모여 있었습니다. 내 가슴이 무척 여리고 민감하게 느껴졌습니다. 나는 누구에게도 말을 할 수 없었지만, 그래도 그들과 함께 있고 싶었습니다. 그래서 침대 위에 앉아 가만히 지켜보았습니다.

아무도 내게 말을 걸지 않았습니다. 마치 내가 그 자리에 없는 것처럼······. 나는 모든 사람에게 크나큰 사랑을 느꼈지만, 동시에 놀랍기도 했습니다. 그들이 다정하게 얘기하는 모습을 침대 위에 앉아서 지켜보고 있을 때, 기이한 일이 일어나기 시작했습니다.

그들은 서로 얘기를 나누고 있었는데, 그들의 입은 움직이고 있었지만 목소리는 들리지 않았습니다. 마치 소리가 꺼진 것 같았고, 모든 것이 느린 동작으로 움직이고 있었습니다. 그들의 얼굴을 바라보니, 그들이 보여 주는 얼굴 뒤에 있는 또 하나의 얼굴이 보였습니다. 마치 그들이 가면을 쓰고 있는 것 같았습니다. 바깥의 얼굴은 그들의 참된 얼굴이 아니었습니다. 행복해 보이는 얼굴 뒤에 절망이 보였습니다. 웃는 얼굴 뒤에 눈물이 보였습니다.

그 방에 앉아 있던 그때 내 눈을 피해 숨길 수 있는 것은 아무것도 없었습니다. 마치 내게 엑스레이 눈이 달린 것 같았습니다. 나에게는 이 사람들에 대한 판단이 없었습니다. 그저 그들에게 큰 사랑과 연민이 느껴졌습니다. 그 경험은 강렬했습니다. 그때까지 그런 일은 전혀 들어 본 적이 없었습니다. 그래서 내게 무슨 일이 일어나고 있는지 알 수 없었습니다.

잠시 후 우리는 저녁 식사를 하러 본관 건물로 갔습니다. 재스민 명상 센터의 소유자이자 운영자는 이안 타우너와 로빈 타우너였습니다. 여러 해 전에 그들은 명상 센터를 세워야겠다는 강한 소명감을 느꼈는데, 그때는 왜 그러는지 충분히 이해하지 못했습니다. 그들은 그곳의 땅과 나무들, 강물과 강한 유대감을 느꼈습니다. 그리고 오랫동안 열심히 일해서 꽃과 관목들, 나무들이 무성한 아름다운 정원을 가꾸었습니다.

이안은 훌륭하고 신비로운 사람이었습니다. 지난 일주일간의 수련회 동안 그와 로빈은 손님들을 다정하고 헌신적인 태도로 보살폈습니다. 그들의 애정 어린 봉사는 깊은 감동을 주었습니다.

나는 이안에게 다가가서, 내게 하고 싶은 말이 있느냐고 물었습니다. 갑자기 그러고 싶은 강한 충동이 느껴졌기 때문입니다. 그는 의아한 표정으로 나를 바라보더니 고개를 저었습니다.
"없는데요."

나는 조금 당황했고 혼란스러웠습니다. 그에게 왜 그런 질문을 했는지 알 수 없었습니다. 그런데 몇 분쯤 지난 뒤 그가 다가왔습니다.

"드릴 말씀이 있습니다. 아까는 할 말이 없었는데, 이 말이 막 떠올랐어요. 아주 분명한 메시지였습니다."

"무슨 말씀인가요?" 내가 물었습니다.

"당신은 아무것도 소유할 수 없습니다." 그가 말했습니다.

그때는 그의 메시지가 무엇을 뜻하는지 제대로 이해하지 못했지만, 나중에 알게 되었습니다. 그 메시지는, 내게 무슨 일이 일어나든 그 모든 것은 내가 소유할 수 있는 것이 아님을 깨닫는 데 도움이 되었습니다. 나는 그 당시에 일어나고 있던 일을 나의 것으로 여기지 않아야 했습니다. 그 메시지는 내 에고가 그때의 경험으로 교만해지는 것을 방지하는 데 큰 도움이 되었습니다.

다음 며칠간은 치유의 과정을 거쳤습니다. 이 과정을 통해 어릴 때 어떻게 해서 감정적인 상처를 입었고, 어떻게 해서 내가 역기능적으로 변했는지 알게 되었습니다. 두려움과 불안감이 표면으로 떠올라 의식되었습니다. 내 모든 성격의 결점과 결함이 매우 분명하게 보였습니다. 하지만 내게는 어떤 판단도 없었습니다. 내 삶과 어린 시절의 모든 사건을 의식하고 알아차리게 되었습니다.

이 과정이 진행되는 동안, 나 자신에게 큰 연민을 느꼈고 더 깊은 사랑으로 열렸습니다. 온 세상이 사랑으로 빛났습니다. 모든 것이 경이로웠고 기적 같아 보였습니다.

내 안에서 저절로 노래가 떠올랐습니다.

"요단강은 깊고 넓구나. 나는 강 건너편에서 내 사랑을 찾았다네."

그 노래가 어디에서 나오는지 알 수 없었습니다. 나는 이 노래를 강한 바리톤 음성으로 부르고 또 불렀습니다. 노래할 때 내면 깊은 곳에서 황홀한 느낌이 솟아났습니다.

얼마 뒤에 노래는 잦아들었고, 인간의 상태에 관한 통찰과 계시들이 계속 들어오기 시작했습니다. 영적 깨어남을 위한 몇 가지 중요한 열쇠가 계시되었습니다. 내 의식은 고대의 지혜를 향해 열리고 있었습니다. 어느 거대하며 영원한 강에서 쏟아져 내리는 폭포처럼 진실과 지혜가 나에게 쏟아지기 시작했습니다. 유쾌한 경험이었습니다.

갑자기 에너지가 바뀌었습니다. 사랑이 놀랍도록 강렬해졌습니다. 내 안에서, 주위에서 이전에는 알지 못했던 현존을 느꼈습니다. 이 순간 전까지 나는 불가지론자였지만, 그 존재가 신임을 알았습니다. 명백했습니다. 그리고 신이 내게 말하기 시작했습니다. 신은 내게 예수에 관한 진실을 얘기하라고 권했습니다.

나는 신이 무슨 말을 하는지 이해할 수 없었습니다.

"저는 예수에 관한 진실을 알지 못합니다!" 나는 항변했습니다. "비록 제가 안다고 해도 그것을 공개적으로 말하기가 두렵습니다!"

"사랑하는 이여, 네가 원하는 대로 해라." 신은 그렇게 대답했습니다.

신의 대답을 듣는 그 순간, 나는 신이 한없이 사랑하고 받아들이고 허용한다는 것을 알게 되었습니다. 신은 내가 거절하도록 허용했습니다. 이따금 신은 예수에 관한 진실을 말하라고 권유했지만, 나는 번번이 거절했습니다.

놀랍게도, 나는 신이 어떤 판단도 하지 않음을 알게 되었습니다. 신은 허용하는 신이었으며, 내 존재 전체를 조건 없는 사랑과 받아들임의 느낌으로 가득 채웠습니다.

그렇게 3주가량 고양된 의식 상태에 있었습니다. 나는 영원한 영역에 있었는데, 거기에는 시간이 있을 자리가 없어 보였습니다. 나는 모든 것 안에서 아름다움과 하나임을 보았습니다.

그러던 중 이 아름다운 안식처를 떠나야 할 때가 되었습니다. 나는 어디로 가야 할지, 무엇을 해야 할지 몰랐습니다. 차를 운전하는 법조차 기억나지 않았습니다. 마치 모든 과거가 내 안에서 소멸해 버린 것 같았습니다.

자동차 열쇠를 찾긴 했지만, 그 열쇠로 뭘 어떻게 해야 할지 몰랐습니다. 한참 기다리자 서서히 기억이 돌아왔습니다. 열쇠를 꽂고, 시동을 켜고, 양손을 운전대에 올려놓은 뒤 가속 페달을 가볍게 밟자

차가 앞으로 움직였습니다. 몹시 이상한 느낌이었습니다. 마치 난생처음 차를 운전하는 것 같았고, 그런데도 차를 운전하는 기술이 내 안에서 완전히 계발된 것 같았습니다. 나는 운전하는 법을 알았습니다.

먼저 가까운 지역에 있는 몇몇 친구를 방문했고, 다음에는 울롱공에 사는 친구를 만나려고 남쪽으로 향했는데, 그곳에 가려면 시드니에서 남쪽으로 한 시간쯤 차를 타고 가야 합니다. 나는 여전히 깨어난 의식 상태에 있었지만, 그 경험의 절정에서는 내려와 있었습니다. 시간이 더 흐른 뒤에는 더 평범한 상태로 돌아왔습니다. 그것은 통합을 위한 시간이었습니다.

그로부터 3년이 흐른 뒤, 두 번째 깨어남을 경험했습니다. 이때 예수에 관한 진실이 계시되었고, 나는 땅 위의 천국으로 완전히 들어갔습니다.

두 번째 깨어남

첫 번째 깨어남의 경험을 통합하는 데 3년이 걸렸습니다. 이 기간에 나는 내게 일어난 일이 무엇인지 이해하기 위해 많은 책을 읽었고, 인도의 여러 영적 스승을 방문했습니다.
그러면서 서서히 3년 전에 경험했던 하나임과 사랑으로 돌아갔습니다. 하지만 이제 그것은 훨씬 부드러웠고, 나는 세상에서 더욱 쉽게 활동할 수 있었습니다. 나는 모임을 열어 내게 계시된 것을 사람들과 나누기 시작했습니다.

1984년 12월에는 첫 번째 깨어남을 경험한 재스민 명상 센터로 돌아왔습니다. 이번에는 내가 수련회를 진행했습니다. 30명쯤 참석했는데, 대부분 나와 일 년 넘게 만난 사람들이었습니다.

이 수련회는 아주 강력했고, 거의 모든 사람이 가장 깊은 수준의 깨어난 현존과 연결되었습니다.

수련회 마지막 날, 나는 존재의 영원한 차원에 열리기 시작했습니다. 시간이 사라졌고, 나는 또 한 번의 절정 경험으로 들어가고 있었습니다. 첫 번째 경험보다 더 강력해 보였습니다. 나는 마주치는 모든 것과 하나임을 경험했습니다. 마법 같았습니다. 신비와 경이로움으로 가득했습니다. 나는 완전한 침묵과 현존, 사랑의 상태에 있었습니다.

그리고 다음 며칠간 더없이 행복한 교감을 했습니다. 나무들, 꽃들, 새들, 심지어 곤충들도 이 아름다운 세계를 나와 함께 나누는 사랑하는 친구들로 경험되었습니다.

5일째 되던 날, 풀밭에 누워 쉬었습니다. 눈을 감고 두 팔을 넓게 벌린 채 깊이 이완했습니다. 멀리서 강물 소리가 들렸습니다. 새들이 지저귀는 소리가 들렸습니다. 내 마음은 고요했고, 나는 완전한 현존의 상태에 있었습니다.

그때 돌연 나는 시간을 통해 다른 차원으로 이동해 있었습니다. 어찌된 일인지 내가 십자가 위에 있었고, 완벽히 상세하게 십자가 처형을 경험하고 있었습니다. 마치 내가 예수의 눈을 통해 바라보는 것 같았습니다. 그 경험과 연관된 모든 감정을 느꼈고 모든 소리를 들었습니다. 십자가 처형으로 인한 육체의 아픔을 느꼈고, 예수가 "나의 신이시여, 나의 신이시여, 어찌하여 나를 버리셨나이까?"라고 외칠 때, 나는 십자가 위에서 그 끔찍한 순간을 경험했습니다.

그 뒤 십자가 위에 있던 예수에게 실제로 일어난 일들이, 다음에는 죽은 뒤에 그에게 일어난 일들이 차례차례 알려졌습니다.

이 계시의 과정은 다음 며칠간 펼쳐졌습니다. 나는 여러 가지 의식 영역 속에 동시에 있었습니다. 몹시 혼란스럽고 꽤 힘든 경험이었습니다. 이런 계시들을 감당하기가 쉽지 않았습니다. 이 계시들은 가장 깊은 수준에서 예수의 신성을 확인해 주었지만, 기독교의 전통적인 믿음들과 놀랄 만큼 다른 몇 가지도 있었습니다.

이 깨어남이 잦아들기 시작했을 때 나는 완전히 탈진해 있었습니다. 며칠 동안 밤에 잠을 자지 못했고 제대로 먹지도 못했습니다.

몇몇 친한 친구가 나를 바이런 베이까지 태워다 주었고, 나는 그들의 집 뒤에 있는 오두막에 머물렀습니다. 침대에 쓰러져 사흘 동안

314

잠을 잤습니다. 잠에서 깨어났을 때, 나는 땅 위의 천국에 있었습니다.

그것이 실제로 어떠했는지 묘사하기는 어렵습니다. 내가 더는 개인으로 존재하지 않았다고만 말할 수 있을 뿐입니다. 나는 하나임에 완전히 몰입되어 있었습니다. 내 마음은 완전히 고요했습니다. 과거와 미래는 사라졌습니다. 글자 그대로, 지금 이 순간 바깥에는 어떤 삶도 없었습니다.

그 오두막은 아름다운 숲속에 있었습니다. 숲은 조용하고 외따로 떨어져 있었으며, 새들이 지저귀는 소리만 들릴 뿐이었습니다. 다음 3주 동안, 나는 존재의 신비에 완전히 몰입되어 침대에 누워 있거나 창가의 의자에 앉아 있었습니다. 이따금 산책을 하러 나갔지만 내 몸은 이 경험을 거치면서 꽤 약해져 있었습니다.

이 기간에는 방문객이 거의 없었고, 방문한 사람들도 나와 어떻게 함께 있어야 할지 몰라 당혹해했습니다. 나는 대화에 참여할 수 없었지만, 누가 질문하거나 안내를 구하면 반응할 수는 있었습니다. 나는 끊임없는 깊은 사랑과 하나임의 상태에 있었습니다.

그러던 어느 날, 내면 깊은 곳에서 어떤 말이 떠올랐습니다. "아무도 찾아오지 않을 것이다."

이 말은 내게 어떤 메시지를 전해 주었습니다. 나는 높은 의식 상태에서 내려와 더 평범한 수준으로 돌아와야 했습니다. 그래야만 시간의 세계에서 활동하며 다른 사람들을 안내할 수 있을 것이기 때문입니다. "아무도 나를 찾아오지 않는다면, 내가 그들을 찾아가야겠다."

그런 절정의 상태에서 내려오는 일은 어려웠지만, 세 달쯤 뒤에는 시간의 세계에서 다시 생활할 수 있게 되었습니다.

오두막 옆에 있던 땅이 매물로 나왔습니다. 나는 그 땅을 사서 나중에 집을 지었고, 숲속에 지은 그 큰 오두막에서 몇 년간 평화롭게 살았습니다. 그곳에 명상 센터도 지어서 가끔 모임과 수련회를 진행했습니다.

더 많은 깨어남은 기대하지도, 바라지도 않았습니다. 산책을 하고, 바이런 베이의 카페에서 차를 마시고, 나를 찾아온 사람들을 지도하며 조용하고 평화로운 삶을 사는 데 더없이 만족했습니다.

1990년 12월에 다시 한 번 재스민 명상 센터에서 수련회를 열기로 했습니다. 이때 세 번째 깨어남을 경험했습니다.

세 번째 깨어남

그 일주일 수련회의 여섯째 날, 다시 한 번 나는 존재의 영원한 차원에 열리기 시작했습니다. 이전의 경험들을 돌이켜보면, 첫 번째 깨어남에서는 가슴이 활짝 열렸다고 할 수 있습니다. 두 번째 깨어남에서는 그리스도 의식으로 열렸습니다. 세 번째는 신 의식으로의 깨어남이었습니다.

나는 존재의 신비를 여행했습니다. 나는 바위들과 나무들, 새들, 하늘이 되었습니다. 처음부터 끝까지, 끝에서 처음까지 시간을 여행했습니다. 모든 것 안에 있는 신을 경험했습니다. 붓다와 예수, 마호메트의 현존을 느꼈습니다. 성자들과 현자들을 만나 함께했습니다. 대단히 신비한 경험이었습니다.

몇 주가 지나면서 깨어남은 점차 가라앉았고, 몇 달에 걸쳐 통합의 기간을 거친 뒤 다시 일상적인 삶을 재개할 수 있었습니다.

추가로 경험한 세 번의 깨어남

이 뒤 세 번의 깨어남이 더 있었습니다. 네 번째 깨어남은 바이런 베이에 있던 내 집에서 1992년에 일어났고 일주일간 계속되었습니다. 그때는 사랑의 본성, 그리고 세상에서 사랑으로 살아가는 것의 의미에 관한 계시들이 있었습니다.

다음 해에 나는 뉴욕과 보스턴에서 몇몇 모임을 진행해 달라는 초청을 받았습니다. 내 가르침에 대한 반응이 꽤 좋아서 미국으로 이

주하기로 마음먹었습니다. 그리고 다음 5년간 여기저기 여행하며 지냈고, 초청을 받으면 어디든지 찾아갔습니다. 소유물이라고는 내 차의 트렁크에 실린 것이 전부였습니다.

다섯 번째 깨어남은 1994년 여름에 뉴욕 시에서 일어났습니다. 그 것은 이전에 경험한 모든 깨어남의 통합이었습니다. 내가 완전히 변화된 의식 상태에서 맨해튼의 거리를 걸어 다닐 때, 모든 것이 제 자리를 찾은 것 같았습니다. 이전의 깨어남들에서 주어진 모든 통찰과 계시가 한 점으로 압축되었습니다. 존재의 기원을 드러내는 성스러운 기하학 도형이 마음속에 떠올랐습니다.

다시 한 번, 나는 마주치는 모든 것과 하나임을 경험했습니다. 그러나 이번에는 나무들과 꽃들, 강물 대신에 자동차들, 버스들, 가로등들과 하나임이었습니다. 내게는 모든 사람이 깨달은 것처럼 보였습니다. 나는 우리 모두가 거대한 무대 위에서 저마다 맡은 역할을 훌륭히 해내고 있는 뛰어난 배우임을 알 수 있었습니다.

다섯 번째 깨어남을 경험한 뒤에는 다 끝났고 내 여행이 완료되었다고 확신했습니다. 그래서 더는 아무것도 기대하지 않았는데, 1997년 5월에 어떤 조짐도 없이 여섯 번째 깨어남이 일어났습니다.

미시간 주 북부에서 진행한 수련회를 마친 나는 앤 아버에서 차로 35분쯤 떨어진 첼시에서 친구와 함께 머물고 있었습니다.

이 깨어남은 14일 동안 계속되었는데, 나 자신이 불멸의 존재처럼 느껴졌습니다. 나는 별들, 우주 공간과 깊이 연결되어 있었습니다. 영적 스승들의 세계, 천사들의 영역과도 연결되었습니다. 황홀경 상태가 계속되었습니다.

이 깨어남의 특징 가운데 하나는 동물에 대한 깊은 사랑이었습니다. 가까운 곳에 농장이 있었는데, 아침마다 그곳으로 걸어가서 주위를 자유롭게 돌아다니는 거위들, 공작들과 함께 시간을 보냈습니다. 방목장에서는 염소들과 큰 말들이 풀을 뜯고 있었습니다. 내가 그들에게 느낀 사랑은 너무 커서 감당하기 힘들 정도였습니다.

어느 날, 문득 다른 동물들도 보고 싶어졌습니다. 사자와 호랑이, 고릴라를 보고 싶었습니다. 얼룩말과 기린도 보고 싶었습니다. 그래서 친구가 나를 두 시간쯤 떨어진 근처 동물원까지 차로 데려다 주었습니다. 개장 시간보다 먼저 도착한 우리는 동물원이 문을 열 때까지 한 시간쯤 기다렸습니다.

이윽고 문이 열리자 안으로 들어갔는데, 우리가 처음 본 동물은 고릴라였습니다. 그들은 바닥이 풀로 덮인 커다란 우리 안에 있었습니다. 멀리, 큰 수컷 고릴라가 작은 암컷 고릴라 옆에 서 있는 모습이 보였습니다. 어린 고릴라와 새끼 고릴라도 두세 마리 있었습니다.

나는 고릴라들을 자세히 보기 위해 우리로 다가갔습니다. 먼 모퉁

이에 모여 있는 고릴라들이 큰 유리벽 너머로 보였습니다. 나는 사랑하는 현존의 깊은 상태로 유리벽 뒤에 서 있었습니다.

암컷 고릴라가 나를 향해 느릿느릿 걸어오기 시작했습니다. 그녀가 한 발짝씩 다가올 때마다 나는 더욱 현존했습니다. 그녀는 내 눈을 똑바로 응시하며 다가왔고, 놀랍게도 내 바로 앞에 앉아서 마치 나를 환영하듯 유리에 손을 갖다 댔습니다.

그 순간 나는 그녀에 대한 사랑으로 가득 찼습니다. 그녀는 진실로 더없이 아름다운 현존하는 존재였습니다. 나는 유리벽 너머의 그녀 손에 내 손을 얹었고, 우리는 깊은 교감으로 들어갔습니다.

그녀의 눈을 들여다보는 것은 영원을 들여다보는 것 같았습니다.

우리는 적어도 10분가량 침묵의 교감 상태로 있었습니다. 나는 그녀에게 말을 하고 있었습니다. "사랑해요." 나는 이 말을 계속 되풀이했습니다.

내 안에서 가장 깊은 슬픔이 올라왔습니다.
"정말 미안해요." 나는 그녀에게 말했습니다. "우리가 당신에게 그런 짓을 해서 정말 미안해요."

마치 내가 그녀를 통해 모든 고릴라에게 말하는 것 같았습니다. 우리는 무의식중에 어쩌면 그리도 잔인하고 파괴적일 수 있을까요?

그 고릴라와 현존하던 그 순간, 나는 그들이 이 땅에 살고 있는 어떤 인간보다도 훨씬 고결하며 자각하는 존재임을 의심치 않았습니다.

그러나 내 안에서 일어나던 깊은 죄책감보다 더 큰 것은 그녀에게 느낀 사랑이었습니다. 나는 그녀에게 사랑한다고, 미안하다고 거듭 말하면서 그녀 옆에 앉아 있었습니다.

우리의 교감이 5분쯤 더 계속되었을 때, 놀랍게도 아기 고릴라가 천천히 다가와서 엄마 고릴라 옆에 앉더니 내 눈을 똑바로 바라보았습니다. 그러고는 손을 들어 올리더니 유리벽 너머로 내 손 위에 갖다 댔습니다.

나는 어미와 아기의 손에 내 손을 대고 15분쯤 더 있었습니다. 우리의 손 사이에 있는 것은 얇은 유리뿐이었습니다. 아기의 눈을 들여다보는 것은 천진무구함의 바다를 들여다보는 것 같았습니다.

잠시 뒤 다른 사람들이 무슨 일이 벌어지는지 보려고 모여들면서 웃고 떠들기 시작했습니다. 이제는 헤어질 때가 되었습니다. 나는 고릴라들에게 작별 인사를 하고 동물원을 떠났습니다. 그리고 친구의 집에 돌아와서 깨어 있는 상태로 일주일 더 머물렀습니다.

그 후 자연환경 속에 있는 동물들을 보려고 아프리카에 갔습니다. 케냐의 평원에서 조화롭게 어울려 살고 있는 사자, 하마, 얼룩말,

물소, 기린, 원숭이, 개코원숭이, 코끼리를 보았습니다. 그들의 모습은 상상 이상으로 아름다웠지만, 톨레도 동물원에서 고릴라들과 나눈 성스러운 교감은 결코 잊지 못할 것입니다.

깨어남에 관한 마지막 이야기

이제까지 묘사한 깨어남들은 절정의 경험이며, 모든 경험이 그렇듯이 오고 가는 것입니다. 그 경험들은 은총으로 일어나고 저절로 떠납니다. 그러니 그런 경험은 붙잡을 수 없으며 바랄 수도 없습니다.

절정의 경험은 깨어남의 과정에 꼭 필요한 것이 아닙니다.

대다수 사람에게는 깨어남이 점진적일 것입니다. 거기에는 참된 책임을 껴안는 것이 포함될 것입니다. 에고와 올바른 관계를 맺는 것도 포함될 것입니다. 시간과 분리를 통해 이렇게 긴 여행을 하면서 당신이 갖게 된 모든 모습을 드러내는 데는 용기와 정직이 필요할 것입니다. 억압된 감정이 담긴 저장고들을 깨끗이 비워야 할 것입니다. 다른 사람들과 얽힌 관계에서 놓여나야 할 것입니다. 판단을 넘어서야 할 것입니다. 삶의 진실, 사랑의 진실, 힘의 진실로 열려야 할 것입니다.

그러나 깨어남의 진정한 열쇠는 현존하는 법을 배우는 것입니다. 그러면 지금 이 순간이 당신 삶의 토대가 됩니다.

현존은 마스터키(master key)입니다. 그것은 당신의 참된 자기(I AM)를 드러냅니다. 하나임을 드러냅니다. 현존하는 모든 것 안에 있는 신의 살아 있는 현존을 드러냅니다. 땅 위의 천국을 드러냅니다. 그리고 시간의 세계에 있는 당신의 삶을 변화시킵니다.

옮긴이 김윤

서울대학교 경영학과를 졸업했다. 자유롭고 평화로운 삶으로 안내하는 글들을 우리말로 옮기고 소개하는 일을 하고 있다. 그동안 번역한 책으로는 《네 가지 질문》《기쁨의 천 가지 이름》《가장 깊은 받아들임》《아잔 차 스님의 오두막》《마음은 도둑이다》《지금 이 순간》《영원으로 가는 길》《오늘 하루가 선물입니다》 등이 있다.

지금 여기에 현존하라

초판 1쇄 발행 2020년 4월 13일
       2쇄 발행 2022년 7월 15일

지은이 레너드 제이콥슨
옮긴이 김윤

펴낸이 김윤
펴낸곳 침묵의 향기
출판등록 2000년 8월 30일, 제1-2836호
주소 10401 경기도 고양시 일산동구 무궁화로 8-28,
       삼성메르헨하우스 913호
전화 031) 905-9425
팩스 031) 629-5429
전자우편 chimmukbooks@naver.com
블로그 http://blog.naver.com/chimmukbooks

ISBN 978-89-89590-82-8 03840

*책값은 뒤표지에 있습니다.